JN304461

A

約束の方舟

〔上〕

瀬尾つかさ

ja

早川書房

6891

目次

約束の方舟

〔上〕

☆登場人物

シンゴ…………………船の子供。相棒はミクメック
テル……………………船の子供。相棒はウィルトト
ケン……………………船の子供。相棒はカイナケイナ
ダイスケ………………船の子供。相棒はメーヴェレウ
スイレン………………船の子供。相棒はヘイライアライ

船長……………………隠遁した老婆
副船長…………………船のリーダーである老人
れんげ…………………アンドロイド。得意分野は育児と工学
さくら…………………航宙士のアンドロイド

ジュンペイ……………自警団見習いの青年
シオン…………………自警団の青年

キリナ…………………救助された少女。相棒はレウルウ
タケル…………………救助された青年。キリナの長兄
ゴウタ…………………救助された青年。キリナの次兄

ユーリ…………………テルの父
ガンタ…………………シンゴの祖父

☆主要地区

０　５《オーファイブ》…………………海洋区
０　６《オーシツクス》…………………生活区
０　７《オーセブン》…………………酪農区、ベガーズ・ケイブ
０　９《オーナイン》…………………農業区

プロローグ

それは星の海に浮かんでじっと耳をそばだてていた。

何十年も、何百年も、何千年もそうしていた。数千年などそれにとっては瞬《まばた》きのような時間にすぎない。かつては数十万年にも渡って孤独だったことすらある。

やがて無数のノイズに交じって、僅かに意味のあるパターンを発見した。

文明の発見を期待し、それは巨大な身体をゆっくりと動かした。新たな出会いは互いに変化をもたらすだろう。それはとても喜ばしいことだった。

そう、たゆまぬ変化こそがそれらの本質なのだから。

第一部　十二歳

・十月一日

　シンゴがテルに「結婚しよう！」といわれたのは十二歳の誕生日の朝だった。

食堂から07《オーセブン》に続く集合住宅街の道、そのど真ん中に立ちふさがった細身の少女は、人目も顧《かえり》みず、大声で「結婚しよう、シンゴ！」と叫んだ。

　あんまりに大きな声だったから、シンゴのみならず、まばらながらも道を歩いていた通行人全員の動きがフリーズするくらいだった。

　テルは同い年だが、シンゴより少し背が低い。腰まである長い黒髪が寝癖でバラバラだった。折れそうなほど細い四肢が、白い半ズボンに白の半袖《そで》シャツという代わり映えのしない服装からにょきっと突き出ている。

　彼女が白い服ばっかり着ているのは、趣味でも何でもない。ただ無頓着に両親が用意した服を着ているだけだ。そして彼女の両親はといえば、我が子がよくいえばおおらか、悪くいえば周囲を顧みない性格なのを常々気にしていた。せめて服の汚れくらいは気にするようにと切に願っているのだ。だけどそんなことちっとも効果がなくて、彼女はいつだって服を汚しまくって帰宅しては、両親にひどく叱《しか》られ、でもそんなことへっちゃらで、すました顔をしている。

普段はそんないい加減な態度のテルも、今はなぜだか桜色の唇をきゅっとすぼめて、眉間《みけん》に皺《しわ》を寄せていた。彼女にとっては精一杯の真剣な表情だ。

緊張のせいか少女の頬が桜色に染まっていた。普段はあっちへこっちへと落ち着かない黒い瞳が、今は微動だにせず、シンゴのことをじっと見つめている。いや、睨《にら》んでいるといった方が正しいかもしれない。

「ねえシンゴ、結婚しよう！」

彼が黙って突っ立っていると、テルはもう一度そう叫んだ。

「シンゴ、何とかいって」

「あ、ああ……」

別に好きで黙っているわけではない。しばらく思考が停止していたのだ。時間が止まって窒息しそうな数秒を味わっていたのである。

テルと出会って何秒が経過したのだろう。ようやく周囲の雑音が耳に届いてきた。

シンゴは大きくため息をついた。

「いいか、テル。俺たちはまだ十二歳だ。ついでにいえば俺は今日が十二歳の誕生日だ」

「あ、そだ。シンゴ、誕生日おめでとう！」

「結婚できるのは十六歳からだ」

「じゃあ婚約！　婚約しよう！」

「どうしてそうなるのか、順序立てて説明しろ。ミクメックが待ってるから、歩きながらだ」

シンゴはテルの手を取り、オーセブン方面に歩き出した。

周囲の突き刺さるような視線を感じる。とにかく早くこの場を離れたかった。

とはいえそのうちの半分は、「なんだ、またテルか」という類《たぐい》のようだ。シンゴと同じ年齢のこの少女は、今や0《オー》6《シックス》の誰もが知る有名人なのだった。

テル。彼女が同年代で一番、目立っている人間だということに疑いの余地はない。一番の問題児であるといいかえてもいい。そしてシンゴにとってたいへん不幸なことに、彼はいつの間にか、テルの保護者のような立場になっていたのである。

シンゴはため息をついた。結婚、か。考えたこともなかった。結婚について考えるなんて遠い未来の話だと思っていた。まわりがいくら騒いでも自分たちには関係のないことだと。ま、どうせテルのことだ。こんなことをいいだしたのも、きっとろくでもない理由に違いない。ろくでもないことに巻き込まれるのは、テルと一緒にいればいつものことだった。

伊達《だて》にこのトラブルメーカーと何年もつきあっていない。

オーシックスとオーセブンを繋《つな》ぐ通路を抜けると、一気に気温が上昇して、全身からぶわっと汗が噴き出てくる。

居住区を意識されたオーシックスと比べ、動植物の豊かなオーセブンは気温が五度ほど高い。一面に繁茂《はんも》し土を覆《おお》い隠す下生えは、濃厚な草花の匂いを香り立たせ、むせ返りそうなほどだ。虫や鳥の鳴き声が四方八方からうるさいほどに聞こえてくる。

通路を抜けた先は深い森だった。広葉樹が葉をいっぱいに広げて朝の光を吸収している。

シンゴは生い茂る枝葉の間から見える白い天井を仰《あお》いだ。

大人たちが「太陽」と呼ぶ人工照明が、百メートルの高さの天井全体から、さんさんと朝の強い光を浴びせている。この光のおかげで植物は光合成し、シンゴたちに必要な酸素を生み出している。ケイブに住むベガーたちも同じ役割を担っている。理科の時間に習った、船における循環のひとつだった。

森を貫く道はすぐ先で左右に分かれており、下り坂の方が牧場へ、上り坂はベガーズ・ケイブに続いている。

シンゴとテルは迷いなく上り坂を選んだ。ベガーズ・ケイブへ向かう。

そこに彼らの友がいるのだ。


山の内部を縦横無尽に走る鍾乳洞には、百カ所以上の入口がある。

シンゴとテルはそのうちのひとつに近寄り、洞窟の中に声をかけた。

中からもぞもぞと這い出してくるものがいた。

子豚くらいならまるまる飲み込めそうなサイズのゲル状の物体が、暗闇から這い出てきた。

「おはよう、ミクメック」

クラゲのような身体をした半透明の物体は、少年の言葉に答えるようにゼリー質をぷるぷると震わせた。その身を引きずり、シンゴたちの方へずるずると近寄ってくる。

その愛らしい姿にシンゴは思わず微笑《ほほえ》んだ。顔のすぐ傍《そば》まで寄ってきたゲル状の物体に手を伸ばし、たっぷりと弾力のあるゼリーの表面をやさしく撫でた。

「遅れてごめんな。すぐご飯にしよう」

ゼリーの中心部にあるサッカーボールくらいの大きさの赤黒いコアが、くるくると忙しく回転した。

ああ、ミクメックが喜んでいる。

シンゴは自分まで嬉しくなって、ゼリーの大きな身体にぎゅっと抱きついた。ゲル状生命体の体表は、いつだって少し湿っている。その身体はもうすぐ激しく酸を分泌するから、スキンシップを図るなら今のうちだけだ。

シンゴは用意してきた合成肉をゼリーの中に放り込みながら、テルの方を振り仰いだ。少女はすぐ近くの洞窟から現れたもう一体のゼリーに抱きつき、頬をすりよせていた。

「シンゴ、待ってて。ウィルトトに食事」

「わかってる。話は後でいい」

ここに来るまでの会話で、おおむね「結婚しよう！」の意味は理解できていた。

あまり彼らには聞かせたくない話だった。

そう、彼らベガーには。


テルの話は興奮すればするほど、あっちへこっちへと頻繁に飛ぶ。それらを繋ぎ合わせて輪郭を理解するためには、まさにパズルを解くような根気が必要だ。

幸いにして、今回のパズルはさして難しくなかった。もともとシンゴは、テルの相手をするのに慣れている。少なくとも同年代の連中や教師の誰よりも、テルのまわりのこと、テルの考え方について理解していると思っている。

ベガーたちの食事を見学する暇もなく、二人は来た道を取って返していた。もうすぐ学校の時間だ。急がないと校門前の混雑に巻き込まれる。

「つまりテル、お前が今朝ご両親と喧嘩した理由は、女の子なのにいつまでもシンクをやめないことを叱られたから。俺が夫なら、妻がシンクすることも容認するだろう。だから俺と結婚するってご両親にいえばずっとウィルトトと一緒にいられると……そう考えたわけだ」

「うん、そう！」

テルは、どうだ完璧な計画だろー、とばかりに胸を張っていた。

もっともこの程度のことで腹を立てていては、テルの友人になる資格はない。

「そんなにひどく叱られたの？」

「親父、ベガー遊びもたいがいにしておけ。結婚して子を産むのが女の役目だ、って」

シンゴはいかめしい顔つきをした彼女の父親の顔を思い出した。

「わたしはウィルトトと一緒がいい。ずっと一緒がいいよ」

「なるほど。そのために俺を利用するわけだ」

「シンゴ、ひょっとして怒ってる？」

テルはさすがにまずいと思ったのか、少し上目遣いにシンゴの顔を覗き込んできた。

シンゴは首を振った。

「テルの気持ちは理解できる。友達と一緒にいたいというのは自然な気持ちだ。お前がウィルトトと引き離されたくない一心で行動しているのは実に共感できるよ。だから、やりかたは突拍子もないし、言葉は乱暴だし、わがまま放題だとは思うけど、俺は怒ってない」

「それ……嫌味」

「大声で叫ばなければまだしも、次にプロポーズするときは、まわりに気を遣ってくれると嬉しいね」

「ごめんなさい」

しおらしくなったテルの肩を軽く叩いて、シンゴは笑った。

「状況を整理しよう。今の船の人口は、二千数百人……たぶん二千三百から二千五百の間だ。船はあと六年ちょっとでタカマガハラⅡにつく。テル、十五年前の人口は？」

「一万……人？」

「惜しい。船員が二千人と一般人が一万人、合わせて一万二千人だ。それが船の定員。タカマガハラⅡに植民するにはだいたいそれくらいの人口が必要だろうって、地球で船をつくった人たちは計算した」

「二千五百人じゃ足りない？」

「正確なところは誰もわからないんじゃないかな。でも、なるべく多いに越したことはないだろうね」

　十五年前に人口が激減した理由については……

　シンゴは無駄なことはしない。特にテルを相手にするときは。

動く前に考えろ。考えるだけならエネルギーは消費しない。船のエネルギー総量は一定で、百年に渡る旅の間、どこからも補給は受けられない。資源は有限。消費を抑えリサイクルすることがなにより大切なこと。そう教えてくれたのは、二年前に亡くなったシンゴの祖父だった。シンゴはかつて上級船員だったという彼のことがとても好きだった。

「現に今、稼動している外殻ブロックは０５《オーファイブ》、０６《オーシックス》、０７《オーセブン》、それからひとつ飛んで０９《オーナイン》、この四つだけだよね。昔はO《O》の１番から12番まで、全ての外殻ブロックが稼動していた。それが今は、たった四つのブロックを維持するので精一杯だ」

　ひょっとしたら今の船に残った人々だけでは、たとえ植民星に辿り着いても、きちんとしたコロニーをつくる余力が残っていないかもしれない。大人たちはなにもいわないけれど、彼らが常に不安を覚えていることくらい、子供の彼だって理解している。老齢の船長は滅多に表へ出てこないし、副船長はあの通りいつだって飄々《ひょうひょう》としているから、今のところ表立って騒ぐ人もいない。

「一時期よりはマシだけど、今だってまだたいへんな時期なんだ。俺たちは船の中すら支配しきっていない。内殻ブロックも、航宙と船の機能維持に必要な最低限の部分をモニターして、同じく必要最低限のメンテナンスをしているだけだ。ハンターがうろついている可能性があって危険だからって、未だに立ち入り禁止になっているブロックもいくつかある。とにかく人手が足りない。少しでも現状をよくしたいって思えば、人口を増やすしかないんだ。人工授精関連の施設が破壊されていなければ、もっと別の方法もあったんだろうけど……」

「そんなのどうでもいい」

力の入った説明をひとことで否定され、シンゴは思わず苦笑いした。

「わたし、シンクできなくなるのなんて嫌だ」

「俺はその主張を理解できるよ。俺たちと同年代の子供だって、その大半はね。現にシンクをやめない女の子も年々、増えてきている。でも、ただでさえベガーが嫌いな大人は多い。わかるよね」

「あいつらは、だって！」

「だってもなにも、現にそういう人はいるし、選挙になれば彼らの意見が通る」

ベガーの手から子供たちを助け出せ。

一部の大人たちのスローガンをシンゴは思い出した。まったくもって余計なお世話だ。彼らは何も知ろうとしない。シンゴとミクメックの固い友情も、この船の本当の姿も。

「俺たちが何をいったって、大人たちは多数決が正しいって信じている。その正しいことを制度にして、みんなをそれに従わせている。だからこれはどうしようもないことなんだ」

五人の議員と副船長は、公選制だ。シンゴが聞いた話によれば、現在の議員のうち二人は、ベガーのことをよく思っていない。

「でも今は無理だ。お前のご両親は、それをよくわかっている。あの人たちはテルのことが大切なだけなんだよ。テルのことを守りたいと思って、テルが幸せになって欲しいと願って、そういっている。それはわかっているだろ」

テルはしょんぼりして「うん」と頷《うなず》いた。

「でもやっぱり、わたしはウィルトトと一緒にいたいよ」

「だから俺と結婚すれば、好きなようにできるって？　テル、お前は勘違いしている。大人が義務と考えるのは、結婚することじゃない。子供をつくることだ。テルは自分のこと、受胎能力が優なんだって前に自慢していたよね」

「妊娠したらシンク禁止だなんて知らなかったんだもん！」

「赤ちゃんのことを考えたら当然だよ。安全第一ってこと。そのかわり子供を産めば、いっぱいポイントをもらえるだろ」

船の子供たちは早熟だ。十五年前は違ったらしいが、今のシンゴたちにとって恋人になるということと結婚すること、それから子供をつくるということは一直線に繋がっていた。去年も十四歳の少女が二人、周囲に祝福されながら出産している。産後の経過も良好だという。

「そもそも一部の大人たちは、女性のシンク禁止法案まで考えているって」

「それ本当？　誰が？」

「聞いてどうするの」

「抗議しに……いく」

「非現実的で、無意味だ。暴力で大人に勝てるわけがないし、そもそもこういうことは、暴力では解決しない」

「やってみないとわからない」

「わかるよ。テル、お前はもう少し、地球の歴史を勉強するべきだ。いや、それ以前に学校の授業に身を入れるべきだ」

「いじわる。……シンゴ、嫌い」

「そうか、残念だ。嫌いな人とは結婚できないね」

「いいもん。子供をつくらなきゃいけないなら、結婚したげないもん」

テルは頬をふくらませ、そっぽを向いた。

「プロポーズから婚約破棄まで一時間足らずか。すごいな、俺たち」

「その気もなかったくせに」

「お前が現状を理解した上で結婚したいというなら、考えないでもなかったな」

「わたしも男の子に生まれればよかった」

「船のライブラリを漁《あさ》れば、性転換手術のデータが残っているかもね」

せいてんかん？　テルは耳慣れない単語に首をかしげた。

「男から女に、女から男になる手術のこと。戦前は行なわれていたって聞いたことがある」

「それ！」

テルは立ち止まり、シンゴの方を向いた。胸もとでぐっと拳を握ってみせる。

「わたし、男になる！」

喜色満面、木からりんごが落ちる様子を見たニュートンのごとく高らかに宣言した。

「シンゴ、放課後は内殻にいく！　ライブラリを探す！」

「いいけど、未踏破区画だよ」

「あれ、止めない？」

「俺も医療区の独立ライブラリには興味がある。学校の図書館には名前しか残っていないデータが、あそこにはいっぱいあるらしいから」

そもそも性転換手術のデータがあったところで、実際にその手術を行なえる医者が船にいるわけではない。その上、大人たちがそんな手術を許可するはずがない。

だがシンゴはそんな推測を口に出さなかった。せっかくおとなしくなったテルを再び刺激する必要なんてない。

それにシンクするのはシンゴも望むところだったのである。

シンゴだって根っこの部分はテルと同じだ。ミクメックと少しでも長く一緒にいたかった。何といってもベガーは友達なのだ。ミクメックは親友なのである。

十五年前、戦争があった。シンゴが生まれる三年前のことだ。

人間とベガーの戦争だ。

多世代恒星間航宙船内部に突如として出現したゲル状の知性体は、人間を捕食する怪物だった。当時の噂だと、船にぶつかった隕石の中にいたとか、突然船内にワープしてきたとか、とにかく情報がいろいろだったらしい。どれもとても信じられないもので、父や母に聞いてもどうしてベガーが現れたのか、戦争になったのか、よくわかっていないようだった。

ともかく彼らはやってきて、戦争が始まった。船のあちこちが破壊され、一万人以上が死んだ。

三ヶ月近く続いたベガー戦争は、人間とベガーが互いの意思疎通に成功し、和解することで終戦に至った。ベガーは人間の敵から、一転してよき友となった。

戦後、生き残った人々は船の七割以上の区画を放棄した。それらの区画からは空気が抜かれ、真空状態で立ち入り禁止区域になった。

ところが、定期的に立ち入り禁止区域での作業が必要になる。そうした際に一番困ったのは、真空中でも活動できる宇宙服の数が圧倒的に足りないことだった。

ベガーとシンクする人間が必要だった。

たとえ彼らが子供でも。

いや彼らは、子供ゆえにシンクに抵抗がなかったのである。

放課後になると、シンゴとテルはいちもくさんにベガーズ・ケイブを目指した。

オーセブンのエアロック前には誰もいなかった。一番乗りだ。そうでなくても最近は、内殻にいく子供が少ない。早急にサルベージしなければいけないものは、先月あたりであらかた回収し終わっていた。サルベージの量と質に応じてつくポイントがガクンと減らされて、おかげで子供たちの探索意欲も一気に下がってしまった。

後は数少ない宇宙服を着た大人たちだけで充分だから、これ以上子供の手を借りる必要はないのだ。シンゴはそう聞かされていた。勝手すぎるとは思うが、議会の決定では文句のいいようもない。

「レーションOK、珊瑚《さんご》パックOK、ライトOK、信号機OK」

シンゴは腰のポーチを開いて、几帳面《きちょうめん》にひとつひとつ、装備を確認していった。マニュアル通りの点検は義務だ。この先は真空の世界、ひとつのミスが死に繋がる。

だけどテルは、そんなことお構いなしだった。

「お先っ」

眼球保護のためのコンタクトレンズをつけ、長い髪をアップにして大きな帽子に隠し、紺のダイブスーツに身を包んだテルが、彼女のパートナーであるベガーに飛びついた。

ウィルトトはちょっと薄緑色のゼリーをしていて、シンゴのミクメックよりひとまわり小さい。それでもその容積は、大人すらひと呑みできるくらいにはある。テルに体当たりされたウィルトトは、ゼリーをへこませ衝撃を吸収した。

「ウィルトト、シンク」

テルは両手をゼリーの中に突っ込み、水遊びするようにゼリーをかいた。少女の腕が触れた場所からゼリーの弾力が消え失せる。テルの脚を、腕を半透明のゲル状物質が包み込んでいく。

何も知らない人が見れば、ベガーが少女を丸呑みしているようにも見えるだろう。今やテルの肩口までが半透明のゼリーの奥に埋まっていた。

「んぶっ」

とテルが声にならない声をあげた。口を開けてベガーのゼリーでできた触手のような塊を呑み込んだのだ。口の中に入った触手は水のように抵抗がなくなって、呼吸を助けてくれる。つまりは二酸化炭素を吸収し、酸素に変えてくれる。植物や菌類が行なう光合成と同じようなものだと学校の授業で習った。

そう、ベガーが人間を呑み込んでいるのではない。人間がベガーの中に入り込んでいるのだ。シンクすることによって人間は数少ない宇宙服を着ることなく、真空中でも活動できるようになる。シンクするとベガーの身体は真空の廊下に出るとぷっくり膨らみ、しゃぼん玉のようになって中の人を守ってくれるのである。

テルとウィルトトは、ひとつになるのだ。

ベガーの中は生暖かくて、心地よい。

簡単な宇宙服のようなものだ、という人もいる。でもシンゴは、重くて動きにくい宇宙服なんかよりシンクの方がよっぽど便利で快適だと思っている。重力のちいさな通路を移動するのも簡単だ。ベガーのゼリーをゴムのように伸縮させて壁を蹴れば、反動ですいすい飛ぶことができる。方向転換も宇宙服よりずっと素早いし、すごいスピードになってしまって壁にぶつかっても、ベガーがばねのように伸び縮みして衝撃を吸収してくれる。

いよいよ顔全体が呑み込まれ、テルの全身がウィルトトの薄緑のゼリーに包まれた。両足をぴんと伸ばしてバランスを取った少女は、これでよしとばかりに右手をウィルトトのコアの背に当て、はにかんだ笑顔を見せる。

ベガーの中心に存在する直径三十センチほどの赤黒いコアは、心臓であると同時に脳でもある。大事に守られている急所だ。ベガーはシンクする相手にこの急所を預けてくれる。信頼してくれる。シンクのパートナーは、ベガーにこんなに強い信頼を受けている。

「シンゴ！」

なおも装備の点検をしていると、薄緑色のベガーに全身を包まれたテルが、今や彼女の皮膚の延長上となったウィルトトの体表をシンゴの頬に押し当ててきた。ゼラチンの肌ごしに、少しくぐもったテルの声が聞こえてくる。

「シンゴ、早くいこう！」

「点検が終わっていない」

シンゴはいつものようにぶっきらぼうに答えを返した。

「点検は義務だ」

「わたしは気にしない」

「自分のミスで自分が死ぬのは自業自得だ。でも俺は、まだ死にたくない」

「死なない」

テルは自信たっぷりに胸を張った。

「わたしとウィルトトは、完璧」

「根拠のない自信を慢心というんだ」

「いじわるっ！」

テルは拗《す》ねたように部屋を転がりはじめた。ベガーとシンクしたままころころころ部屋を転がる。

「よし、チェック終了。異常なし」

シンゴは奥歯にシール状のマイクを貼りつけ、スイッチを入れた。

「テル、シンクするからエアロックの開閉準備を頼む」

「任せて！」

嬉しそうなテルの声が、耳に埋めた小型のイヤホンから聞こえてきた。シンク中はベガーのゲル状の触手を喉元《のど》まで入れるから、どうしても発声に問題が生じる。口腔内の筋肉の動きから本人の声を再現するこのマイクは、こうして無線でベガーの中にいる相手に声を伝えることにも使えるし、腰のスイッチ一発でベガーのゼリーごしに外にも声が通るようにミキシングもしてくれる。これがなければ、シンク中の意思疎通は非常に困難となるのだ。

テルが手動開閉装置の方へすっ飛んでいく。シンゴはその様子を横目で見てから、自分のベガーに手を伸ばした。

「待たせたな、ミクメック」

ミクメックは比較的透明度の高いベガーだ。視界がクリアになるから、シンゴとしては彼とシンクするのが一番好きだった。もっとも、そういうことを抜きにしても、彼には強い友情を感じている。ミクメックの方でも、自分に強い好意を持っているようだった。

子供たちの大半は特定のベガーとシンクすることを好んだ。パートナー契約と呼ぶそれは、実際のところは契約でもなんでもなく個人間の取り決めにすぎない。だけどいつも同じコンビで行動すれば、互いの心の内もわかるし、呼吸も合わせやすい。

シンゴが両腕をベガーのゼリーに押し込むと、ミクメックはおずおずとゼリーの触手を伸ばしてきた。

シンゴは大きく口を開けて、触手を受け入れた。

ベガーの一部を呑み込むこの段階は、大人たちにとって一番受け入れがたいのだと聞いたことがある。そうかもしれない。シンゴも初めてシンクの練習をしたときは、ちっともゼリーの触手を呑み込めなかった。シンクの練習を始めてから実際にエアロックを通って真空の廊下に出るまで、一年以上かかっている。

　今はもう慣れた。口の中に広がる酸味も、喉を広げるように潜り込まれる感覚も気にならなくなっている。むしろそれがベガーと繋がるということなのだから、ちょっと苦しいくらいが嬉しいのだ。

　顔全体がベガーに包み込まれた。ぱちぱち、と目をしばたたかせ、ゼリー状の湿った体内に顔とまぶたを順応させる。うん、コンタクトレンズはズレていない。脚が、そして全身がベガーに包まれていく。抵抗は一瞬で、すぐに水の中を泳ぐような感覚になる。右手をベガーの中央、コアに伸ばした。やさしく撫でるようにしてコアに触れた。コアを触る微妙な感覚で、ベガーに指示をするのだ。この上手《うま》い下手《へた》で、シンクしたときの動きの精度が大きく変わる。腕の見せ所だった。

　シンゴは自分ではまあまあシンクが上手い方だと思っている。反復練習によるデータ収集とその整理、効率化への試行錯誤はシンゴの得意とするところだ。結果、同年代では上の下といった腕前である。たいていの子には、真空中でのどんな競争でも勝つ自信がある。

　例外もいる。シンゴはちらりとテルの方を見た。

　エアロックのメインゲートがゆっくりと開いていく。この先で空気を抜くのだ。そしてもう一枚、扉を隔てた先は……真空。

「ウィルトト、いく！」

　テルは身を捻《ひね》ってびゅんと飛んだ。一Gの環境下とは思えない猛スピードでエアロックの中に飛び込む。クイックと呼ばれる技術だった。身体の回転とベガーのバネをひとつにした、同じ年の子供ではテルだけができる機動である。

そう、例外だ。テル。この少女だけは別格なのだ。

この少女のシンクにだけは、絶対に敵《かな》わない。テルは誰に教えられるともなく、ベガーと一体になって動くことができる。彼女のそれは努力や工夫といった次元を超えた、まさに天性の才能であった。

「シンゴ！　早く、早く！」

テルに催促されて、シンゴはやさしくコアを撫でた。

「こっちもいこうか、ミクメック」

ミクメックの全身が縮んだ。シンゴの身体が圧迫される。息苦しい。

それも一瞬。シンゴとシンクしたベガーは、弾かれたバネのように地面を蹴ってエアロックに飛び込んだ。テルの動きとは違ってゆっくりとしていたが、それはシンゴに可能な限り正確で丁寧な機動だった。

これでいい。シンゴはテルとは違う。天才ではない。だがベガーが好きだというこの気持ちだけはテルにも負けていないのだと、そんな自信を持っていた。

シンクしたシンゴとテルは、エアロックの外のエレベーターで内殻部に入った。

機材搬入にも使われるこの大型エレベーターがゆっくりと上昇するにつれ、みるみる体重が減っていくのがわかる。つんと耳鳴りがした。ミクメックとウィルトトの身体が少し膨らんでいる。

シンゴの体重が半分くらいになったところでエレベーターが静止した。

ドアが開いた。エレベーターの外は真っ暗だった。ここから先は、いつもサルベージやメンテナンスで来るよりずっと高い階層だ。ほとんどが未踏破である。何が起こるかわからない。左手に教科書サイズの平べったい携帯端末、右手にライトを持ち、シンゴとテルはエレベーターの外に出た。

正方形の通路が左右に伸びていた。案内標識を見る限り、左にいけばＩ24、右にいけばＩ25。事前に調べたシンゴの記憶が確かなら、Ｉ24からシャフトを通じてＩ16へ登れる。十五年前の記録によれば、Ｉ14の片隅に特別な病院のフロアがあるはずだった。ほとんど無重力のそこが、もっとも医療に適しているのだと。

「シンゴが探しているの、何のライブラリ？」

「船員養成プログラム。なんでかわからないけど、学校のライブラリにはないんだ」

「シンゴは船員になる？」

「内容には興味がある。おかしいと思わない？　正式な船員って、もう十人ちょっとしか残ってないんだよ。十五年前は二千人もいたのに。なのに船長と副船長は、新しい船員をつくる気がまるでないみたいだ。向こうの星についてから専門教育を受けた船員がたくさん必要なのは間違いないんだけど。ねえテル、お前どう思う？」

「わかんない」

「俺は自分たちの乗っている船のことをもっと知りたい」

「それってベガーより大切なこと？」

「ベガーだってこの船の乗員だ」

おお、とテルが感嘆の声をあげた。

「シンゴ、いいこといった」

「当たり前のことだよ」

シンゴは首を振った。

「俺はミクメックのことが大切だ」

「わ、わたしだってウィルトトが大切」

「うん。俺はベガーを守りたい」

それがいかに難しいことか。

ベガーとシンクをするどころか、ベガーを見るだけで怯えて逃げ出す大人たちがいる。

好意的な大人でさえ、ベガーに触ることすらできない。彼らは皆、十五年前に悪鬼のごとく人を殺したベガーたちを恐れている。家族を殺されたと憎んでいる。

「シンゴ、難しい顔してる。じじーみたい」

心外である。確かにシンゴは考えなしに駆けまわるよりはベンチに座ってじっとそれを眺めている方が好きだし、他人に迷惑をかけるよりは世話を焼く方だし、それをおっさんくさいといわれればそうかもしれない。体育や合唱よりも、椅子に座って数学の問題を解く方が好きだ。微分・積分などは大好物で、パズルをクリアしたり暗号を解読したりするような楽しみを覚える。それはまあ、確かに子供っぽくないといわれれば、そうだろう。

でも面と向かっていわれると、特にいつもシンゴに迷惑をかけっぱなしのテルにいわれると、流石《さすが》に少々、腹が立つのだった。

「幼いっていわれるよりはマシだ」

「皮肉？」

「わかってるじゃないか。いこう。ここでぐずぐずして、ハンターに見つかったらたいへんだ」

戦争の末期、人間側は、対ベガー用無人兵器を投入していた。

通称、ハンター。ベガーの発する熱を探知し追跡、攻撃する、ドラム缶を横に転がしたような姿形をしたロボットである。戦後、シンクする人間が増えた後、管理できなくなったこれらの危険性が問題になっていた。ベガーの中に人間がいても、彼らは当然のように攻撃してくるのだ。

シンクする子供たちにとって、ハンターというのは恐怖の的だった。狙われたら生き残れない。そう信じるからこそ、内殻の探索でも用心することになる。

もっとも中には、そんな用心など面倒くさいとまったく気楽に走りまわり、騒ぎまわる者もいる。たとえば、ただ通路を進むだけにもかかわらず、わざわざ壁や天井を蹴って反転加速を楽しむ目の前のテルのように。

「見て、見て、シンゴ」

イヤホンからテルの喜ぶ声が聞こえてくる。

「こんなに速く飛べた。新記録」

真空中だから音は聞こえないけれど、もし聞こえていたら、ばこんばこんとひどい騒音を立てていることだろう。壁を蹴って飛び跳ね、くるくる回転するその姿は、もう完全に目的を忘れて遊んでいるとしか思えなかった。

「あれじゃウィルトトも疲れるだろうに」

そう呟《つぶや》くと、ミクメックのコアがふるふると震えた。

やさしい否定と心地よい愉悦の感情が伝わってきたような気がした。

「そうか。ウィルトトも楽しんでいるのか」

そういえば、ウィルトトもそうとうに腕白だ。ベガーたちの間でも呆れられていると、以前にミクメックが教えてくれたことがあるのだ。

実際に口に出した言葉ではない。あくまで感覚的なものだ。

ベガーはベガー同士でしかわからないコミュニケーション手段で会話する。一応、きゅいきゅい、という感じのかん高い声を出すこともできるけれど、それは言語のごく一部に過ぎなくて、他にも身体の動きとかコアの色とか、あとは電波なんかも飛ばしたりしているそうだ。そんなわけだから人間の言葉への完全な翻訳は不可能なのだという。

でも実際のところ、シンゴはミクメックとの意思疎通にほとんど不自由していない。彼のいっていることはだいたいわかるし、感情も理解できる。ミクメックだってシンゴの気持ちをほとんど確実に、的確に捉《とら》えてくれる。並んで走りまわるときだって、シンクでだって、二人の息はぴったり合っている。

ベガーと会話する。

シンゴやテル、それに彼らと同年代の子供にとって、それは息を吸うようにあたりまえのことだった。第一学校に入る頃には既にシンクを覚えていたのだから、数学や物理よりシンクの方が得意になるのも当然なのである。そんなことをいうと親世代の大人たちは眉をひそめたり、口汚く罵《ののし》ったり、中には激怒したりする人もいる。

シンゴが見るところ、現在の大人たちは、ただ現実に適応できていないだけだ。

今は十五年前とは違う。戦争から十五年という長い時間が経過したこの世界では、ベガーと共に暮らす才能こそがなにより必要なのである。古い価値観の人たちはそれを認識するべきだし、それが認識できないような人間と付き合うのは時間の無駄だった。

だからシンゴは家を出て、一人暮らしをしている。

二年前からなるべく作業ポイントを貯めるようにした。勉強もがんばって、ベガーのこと以外ではお利口な子供を演じていた。掃除も洗濯も一人でできるようになった。そうして一年前、ようやく一人暮らしができるようになったのである。

幸いなことにオーシックスには空き部屋がたくさん余っていたから、シンゴの一人暮らしはわりと簡単に認められた。

以後、ベガーに関することで両親と喧嘩する煩《わずら》わしさはなくなった。

自分の意見を通すとは、こういう風にやるのだと、シンゴはそのときよく学んだ。


船内のいくつかのエレベーターは、十五年前に故障したまま修理が終わっていない。そういうブロックにいくには、荷物搬入用のシャフトを利用するしかなかった。ずっと上まで続く縦穴を、だいたい百メートルほど登っていくことになる。一応、梯子《はしご》はついているものの、落ちたら体重が半分でもまず助からない高さだ。

シャフトの横幅は十メートルくらいもあって、本当にただの大きな空洞だった。これを登っていくのは、なかなかに勇気がいる。大人でも嫌がる人が多いくらいだ。

もちろん、そんなことてんで気にしちゃいない人間もいる。たとえば目の前の少女がそうだった。

「よっ、と」

テルは軽く梯子に足をかけ、梯子の段を力いっぱい蹴った。同時に彼女を包む薄緑色のベガーの先端部分が、触手となってびよんと頭上に伸長した。触手が梯子の上の方を摑《つか》む。いっぱいに伸びたバネが反動で縮むように、シンクしたテルの身体が勢いよく持ち上がった。

手足を梯子にかけ、またジャンプ。

びょん、びょん、びょん。

二人の動きは完全に一体となり、ものすごいスピードで梯子を登っていく。

「ミクメック、あの真似できるか」

相棒のコアがふるふると震えた。

苦笑いの混じった否定と、感嘆の感情が伝わってくる。やはりテルとウィルトトのコンビは特別なのだ。

「俺たちは堅実にいこうな」

今度は力強い肯定の感情が伝わってきた。

ベガーの強靭な身体は、百メートルを落下しても死に至ることはない。ベガーからすれば自分のコアさえ守れればいいのだから、落下の衝撃くらいなんとでもなるのである。しかし中の人間はそうはいかない。

ベガーはシンクさせている人間が怪我することをとても嫌がる。彼らはナイーブなのだ。ちょっとしたことでも、自分のせいで怪我をさせたと、すごく悲しむ。だから普通、ベガーはシンク中に無茶をしない。子供たちはそれを知っているから、口ではいさましいことをいう子も割と多い。

だけど本当に無茶なことをするコンビは、稀《まれ》だった。たいていはベガーが制止する。

数少ない例外がテルとウィルトトである。

「シンゴ、早く、早く！」

「前に先輩にいわれただろ。登る最中は梯子に集中しろ」

シンゴはミクメックにライトを預けた。ゼリーの触手がライトを握り、その先端をゼリーの外側に突き出した。心得たもので、少し頭上をぶれなく照らしてくれている。

「ありがとう、ミクメック」

シンゴとミクメックはテルの声を完全に無視して、梯子を一段ずつ登り始めた。慎重に、だがスピーディに、適切なスピードで。

それは派手ではないが、誰よりも着実な動きだった。誰にとっても見本になるような行動が、シンゴとミクメックにとっての理想なのである。多少、時間がかかっても仕方ない。テルがむくれようが知ったことではない。

それでも船のたいていの人々よりいい動きをしているという自負があるのだから。


シャフトを登りきった先のI16ブロックは、完全に未知の領域だった。

十五年前の初期にこの一帯が隔離されている。今はもう電気すら通ってないはずだ。シャッターを手動で開け、中に踏み込んだシンゴとテルは、そこが真空のまま十五年間放置されていたことを確認した。

他のブロックと同じような明かりひとつない通路が、ずっと奥まで続いている。

「電気を回復させるか？　そうすれば次からここへのエレベーターが使える」

「いらない。今日中にデータ、発見する」

テルは笑った。

「わたし、男になる」

目的は忘れてなかったんだな、とシンゴは嘆息した。

「わかったよ。じゃあ、まっすぐI14にいこう」


シンゴとテルは戦争の三年後に生まれた。

同じ年に生まれた子供は、約八十人。ほぼ全員が四歳の頃からベガーと親しみ、そのうち八割が五歳から六歳でシンクを始める。

シンゴが十二歳になったこの日まで継続的にシンクを続けているのは、四十人と少しだ。

その大半は男子だった。

年頃になった女子は、シンクを敬遠する。いや正確にいえば、親世代が女性のシンクを嫌がっている。肌が荒れるとか母体に影響があるとかなんとかいわれているけれど、結局のところは二年前に起きたシンク中の死亡事故の被害者が当時十三歳の少女だったことが原因だとシンゴは思っている。

彼女は十二時間も連続してシンクしていた。彼女のベガーは疲労の果て、食欲の本能を抑えきれなくなり、体内の人間を消化しようとした。

少女は凶暴な筋肉となったベガーのゼリーにひねり潰され、生きながら酸で溶かされた。作業中の事故で、周囲の誰も、最初は気づかなかった。エアロックからかなり離れていたから、たとえ発見していてもどうしようもなかっただろう。

とにかく彼女は、ベガーに喰われて死んだ。そのベガーがどうなったのか、大人たちは教えてくれなかった。だいたい想像はつくけれど。ベガーたちに聞いても、そのことについてはあまり話したくなさそうだった。

シンゴはこの話題がタブーになったことを知った。

このときを境に、ベガーと子供たちが仲良くすることに反対する大人が増えた。我が子をシンクさせない親も増えた。そもそもベガーたちの住むオーセブンへ子供をいかせない親すら出る始末だった。

シンゴの両親もそんな風潮に敏感に反応した。ベガーとシンクして本当に大丈夫だろうかと、もうすぐ五歳になろうとしていた妹のことを心配していた。

シンゴはそんな彼らを横目で見ながら、黙って一人暮らしの準備を始めたのである。

「二時間半が経過、だよ。おしまいだ」

時計をちらりと見て、シンゴは宣言した。

I15ブロックは、通路のあちこちが派手に壊れていた。戦争の傷痕だ。中には携帯端末の地図と違って、改修されいきどまりになっていた場所まであった。おかげで、あっちこっち遠回りさせられ、だいぶ時間を食ったのである。

ようやくI14ブロックの入口を発見し、シャッターを開けた頃にはタイムアップだった。

ほとんど無重力に近い場所だった。シャッターの先の通路は真っ暗で、少し先もまったく見通せない。地図によればこのすぐ先に大きな広場があるようだが……。

「帰ろう、テル。今から戻っても、三時間のリミットギリギリだ」

「あと少し！　シンゴ、あと少しだけ！　やっとここまで来たのに」

「ダメだ。こんなところで危険は冒せない」

三時間。それが大人たちの定めたシンクのリミットだった。

三時間以内のシンクなら、ベガーは絶対にその本能に負けたりしない、中の人間に危険が及ばないと、そう判断されていた。

それがどんな計算によって求められたものなのか、シンゴは知らない。どれだけ正しいのかもわからない。だけど、科学的に正しいか正しくないかなんて、そんなことは関係がなかった。三時間ルールは大人たちが定めたことなのだ。それを破ることは、シンゴが苦労して築き上げた「いい子」という看板に泥を塗ることになる。

ひいてはテルの立場も危うくする。

「もうルートはわかったから、次は簡単に来られる。……やっぱりI16の電気を回復させておけばよかっただろ」

「じゃあ、せめてそっち、電気の方だけでも！」

「やるとなると、これから戻って三十分はかかる。やめておこう。今は微妙な時期だ。エアロックのログはきっちり取られているんだよ。大人たちを無駄に心配させると、明日、外に出してもらえなくなるぞ」

「シンゴ、明日も一緒に来てくれる？」

「もちろんだ。俺たち、まだ何の目的も果たしていないんだから」

「そっか。わかった」

テルは思ったより素直に従った。くるりときびすを返す。

シンゴはちいさくため息をついてテルの後を追った。

正直、ほっとしていた。あまりゴネるようだったら、どうしようかと考えていたのだ。最悪、どこかのブロックの一部に空気を入れて、そこで休もうかとも考えていた。そのためにベガーの疲れを取るための珊瑚の化石や、ベガー用のレーションまで用意してきている。

テルは気分を害したのか、それとも落ち込んでいるのか、しばらく黙っていた。

少女はI16ブロックまで戻ったところで、ようやく口を開いた。

「大人って、どうしてややこしいルールをつくるのかな」

「三時間ルールのこと？」

それだけじゃない、とテルは首を振った。

「あれを持っていけ、これを持っていけって。エアロックをくぐる時だって、いろいろメモしていかなきゃいけない。わたしたちをいじめて、そんなに楽しいのかな」

「いじめてるんじゃないよ。守っているんだ」

シンゴはミクメックを少しせかして、ウィルトトの横に並んだ。

二体のベガーは荷物搬入用の広い通路を並行して飛んだ。ちらりとテルの顔を見る。テルは唇をきゅっと結んで、顔をしかめていた。

「俺たちのことが大切なんだよ。大事で大事で仕方がないから、ルールでがんじがらめにして、それで守っているつもりなんだ」

「いい迷惑」

「テルだってウィルトトに喰われたくはないだろ」

少女は苦笑いして、首を振った。

「ごめん、シンゴ。わたし、わがままだよね」

「テルのわがままはいつものことだ」

「シンゴを困らせた？」

「いいや、この程度のことで困りはしないよ」

「よかった」

テルは破顔した。気持ちのいい笑顔だった。

満足してくれたなら幸いだ、とシンゴは思う。テルの悩みは、シンゴでは代わってやれない類のものだ。

彼女はただ、ウィルトトと共にいたい。

だけど社会がそれを許してくれない。

それでもシンゴにできることはある。少なくとも、傍にいてやることくらいはできる。

それでいくらかでもテルが笑顔になるなら、シンゴとしてはとても嬉しい。

だからシンゴも、つられて微笑んだ。

しかしテルは、続いて顔を曇らせ「でも」と呟いた。

「ウィルトトに喰われるのって、どんな気分になるのかな」

シンゴの背筋がゾクリと震えた。

「それって、ずっとずっと一緒にいられるってことだよね」

「おい、テル！」

テルとウィルトトの前にまわりこんで、彼女の顔をライトで照らした。いつも元気な少女は、泣いているとも笑っているともとれない複雑な表情をしていた。

「テル、お前……」

テルはライトの光に目を細めて、「大丈夫」とミクメックを押しのけた。

「バカな考えは起こさない。そんなのウィルトトのためにならない。わたし、ウィルトトのこと、大切だから」

テルはくすりと笑った。

「でもね。きっとそれは嬉しいことなんじゃないかって。ウィルトトとひとつになることを考えると、胸の内側が熱くなる。ねえ、シンゴ。わたしはウィルトトと一緒にいたいよ。ずっと一緒がいい」

シンゴは彼女にかけてやる言葉を必死で考えた。

なにも思いつかなかった。

・十月二日

オーシックスはアスファルトの道路の左右に集合住宅がずらりと立ち並ぶ居住区と、野山に畑にと変化に富み、木造の建築物が立ち並ぶ行政区に分かれている。行政区の建物が木でつくられているのは、木が船の中でも比較的手に入りやすい素材で、長持ちして、しかも再利用の際に便利だからだ。少なくともシンゴは授業でそう習った。必要に応じて建物を増やしたり、減らしたりできるということである。

実際、空前のベビーブームとなった戦後、工場が潰され学校が増えた。それまでは幼年学級を除く一年生から十二年生までがひとつの学校で勉強していたらしいのだけれど、シンゴが三歳になる頃には、三年ごとに別の学校に通う新制度が始まっていた。

第二学校には、四年生から六年生が通っている。十二歳のシンゴとテルは六年生だから、来年は第三学校に移る。第三学校卒業時には、第四学校に進学するか、それとも一人立ちして働くか、人生で最初の職業選択を迫られるのだった。

十五年前までは他に船員学校というエリート校があったらしい。上級船員だったという祖父によれば、戦前、船員と一般乗客はあまり交流がなかったようだ。亡くなった祖父にもっと詳しい話を聞いておけばよかったと今にして思う。

今のシンゴたちにとって、三年後の選択肢はふたつ。進学するか、就職するか。進学するなら教職か技術職か研究職を目指すことになるし、きっと両親はそれを期待している。その場合、教師に推薦してもらうために、なるべく「いい子」でいなくてはいけない。

第二学校は畑が広がる一帯のそのど真ん中に存在する。二階建ての木造建築で、一階は職員用と特殊授業用、二階に全六クラスの教室がある。

この校舎の敷地は、十五年前、作物の集積所だったという。畑を貫くようにつくられた幅の狭い一本道は、登校時間ともなると生徒でいっぱいになる。数年前に肥溜《こえだ》めに落ちた生徒が出てから一応は木組みの粗雑な柵《さく》が設置されていたが、そのせいで道幅が狭くなり、余計に登校時の混雑が起こるようになってしまった。

そんなこともあって、シンゴは普段から少し早めに登校することにしている。だいたいの場合、教室に一番乗りだ。誰もいない教室で教科書とノートを開いて前日の復習とその日の予習をするのが、シンゴの日課だった。

だが今日は、早朝の教室の様子が違った。前日に三時間もシンクしたから少し疲れが残っていて、そのせいで登校が数分遅れたというのもあるけれど、でもシンゴが知る限り、この時間にクラスメイトが何人も登校していたことはない。

しかも全員が女子だった。十人前後の女子が、窓側の隅でひとかたまりになっていた。

シンゴは二階の教室に一歩入ったところで戸惑《とまど》い、立ち止まった。

二十世紀の学校を真似たという木造の校舎は、足音が大きく響く。だからクラスにいた全員が自分に気づいたことは驚きではない。

問題は、それまでなにやら話し込んでいた彼女たちが一斉に振り向き、シンゴのことを睨んできたことだった。

「シンゴくん」

群れのボスであることを誇示するかのように腕組みした髪の長い少女が目を細めた。

「話があります。ちょっといいかな」

スイレンという名のこの同級生のことを、シンゴはほとんど知らない。成績優秀で、いつも級長をしていて、女子のリーダー格だということくらいだ。ほとんどの女子の例にもれず、シンクは去年のうちにやめてしまっていたから、そういう意味でも関心の外だった。

だが要注意だ。彼女のような人種は、いつも多くのとりまきと共に行動している。まるで友達の数が人間としてのステータスだというかのように、とにかく群れる。そしてこれはシンゴの偏見かもしれないけれど、彼女のような人種は、群れの外にいる人間にはあまりよい感情を抱いていないのではないか。

つまりは、女子の中では規格外であるテルとはあまり仲がよくない類の人種なのではないだろうか。

シンゴは警戒しつつ彼女の言葉に頷いた。トラブルの予感がする。そしてシンゴが関係するトラブルといえば、たいていの場合、その発信源はテルなのである。

「ここじゃもうすぐ男子が登校してきちゃう。場所を変えましょう。屋上まで来てくれるかしら」

「鍵がかかっているよ」

「問題ないわ」

スイレンがシンゴの手首を掴んだ。温かくて小ぶりで、でも力強い指先だった。

シンゴは引きずられるようにして教室の外に連れていかれた。

多人数で取り囲まれることを覚悟していたが、スイレンについてきたのは、いつものとりまきの女子二人だけだった。

屋上の鍵は、懐から取り出したマスターキーらしきものであっさり開けてしまった。

「友人に鍵屋の子がいるの」

そういって、屋上までシンゴを引きずってきた少女はくすりと笑った。

校舎の屋上からは、オーシックスの全体が一望できる。

高さ百メートルの天井が、白く発光している。「太陽」と呼ばれるそれは、地上をまんべんなく照らし、見上げるとまぶしくて目がくらむほどだった。

第二学校の周囲は一面の畑だった。大人たちに交じり、ドラム缶に似た不格好なロボットが畑を耕している。

その畑の向こう側、アパートが緊密に並ぶ一帯から、ぞくぞくと生徒が学校へやってきていた。今日もまた、通学路はたいへんに混雑するだろう。生徒に混じって、登校が遅れた教師たちの姿も見える。シンゴたちの担任の姿もその中にあった。

一方、畑とは反対側を仰げば、木々の生い茂った小さな山が見えた。一般にただ裏山と呼ばれているそこは、一面、緑に覆われている。木を植え、育てているのだ。昆虫や小動物も多かった。学校行事で何度かハイキングにいかされたこともある。

そんないつも通りの光景を眼下にしながら、シンゴは屋上の片隅で、三人の女子に追い詰められていた。

「どうして逃げるの」

スイレンが腕組みしてシンゴを睨んだ。

残る二人の女子が、さりげなく横に散ってシンゴの退路を塞《ふさ》いでいた。現実逃避的に周囲を見渡していたら、どうやら自分たちのことを無視されたと思ったようだった。

「別に、逃げてなんか……ええと」

シンゴは三人の女子に囲まれ、激しい喉の渇きを覚えた。今日の「太陽」は、ちょっと熱すぎるような気がしてならない。汗が頬を伝い落ちる。大きな音を立てて唾《つば》を飲み込んだ。

先ほどもスイレンに腕を摑まれて歩いているだけで、彼女の身体から発している甘い匂いが鼻腔をくすぐって、とても平常心ではいられなかった。

「あの、ごめん」

喘《あえ》ぐようにして、なんとかその言葉を捻りだした。シンゴにとっては精一杯のひとことだった。

目をつぶった。

「わたし、まだ何もいってない。何に対して謝っているの」

詰問《きつもん》口調だった。今しも胸倉《むなぐら》を摑みかかられそうだった。シンゴは低く呻《うめ》くと、ぎゅっと目をつぶった。

下を向き、やけくそになって腹に力を込めた。

「ああっ、もうっ！」

びくっ、とした少女たちの気配が伝わってきた。

顔をあげると、三方を囲んでいた女子が、一歩、後ずさっていた。

「な、何よ」

おっかなびっくり、思わず腰が引けたスイレンを無視して、シンゴは大きく深呼吸した。

目をつぶって二回目、三回、四回。

まぶたを持ち上げると、いつの間にか動悸はだいぶ静かになっていた。

「驚かせてごめん。女の子と話すと、緊張しちゃうんだ」

「そうみたいね」

スイレンは呆れ顔で肩をすくめた。

「わたしもちょっと威圧的だったかも。脅かしてごめんね、シンゴくん」

もうそれはいい、とシンゴは苦笑いした。外を見れば、生徒が次々に校門をくぐってくる。

あまり時間はないだろう。

「それじゃ話を聞くけど、テルがまた何かしたかな」

単刀直入にそう問いかけた。

だがスィレンは、拍子抜けしたように首を振った。ついで厳しい顔になるとずいと詰め寄ってきた。シンゴは思わず身を仰《の》け反《ぞ》らせ、背後の壁にぴたりと後頭部を貼りつけた。

「あ、あの、ちょっと……」

「あなた、手ひどくテルをふったでしょう。どうして？」

「はい？」

シンゴは間抜けな声をあげた。

落ち着いて話を聞いてみれば、単純なことだった。

昨日の朝、テルが叫んだ「結婚しよう！」という言葉は、半日遅れで第二学校中に広まっていたのである。放課後となったらすぐさまベガーのところに走っていったシンゴとテルだけが、迂闊《うかつ》にもそれに気づいていなかった。

話題は校内を駆けめぐり、尾ひれまでついて、シンゴとテルは一躍、第二学校でもっとも注目される二人となっていたのである。

シンゴは肩を落とした。ひどく間抜けな話だ。

「テルがどうしてそんなことをいったのか、考えなかったの？」

とシンゴが訊ねると、今度は彼女たちがきょとんとしてしまった。

つまり、目の前の少女たちにとって、恋愛ゲームに深い理由はいらないということなのだろうか。ましてやテルは、誰が見ても考えるより先に走り出すタイプで、後先考えない。それに彼女が四六時中シンゴと一緒にいるというのも、誰の目にも明らかな事実だった。

シンゴやテルからすれば、彼らは二人でいるのではないのだけれど。

そう。シンゴはいつもテルとミクメックやウィルトトと、四人で遊んでいたのである。

シンゴたちの感覚からすれば、ベガーと人間の違いなんてたいしたことではない。だいたい、たいていの人間の友人よりもベガーと一緒にいる時間の方が長いのだ。シンゴに至っては、両親の顔を見るよりもミクメックの顔を見る時間の方がはるかに長い。

「シンゴくんはテルのことが好きなの？　それとも好きじゃないの？　男の子として答えてちょうだい」

返答に困っていると、そんな様子をじっと観察していた女子の一人が口を挟んだ。

シンゴはため息をついた。そんなの決まっている。とはいえ、話し方には気を使わなければいけない。少し考えて、頭の中で言葉を組み立てた。

「できの悪い妹みたいなものだよ」

うん、これならいける。きっと大丈夫だろう。

「傍にいないと、なにをしでかすかわからない。危なっかしくて目を離せない。わかるだろ、何でか知らないけど、テルが悪さすると俺まで怒られるんだぞ」

シンゴの答えがよほどおかしかったのか、質問してきた少女が、ぷっと吹き出した。もう一人の少女と共に、そのまま腹を抱えて笑い出す。

「あはは、へんなの。でもわかる、すごくわかる」

「だからテルの告白を受けなかったの？」

スイレンだけは一人、憮然《ぶぜん》とした表情をしていた。

シンゴは彼女に狙いを定めて誤解を解くことにした。

「テルが両親とあまり上手くいってないのは、知っているよね。昨日の朝も喧嘩して家を出たみたいなんだ。結婚すれば独立できるから、両親に文句をいわれないだろうって、そんな風に考えたみたいなんだよ。テルらしいというかなんというか……正直、こんな風に巻き込まれた俺の方がいい迷惑なんだけど」

迷惑、という部分を特に強調する。

「あいつの方でも、俺に恋愛感情なんて持ってないと思うよ。疑うなら、俺とウィルトト……テルのベガーだ、知ってる？　このふたつの名前をあげて、どっちが好きか聞いてみればいい」

スイレンたちは、一応筋道立ったシンゴの説明に矛《ほこ》を納めた。まだ納得しきれてはいない様子だが、これ以上の情報は引き出せないと判断したのだろう。

「問い詰めたりして、ごめんなさい」

スイレンは素直に頭を下げた。

シンゴとしては、どうにも彼女たちを騙《だま》したような気がして落ち着かなかった。

最後にひとつ、どうしても気になったことを訊ねた。

「テルが傷つけられたって、俺に対して怒ったんだよね。……いっちゃ悪いけど、君らとテルって、あまり仲が良くなかったんじゃない？」

　すると三人の少女は、揃って首を振った。

「シンゴくんは誤解してる。彼女についていけない部分があるのは本当。でも、テルは……かっこいい、っていえばいいのかな。まぶしいの。わたしたち、さっきクラスに集まってた子たちは、テルのまっすぐなところが好きだよ。好きだけど……彼女の迷惑にならないかって、そう思うと、なかなか声をかけられないだけ」

　なんだ、とシンゴは拍子抜けした。

　肩の力を抜く。わかってみればなんでもないことだった。警戒していたような、テルに対する反感は、少なくとも目の前の彼女たちには存在しなかった。シンゴの考えすぎだったのだ。

　とはいえ、テルがクラスで孤立しているのは確かである。

「声をかけてあげれば、きっとテルは喜ぶよ」

　シンゴは男女別の体育の時間などで、テルがひとりぼっちでいるところを目撃していた。彼女自身は気にする風でもなかったけれど、彼としてはそんなテルの姿を見るたび、胸が痛むのである。

「テルは他人の好意には敏感だよ。よかれと思ってやることなら、あいつはきっと、邪魔だなんて思わない」

半分は本当だった。もう半分、いってないことがあるけれど、それはきっと彼女たちが知らなくてもいいことだろう。

テルという少女は、確かに他人の好意は素直に受け取る。ただし、彼女の関心が人間に向いているときは、という限定で。

彼女の関心がベガーに向いているときは、なにをいっても聞く耳を持たない。

それはとても怖いことだとシンゴは思う。いつか取り返しのつかない一線を越えて、手の届かないどこかへいってしまうのではないか。そんな危機感すら覚えていた。


午後の授業も終わった後、シンゴとテルがベガーズ・ケイブに赴《おもむ》くと、先に二人の少年が待っていた。

ケンとダイスケだった。以前はよく一緒にシンクしていたのだが、一ヶ月前のポイント改定の後、二人ともシンクの回数がめっきり減ってしまった。

四人は皆、同学年だった。しかしシンゴとテルがAクラスなのに対して彼らはBクラスのため、学校ではなかなか顔を合わせられない。今日は確か、Bクラスの授業は午前中だけのはずだった。

ということは、二人はシンゴたちを待ち構えていたのである。

「結婚を申し込んだり、フラれたり、たいへんだな、テルは」

ダイスケが白い歯を見せた。

やたらに日に焼けた顔をした、小柄で細身の少年である。五分刈りにした髪の毛先が、脱色したように茶色がかっている。

そういえば、最近は海のあるオーファイブに入り浸っていると聞いていた。ベガーに食べさせる珊瑚の化石をつくる工場でポイントを稼いでいたのか、それとも単に泳いだりサーフボードに乗ったりで遊んでいたのか、どちらにしろあそこの強い日差しをずっと浴びていたことは間違いなかった。

とにかく身体を動かすことが好きなのだ。ベガーとシンクするのもスポーツの一環だとみなしているフシがある。そんな彼だから、ポイントの引き締めが行なわれた途端、他のことに目移りしたのも納得ではあった。

とはいえシンゴとしては、彼とパートナー契約を結んだベガーであるメーヴェレウが時折寂しそうにしていることに心を痛めていた。ベガーたちは、オーセブン以外の人間居住区に赴くことを禁じられている。メーヴェレウからダイスケの方に会いにいくことはできない。だからパートナーを解消しないならダイスケの方でメーヴェレウのケアをするべきなのだ。

もっとも、それはあまりにもベガーよりの思考だ、とわかっている。だからシンゴは、よほどのことがない限り、そんな考えを口に出さない。こちらが面白そうなことをしていれば、彼の興味も自然とベガーに戻るに違いないと思っていたこともある。

「で、なにやるんだ。面白いことか。水臭いな、だったら俺も混ぜろよ」

予想通り、ダイスケはシンゴたちの不審な行動に食いついてきた。

「ダイスケはずっとオーファイブだったじゃないか。掃除だって何だって、全部僕に押しつけてさ」

ケンが、不満を顔に出して鼻を鳴らした。丸刈り頭の太った少年だ。運動神経が鈍く、要領が悪い。たまに同級生にいじめられたとダイスケに泣きついては、彼に喧嘩で仇《かたき》を取ってもらったりもしている。ダイスケとは親分と子分のような関係だった。

ケンはダイスケとは違って、自分のベガーであるカイナケイナのもとへ二日に一度は赴き、なにやら長いこと話していた。どんな話をしているのかシンゴは知らない。友達の少ないケンにとって、カイナケイナはなんでも受け入れてくれる数少ない親友なのかもしれない。なんにしろケンは、シンクするよりベガーの傍にいてじっとしている方が好きという、一風変わった少年だった。

「しょうがないだろ。はやくいかないとサーフボードを第三学校のやつらに取られちゃうんだから。あいつら学校がオーファイブよりだからって、なんでも早いもの勝ちにするんだぜ」

オーファイブの八割は、海と呼ばれる塩水で一杯の地区で、もう二割は砂浜と工場だ。シンゴは、そこでベガーに食べさせる珊瑚の化石を育成していること以外、あまり関心を持っていなかった。サーフィンなんて何が楽しいのだろう。ベガーと一緒にやることもできないのに。

「でさ、シンゴ。結局、どうしてテルの告白、断ったんだ?」

こいつらになら話してもいいか、とシンゴは判断した。

昨日の朝のあらましを説明すると、ダイスケもケンもげらげら笑い転げた。

「うう、いじわる! 二人とも嫌い!」

テルが真っ赤になって、二人の頭に拳を振り下ろした。鈍い音がして、二人ともその場にうずくまる。かなり痛そうだ。シンゴは顔をしかめた。

「もう知らない!」

テルはぶんむくれのまま、大股でベガーたちの溜まっている鍾乳洞内の泉の方へいってしまった。

「あれ、恥ずかしがってるのか?」

ダイスケは思い切り殴られた頭を押さえて、涙目で、それでもまだ笑っていた。

「テルも女の子らしくなったって思ったんだけどな」

「あんまりいってやるなよ。男じゃないからベガーと一緒にいられないって、それってあいつにとってはすごい理不尽なことだぞ」

「わかってるよ。いや、一ヶ月もここに来なかった俺にはあんまりいう資格がないけど、わかっているつもりだよ」

ダイスケは傍にまとわりつくメーヴェレウの少し青みがかった身体を撫でて、苦笑いしていた。どうやらシンゴたちがここに来る前に、メーヴェレウとの一ヶ月分の話は済んでいたようだ。

「シンゴ、お前も水臭いぞ。メーヴェレウが寂しそうだって教えてくれれば、すぐに飛んで来たんだ」

「次からそうするよ」

シンゴはほっとしている自分に気づいた。

ダイスケがシンゴが思った以上に気のいいやつだったからだろうか。ベガーをないがしろにしていたのも、ただ単に彼の想像力が足りなくて、ちょっとばかり忘れっぽかっただけだったからだろうか。

こんな自分もテルのことはいえないな、と思った。大人たちの誰かがテルのことをベガー狂いだといっていたけれど、それをいったらシンゴだって立派なベガー狂いだった。

ベガー狂い。けっこうな話じゃないか。むしろ誇らしいとすらシンゴは思う。

「それでさ、シンゴ。君とテルはいったいなにをしているの？」ケンがいった。

昨日、どういう理由でI16まで赴いたか説明すると、二人はまた、腹を抱えて大爆笑した。声をききつけて駆けてきたテルは、バカみたいに笑い転げる二人に無言でケリをお見舞いした後、真っ赤な顔でシンゴを睨んで、「バカ！」と耳元で叫んだ。

ひどく機嫌を損ねていた。

メーヴェレウが、きゅいきゅい、と高い声で鳴いた。呆れているみたいだった。

さて、テルの機嫌をなおすのは簡単だ。ちょっとウィルトトを褒めて、ついでにシンクの話を持ち出せばいい。

エレベーターから内殻に降りて五分もした頃には、テルは上機嫌で変則ターンの練習をしていた。今日はダイスケも一緒になって、天井や壁を勢いよく蹴っての反転運動を繰り返している。

ダイスケとシンクしているメーヴェレウは、久しぶりのパートナーとのシンクに大はしゃぎだった。一ヶ月のブランクをものともせず、時にテルとウィルトトより鋭いターンを見せてシンゴとケンをびっくりさせた。

「ケン、君はついてきてよかったの？」

先行する二人のことは放っておいて、シンゴは傍《かたわ》らの太った少年に訊ねた。

「これからいくところは、エレベーターがまだ使えないんだぞ。シャフトの梯子を百メートルも登るんだ」

「怖いけど……がんばるよ」

ケンの運動音痴は心配の種だった。彼とシンクしているカイナケイナは慎重な性質だったが、シンク時の事故は、たいていの場合、人間側の不注意で起こるのだ。

大丈夫だよ、とでもいうように、ミクメックのコアが小刻みに震えた。

「そうかな。大丈夫かなあ」

ミクメックの身体からカイナケイナの方にゼリーの触手が伸びた。カイナケイナの方からも、触手が出た。

二体のベガーは握手するように互いの触手をからめた。

「なるほど、ミクメック。俺たちでケンを支えるのか」

「僕、重いよ」

「ベガーの方がずっと力持ちだよ」

実際、シンゴたちを包むゼリーは、シンゴたちの筋肉よりよっぽど柔軟なバネを持っている。食事のときには内部に取り込んだ骨つき肉の骨を砕くほどのパワーを発揮するし、勢いよく飛び跳ねれば、牛の一頭くらい軽く蹴飛ばせるだろう。

「下を見ちゃいけない。上だけを見て登るんだ。上にいったら、電気を復旧させてエレベーターを稼動させる。帰るときはらくちんだよ」

「そ、そうだね」

彼もテルとは別の意味で放っておけない人間だった。幸いなことに自分の分というものをよくわきまえているから、シンゴたちの目の届くところに置いておく限り安全ではある。他にも彼には、彼にしかできない役割があった。

「おーい、テル、ダイスケ！　先にいきすぎだ！　俺たちが追いつくまで待ってくれ！」

シンゴは大声で叫んだ。

テルのストッパーがそれだった。さすがのテルも、ケンがついていけないといえば暴走をストップして待っていてくれる。

ケンも己の役目は心得ていた。時折、こちらを伺うように見ては、カイナケイナのペースを調整している。内省的な彼は、テルやダイスケだけでなく、シンゴすら気づかないようなところもよく見ている。彼がいてくれるとシンゴは安心して他のことに集中できる。そういう意味も含め、ケンもまたかけがえのない友人だった。

「いつも遅れ気味でごめんね。でもセイテンカンシュジュツってやつの道具を運ぶときは、がんばるよ」

シンゴはテルをむやみに刺激しないようマイクの電波を切って、ベガー同士を接触させた。マイクは発声機能だけ使い、ベガーのゼリーに音を伝えてもらう。

「そんなもの運ばないよ」

くぐもった声が出て、ケンの耳に直接、シンゴの声を届けた。

「それじゃテルは無意味なことをしているの？」

「テルはなにかをしなきゃいられないんだ。焦っているんだよ。でも仮にあいつがシンクさせてもらえなくなる日が来るとしたって、それは何年も後のことだ。今すぐどうこうするべきことじゃないし、その頃には名案も浮かんでいるかもしれない」

「名案って？」

「それは、これから考える。何年もあるんだ、急ぐことはない」

「思いつくかな」

「なんとかするよ」

シンゴはミクメックのコアをほんのちょっとだけ強く握った。コアがぶるりと震えて、シンゴの強い意志に反応した。励まされている。わかっているさ、とちいさく呟いた。テルとウィルトトを引き離すなんて、そんな非道は絶対にさせない。

「大丈夫。俺がなんとかする。だから今は、テルが暴走しない程度にストレスを発散させるんだ」

「わかったよ、君の考え。……でもねえ」

ケンはなぜかはわからないけれど、とても深いため息をついた。

「シンゴはもうちょっと相談した方がいいんじゃないかな」

「相談？　誰と。もしケンに名案があるなら……」

「違うよ、テルと。それから他に信頼できる大人を見つけて。今回はそれで正しいかもしれないけど、シンゴの考え方は少しひとりよがりな気がするな」

そんなことない、といいかけて、シンゴは口ごもった。ケンをじろりと見る。弱気な少年は、シンゴに睨まれてひるんだ。

「ご、ごめん。余計なことだったよね」

「いや、こっちこそごめん。怒ってないし、余計なことじゃない」

シンゴはため息をついた。ケンの指摘が正しいと、すぐに理解できた。腹立たしいが、そのことを受け入れる程度には、シンゴは冷静だった。

「生意気いって君をけなすつもりはないんだ。ただ、その」

「わかっている。言いづらいことをいってくれて、ありがとう。ケンの指摘は正しい。次からもう少し考えてみる」

シンゴは改めてこのふとっちょの少年を見直した。

どん臭くて、気が弱くて、内向的で、一見なんの取り柄もないように見えるこの友人は、しかし時折、シンゴが考えもしなかった角度から鋭い考察を提供してくれる。

亡くなった祖父の言葉を思い出した。

要領が悪いということは、他人より試行錯誤を繰り返すということだ。なんでも要領よくやっていては見えないこともある、と。

あれは確か、第一学校に入ってすぐ、勉強をがんばって学年トップを取ると家族の前で宣言したときだった。

どうして1＋1＝2になるのか、悩みなさい。もし自分がそれに悩めない人間だとわかったなら、それならそれでいい、そういう風に迷っている人間を見つけて、その人を大切に扱いなさいと。

今なら少しは、あの時の言葉の意味がわかるような気がした。

「ケンは1足す1がどうして2になるのか、悩んだことがある？」

ふとっちょの少年は、唐突な問いかけに首をかしげた。

「ごめん、忘れて」

シンゴは苦笑いして、ふたたび無線のスイッチを入れた。

「こらっ、テル、ダイスケ！　また先にいきすぎだ、少し戻ってこい！」

二人の不満そうな声が同時に返ってきた。


Ｉ14ブロックは昨日来たときと同じく静まり返っていた。

ブロックの入口近くの広間には多くの扉があった。いずれもエレベーターだ。

シンゴたちは手持ちの携帯端末を壁面のパネルに繋いでブロックのターミナル・コンピュータを呼び出した。

個々のブロックを統括するターミナル・コンピュータは、主電源から直接、電力を引っ張っている。ブロック全体の電力系統とは別だから、ブロックごとシャットダウンされても、ケーブルさえ生きていればその中の記録を漁れるはずだった。

意外なことに、Ｉ14ブロックの電気は生きていた。

正確には、独立して存在する十八のユニットのうち、三分の一にあたる六ユニットに電気が供給されていた。

「逃げるときに電源を落とし忘れたのかな」

シンゴは携帯端末を忙しくいじって、引き出せる限りの記録を引き出そうとした。いまいましいことに、他のブロックと違って厳重なプロテクトがかかっている。

ちょっとした情報を手に入れるにも、エラー、エラー、エラー、権限がありません。こういったことの扱いに長《た》けたケンもお手上げの様子だった。

テルは、と振り仰ぐと、端末をいじるのにすっかり飽きて、適当なドアを調べていた。このあたりはまだ、多少の重力がある。ここにあるエレベーターは各ユニットに直通しているはずだった。そのうちのひとつのドアを開けようとしている。

「こら、テル！　勝手にいくな、危ないだろ！」

「へいき！」

何が平気なのかさっぱりわからなかったが、自信ありげに胸を張ったテルの後ろで唐突にエレベーターのドアが開いた。

「やばっ」

テルの切迫した声と共に、ドアから空気がぶわっ、と吐き出された。テルを含めその場の全員が吹き飛ばされ、壁に叩きつけられる。

シンゴとテルは折り重なって壁にぶつかった。視界が反転する。衝撃の大半はベガーが吸収してくれたけれど、頭がひどく攪拌《かくはん》され、うおんうおんと耳鳴りがした。

ミクメックのコアがシンゴの頭まで登ってきて、心配そうに額をこつんと叩いた。

「平気だよ、ミクメック」

安心させるようにミクメックのコアを撫でた。

ふと仰ぎ見ると、ミクメックの上面がへこんでいる。頭上にテルの顔があった。目を回していた。

「テル、用心しなよ」

「うう、ごめんなさい」

「前にも同じことやったよね、確か三ヶ月くらい前に……」

「わあっ、いわなくていい！」

シンゴはため息をついて、ウィルトトの身体を押し退けた。薄緑色のベガーの身体がくるくると回転して、テルはまた目を回した。

「うう、シンゴはいじわるだ」

スネているテルを無視して、シンゴは左右を確認した。ケンもダイスケも呻き声こそあげているものの、四肢をひねったりしてはいないみたいだった。

シンゴは空気というひどい暴力を吐き出してきたエレベーターの中を覗き込んだ。

エレベーターの中は人間が何十人も入れそうなくらい広くて、シンゴたちのいる暗い部屋と違って天井からの白い照明でまぶしいくらいだった。外殻ブロックを照らす「太陽」とは違って、暖かみのない、純白の蛍光照明だ。そういえば病院の中の明かりって、こういう感じだったな。シンゴはふと、そんなことを考えた。

シンゴが病院と一番関わりを持ったのは、祖父が入院したときだ。

個室で呼吸器をつけて静かに眠っている祖父は、身体を揺すればすぐにでも目を醒ましそうだった。シンゴは毎日のように病院に赴き、今日こそ目を醒ますのではないか、起きあがってシンゴにやさしい声をかけてくれるのではないかと期待した。

期待は裏切られた。祖父は、事故の後、一度も意識を取り戻すことなく息を引き取った。病院の廊下の白い照明は、絶対に叶わない望みの象徴としてシンゴの心に刻み込まれた。

後ろでテルが「あー、もうっ」と叫んで、シンゴは現実に引き戻された。

「いったい誰、こんなことしたやつっ」

お前だ！　という声が三方向から飛んだ。

エレベーターで上がった先では、今度は真空のエレベーター内に空気がぶわっと吹き込んできて、シンゴたち四人はエレベーターの壁に身体を押しつけられた。予想できたことだったから、四人ともドアの反対側の壁にぴったりと張りついて切り抜ける。こんなのは用心さえしていれば何でもないことなのだ。不用意にドアを開けたテルが間抜けなのである。

エレベーターを出た。空気が充分にある、とベガーたちが鳴き声で教えてくれた。

広い球型の部屋だった。部屋の壁が淡く白く輝いている。壁の一端から吐き出されたシンゴたちは、部屋の中をふわふわと漂った。

無重力だった。ベガーとシンクする子供は、早いうちに船の中心部であるブリッジ近辺に連れていかれ、無重力を体験する。今やシンゴたちの年頃で、無重力に戸惑う者はいない。そのはずだった。

なぜかケンのベガーだけが他と九十度違う方向に流れていた。残りの三人は、またか、という視線で、慌《あわ》ててあっちこっちを向くケンと、主人の狼狽《ろうばい》をなんとか抑えようと四苦八苦するカイナケイナの奮闘を眺めた。

「おい、ケン！　動くのはカイナケイナに任せろ！　お前はじたばたするな！」

ダイスケが叫んだ。ケンの悲鳴がちいさくなり、次いできゅうきゅう、というカイナケイナの鳴き声が聞こえてきた。イヤホンからではなく、直接だ。

「あ、そうか。ここ、空気があるんだっけ」

ベガーの身体を構成するゼリーは、水の中がそうであるようにたいていの音を遮断してしまう。しかしベガーの鳴き声だけは、どういう理由によるものかゼリーの中でもよく聞こえた。まあ、そうでなくてはベガー同士の会話に困るのだろう。そのあたりの仕組みをシンゴはよく理解していなかったけれど、以前にケンが「波長の問題なんだよ」といっていた気がする。

シンゴはポシェットから黒いペンのようなものを取り出すと、ミクメックの身体の外にそれを突き出した。外の大気に触れ、黒いペンがぶるぶる震えた。手元の携帯端末に情報が送信された。大気成分、良好。呼吸可能。宇宙服の必要、なし。

「どうする？」

「わたし、シンクしたままがいい」

「そうだな。まだ時間は充分にある。ここは大丈夫だとしても、このユニット全体がどうかはわからないし。少なくとも、一通り探索を終えるまではシンクしたままでいこう」

とりあえず、やることは……。

いくつもある出口をちらりと見て、それからフロアの中央で困惑しているケンとカイナケイナを仰いだ。

「あのさ、僕のこと忘れないで。助けてよーっ」

ケンが、なさけない声で叫んでいた。


空気のあるこのフロアの探索は、二手に分かれて行なわれた。

最初に地図と案内を携帯端末にダウンロードし、同時にサーバーのシステムをチェック。ユニットを統括するシステムに異常は見当たらない。地図を見る限り、いくつもの小部屋に分かれた部屋数の多いユニットだった。

シンゴとテル、ダイスケとケンの二チームが、シンクしたまま片っ端から扉を開けて、手近な部屋へ飛び込んでいった。

「リハビリテーション施設って書いてある。リハビリテーションってなに？」

テルが携帯端末に表示される文字を眺めて首をかしげた。

「去年、コウジが足を骨折しただろ。足が動くようになってから、がんばって足を使う練習したよな。ああいうこと」

「ん。コウジ、ベガーと同じ部屋で寝かせてもらってた。あれ、すっごい羨ましかった」

まったく、テルと話していると本当にベガーのことばかりだ。シンゴは苦笑いした。あのときテルは、ウィルトトと二十四時間一緒にいられるなら自分も骨折する、といいだしたものである。大人の前で彼女を黙らせるのがたいへんだった。

足を骨折した人間の介護にはベガーが便利だというのは、病院ではあたりまえのこととなっている。ゼリー状の身体に乗っていれば患者にかかる負荷は大幅に減るし、患者のわがままもきちんと聞いてくれる。ロボットよりよっぽどきめ細かく、そして献身的に患者のサポートをしてくれるのである。ベガーを怖がる大人はともかく、彼らと日常から付き合い、パートナーまで持っている子供たちは、躊躇《ちゅうちょ》なくベガーのサポートを望んだ。そういう場合、病院としても特例にオーシックスへのベガーの立ち入りを許可し、患者の世話をさせている。子供たちにとっては願ってもないことだった。

「ここ、大きい。昔は骨折する人ばっかりだったのかな」

「なにも骨折だけに限らないんじゃないか」

シンゴは携帯端末のデータからインフォメーションのページを引き出し、斜め読みした。

「無重力状態の方が治療には都合がいいことが多かったんだ。入院するにしても身体に負担がかからないんだって。だけど、ずっと無重力の場所にいると身体が弱っちゃうって、そう注意されただろ。身体が鈍らないように、こういうユニットで身体を鍛えていたんじゃないかな」

「そんなこと書いてあった?」

「ううん、そうじゃないかなって。患者用の説明が見つからない。利用案内はあったけど、施設の使用方法とかだけだ」

「じゃあシンゴ、リハビリテーションしよう！」

「話を聞いてた？　健康な人には意味がないんだよ」

そういいながら、シンゴは小部屋に飛び込んだ。用具置き場だ。部屋の隅に固定されていた短い箒《ほうき》のような金属の棒をベガーごしに手に取り、テルに投げた。棒の先端には、学校で使う教科書くらいの大きさをした鉄板が取りつけられている。

「取っ手を握って、板になっている方を進みたい方角に向けて……で、このボタンを押すみたい」

シンゴは自分も棒を一個手にすると、携帯端末にダウンロードしたマニュアル通りドアの近くの壁へ向けてボタンを押した。

身体がベガーごと、鉄板の向いた方角に引っ張られた。目的の壁に向かって、シンゴの身体が飛んでいく。シンゴがボタンから手を離すと、引っ張る力が消えた。身体を反転させて、壁に着地。テルを見上げる。

「魔法みたいだ」

テルが感嘆の声をあげた。

「ポーターっていうらしいよ、この装置。このユニットに限らず船の中ならどこでも使えるって。昔はこうして移動するのが普通だったみたい。取っ手についているこのボタンを押すと鉄板の面が磁石になるって書いてある。ひとつ下のボタンを押すと、逆に反発して、壁から弾かれるんだって」

「おおっ、すごい！」

テルは目を輝かせてシンゴの真似をした。すぐにコツを学び、部屋の中を自在に飛びまわる。シンゴはダイスケとケンも呼んで、彼らにも使い方を学ばせた。ボタンを離すタイミングで引っ張られる力が変化することに気がつくと、どれだけ加速できるかを四人で競争した。

やがてテルが、引っ張る力と反発する力、それから足で壁を蹴ることを利用し、最適のタイミングで加速、反転を続けることで、矢のようなスピードを出すことに成功した。ほどなくしてシンゴたちもテルの真似ができるようになる。生身だったらもっと衝突に注意するところだけれど、今は彼らの身体を包むベガーがクッションになってくれるおかげで、何の怪我も気にせず自在に飛ぶことができた。

しばらく遊んだ後、探索が再開された。

「やっぱり、役に立ちそうなものは残ってないね」

ざっと調べた結果をシンゴは皆に報告した。

「そもそも俺たちの目的は、こんなところじゃないし」

「あ、そっか。忘れてた」

「もう時間がないよ。今日はここまで。戻ろう」

シンゴがいうと、テルは少し残念そうにため息をついた後、手にしたポーターに視線を落として「ま、いいか」と呟いた。

エレベーターに乗って降りる途中で、シンゴたちはボタンを押し間違えたことに気づいた。どんどん身体が重くなっていく。

はたして静止したエレベーターから出てみると、そこは端末の明かりすらない真っ暗闇の通路だった。

「えーと、うん。この先からでもオーシックスに戻れるね」

ケンが携帯端末をいじって答えた。

「でも、危険かも」

「いいじゃない。面白そう」

テルが真っ先に飛び出した。手にしたライトの光が通路を照らし出す。瓦礫《がれき》が転がっていた。派手な戦闘があったブロックなのだろうか。

「ハンターはいない。掃除されている」

安全ならいいか。シンゴはケンとダイスケに頷き、テルの後を追いかけた。


オーシックスの七割くらいの重力があるブロックにも関わらず、先行するテルはポーターを使って通路の壁を蹴り、宙を飛ぶようにして移動していた。

だから彼女を追うシンゴたちは、足元の床が崩れ、ぽっかりと大穴が空いていることに気づかなかった。下の床が見えないほど深い穴に気づき、慌ててブレーキをかける。

「あっぶねえっ」

シンゴとダイスケたちが踏みとどまる横で、ケンとカイナケイナはつんのめり、悲鳴をあげて頭から大穴に落ちていく。

「まずい、カイナケイナ！」

「ケン！　おい、どこか摑め！」

テルとウィルトトが素早く身をひるがえして戻ってくる。

「どいて！」

「テル、ここは重力が……」

「何とかする！」

テルとウィルトトはポーターとクイックを同時に使って天井を蹴り、矢のように大穴へ飛び込んだ。すさまじいスピードでケンに追いつき、ベガー同士の触手をからませる。穴の壁面にポーターを叩きつけてブレーキをかけると、自らの身体をてこにケンとカイナケイナを頭上にぶん投げた。

「シンゴ、ダイスケっ！」

穴の傍で待機していたシンゴたちは、互いのベガーの触手を伸ばし、飛んできたカイナケイナのゼリーを何とか摑み取った。必死で持ち上げ、穴の横の床に転がす。

「次はわたしっ」

テルとウィルトトは、ポーターとクイックの併用で壁面から壁面へと飛び移り、駆けるように上昇してきた。シンゴは必死でミクメックの触手を伸ばし、テルが頭上にかざしたポーターを摑んだ。

ウィルトトの身体を一気に引き上げる。薄緑色のベガーが勢いよく穴から飛び出て、カイナケイナの傍にすとんと着地した。

全員、その場にぶっ倒れ、荒い息をつく。

「今の、ギリ……ギリギリ、だからっ」

「わ、わかってる。だからテル、もうこんなことは……」

「やらないっ。すっごい怖かった！」

さすがのテルも青ざめていた。


夜。オーセブンの天井に無数の星のビジョンが映し出されていた。

シンゴはベガーズ・ケイブの近くの小川のほとりで、ミクメックの食事の様子を眺めていた。このあたりは間伐する人たちもいないから、草木が伸び放題に繁殖している。立ち入るのが少し大変だけれど、それはつまり、誰も来ないということだった。だからシンゴは、誰にも邪魔されたくないとき、ミクメックと一緒によくここに来る。

ミクメックは半透明の体内で酸を分泌し、ゼリーの内側に放り込まれた合成肉を熱心に溶かしている最中だった。時折、ゲル状の身体を人間の筋肉のように収縮させ、肉をひねりつぶしてはちぎっていく。シンクした後のベガーは、はらぺこになるのだ。こういう状態のベガーは外部にも酸が漏れ出すから、あまり傍に寄っていると体液を浴びて肌が荒れてしまう。飛び散った体液が目の中にでも入れば、最悪、失明の危険性すらある。だから気を使ってくれる相棒のためにも人間は多少離れているのがマナーだった。

やがてミクメックが食事を終えた。消化しきれなかったプラスチック部分をぶっと吐き出し、シンゴの持ってきたゴミ袋に捨てる。十数分もすれば体液の変質は終了し、また一緒にシンクできるようになるはずだった。

もっとも今日はもう、その必要もない。よほどのことがない限り、夜間、内殻へ赴くことは禁止されていた。

「いい食べっぷりだ。俺も大きくなるから、お前ももっと大きくなってくれよ」

シンゴが笑うと、ミクメックは少し恥ずかしそうに全身のゼリーを震わせた。

ベガーはよほど親しくならない限り、人間に食事の様子を見せない。

恥だと考えているのか、それとも食物を溶かす様子を人間に見せることが相手の恐怖心を煽《あお》ると自重《じちょう》しているのか、そのあたりはわからない。シンゴは両方ではないかと思っている。

戦争の頃は多くの人間がベガーに捕食されたらしい。でもそれはずっと昔のことだ。ミクメックはシンゴのことを食べないし、他のどのベガーだってそうだ。シンゴはベガーの食事の様子を見て、かわいいとすら思う。一所懸命にご飯を食べているミクメックは、たまらなくいとおしい。

「お粗末さま」

きゅう、とミクメックはかわいらしく鳴いた。

げっぷのようなものらしかった。新製品の合成肉は、よほど満足だったらしい。シンゴはそんな相棒の様子を見てくすりと笑った。

「ねえ、ミクメックはどう思う？」

シンゴは落ち着いたところで相棒に訊ねた。

ケンのアドバイスのことだった。シンゴとしては、どう扱えばいいものか判断ができなかった。そしてシンゴにとって一番身近な相談相手といえば、それはミクメックをおいて他にいない。

「今日は一歩間違えば危なかった。ケンのいう通りだ。子供たちだけじゃ、いつか限界が来る。俺のやりかたは間違っていたのかな」

コアが激しく震えた。否定の感情。ゼリーの触手が生み出され、シンゴを慰めるように彼の手をやさしく包み込んだ。少し温かくて湿ったそれは、まるで人間の手のようだった。

でも、とミクメックは続けた。

ちいさい声で、きゅいきゅいと鳴いたのである。

幼い頃からベガーとつきあってきたシンゴは、それがベガー同士で交わす合図のひとつだと知っている。

ここに集まれ。ここに困難がある。助けてくれ。

そんな言葉だった。今回の場合、音量そのものはちいさい。本来の意味ではなかった。それが示唆しているのは……。

「そうだよな。ベガーにはベガーにしかわからないことがあって、でも同じように人間には人間同士でしかわからないこともあるって……そういうことか」

シンゴはベガーの体表にもたれかかった。まだ少しぬるぬるしていたけど、あまり気にならなかった。

天井を見上げた。満天の星空である。

この天の川のビジョンは、今、船が旅している宇宙空間の景色をそのまま映し出しているはずだった。大きな船の中で、人間とベガーは肩をよせ合わせて生きている。だけどお互い、必ずしも全てを納得しているわけではない。少なくとも、大人たちはそうだ。なんといっても、十五年前の戦争が大きな傷痕を残している。

だが同時に、それを克服するためには、大人たちの協力が必要だった。

「俺は誰に相談すればいいんだろう」

三年前までは、祖父に相談すればたいていのことは解決した。シンゴは船員だった彼のことを全面的に信頼していたし、ベガーと戦ったはずの祖父は、その頃既に、そんなことはさっぱり水に流したようにベガーの将来のことまで考えて、親身になってシンゴの相談に乗ってくれた。

だが祖父はもういない。三年前、ちょっとした事故で大怪我をして、そのまま意識を取り戻すことなく亡くなってしまった。

そんな彼は、何といっていただろう。生前の祖父の顔を思い出そうとして、もう記憶の中にある彼の顔がぼんやりとしか浮かび上がらないことにシンゴは気づいた。

だが、ああ、そうだ。祖父は幼いシンゴに、こんなことをいっていた。

自分がどうしても困ったときは、いつだって船長に相談に乗ってもらったのだと。

「そうだ、船長だ」

シンゴは唐突に呟いた。

ベガーから身を引き剝《は》がし、立ち上がった。

「ミクメック、俺、いくよ。また明日！」

シンゴはミクメックに手を振ると、オーシックスに走り出した。

きゅいっ、とミクメックが鳴いた。毎日交わす、お別れの挨拶だった。

まだ間に合うだろうか。シンゴは壁の時計を見た。星空に溶け込むように淡い光で発光する長針と短針は、普通の子供ならとっくに帰宅している時間だということを告げていた。

気の早い家庭ならもう寝入っているような時刻だった。

オーシックスの天井も星空を映している。ただオーシックスの星の数は、オーセブンのものより少ない。どうしてかは知らないけれど、星空が綺麗なのはオーセブンやオーファイブの特権なのだと以前に聞いたことがあった。明度がどうとか、それを再現したとか、そんなことを理科の教師がいっていた。

シンゴは船長の屋敷の前に来ていた。手には一枚のカードが握られている。

シンゴの祖父はいざという時のために、と彼に一枚のＩＤカードを託していた。船長の家のセキュリティをパスする、上級船員専用のカードなのだという。

祖父はこれを使っていつでも船長のもとを訪ねることができたらしい。亡くなる一年ほど前、シンゴにだけこっそり、そう教えてくれたのである。

シンゴは自分の部屋を漁ってようやく発見した、古びたＩＤカードをじっと見つめた。

船長がこのオーシックスに引っ越してきたのは、シンゴにとっては生まれる前でも、祖父の人生では晩年だ。未だにこのＩＤカードは使えるのだろうか。

そもそも船長という存在は、シンゴにとっては、よくわからない人物だった。

いや、子供たちの誰にとってもそうだ。

船長の屋敷は、誰だって知っている。一般人の家が立ち並ぶ区画のはずれ、閑静な一帯のその一番奥に、船長の家へ続く一本道が存在する。

周囲が林に囲まれたその道に続く門は、いつもぴったりと閉ざされている。船長はここ十年、一度も屋敷の外に出てきていない。かなりの高齢だから実質的に引退しているようなものだと、シンゴの父や母はいっていた。

噂のひとつによれば、船が地球を出発する時から船長だったという。

信じられない話だった。シンゴが学校で習ったことが正しいなら、この船は地球を出てからもう百年近くも旅をしているのである。その頃から船長だったとするなら、百五十歳くらいなのだろうか。そんな老人が、シンゴと話すことができるのだろうか。

いや、と首を振った。今はとにかく、やれることをやってみるのだ。

シンゴは意を決して、かたく閉じた立派なつくりの門のスリットにＩＤカードを差し込んだ。

ぴんっ、少し高い音がして、ＩＤカードが戻ってきた。

ダメか。シンゴは落胆し、きびすを返そうとした。

その瞬間、門は音もなく両側に開いた。

「お入りなさい」

どこかに設置されていたらしいスピーカーから、少ししわがれた女性の声が聞こえた。

威厳がある声というより、聞くだけで落ち着くような、暖かみのある声だった。船長の声だ。なんの根拠もないけど、そう直感した。

シンゴは震える足を押さえて、門をくぐった。

しばらく歩くと、屋敷の門が見えてきた。大昔の本に出てきた、貴族の豪邸みたいだった。

確か船長は、サポートロボットに囲まれてたった一人でここに暮らしているはずだ。

屋敷の正面の扉が開いている。照明で明るい入口の前に、しわくちゃの老婆が立っていた。

船員服を着ていた。今はほとんど見かけない、とても古式の紺の制服だ。胸に紋章がついている。きっと地位を表しているのだ、とシンゴは想像した。

「初めまして、シンゴ。待っていたわ。ガンタに似て慎重で強情だから、あと数年かかると思ったけれど、思ったより早かったわね」

ガンタはシンゴの祖父の名前だった。

確信した。おそるおそる、口を開く。

「あなたが……船長、ですか」

「ええ。さ、お入りなさい。夕食は終わった？　コーヒーは飲めるかしら。それともジュースがいいのかしらね。生憎《あいにく》とお菓子は用意していないの。ここに来るのは、せわしない大人ばかりだから」

「お構いなく。あの、お話があるんです。友人とベガーのことです」

「そうね。きっとそうだと思った」

船長はくすりと笑った。しわくちゃのおばあさんなのに、なぜだかその様子はとても若々しく、まるで少女のようなあどけなさだった。

「偉いわ、シンゴ。あなたは、どうしようもなくなる前に相談に来てくれた。それを誇りに思いなさい。男としてのくだらないプライドなんかより、本当に大切なことのために戦うことができる勇気を持ったあなたは、とても勇敢な戦士として第一歩を踏み出したのよ」

頭がくらくらした。この人はなにをいっているのだろう。自分は褒められているのだろうか、それともからかわれているのだろうか。そもそも彼女はどうして自分の名前を知っていたのだろう。どうして自分が来ることがわかっていたのだろう。自分のなにを知っているのだろう。今この船で起きていることを、どれだけ理解しているのだろう。

「混乱させちゃったかしら」

慌てるシンゴを見て内心の動揺をどう読み取ったのか、老婆は笑った。

「でもわたし、船長なのよ」

それは、自信なのだろうか。それとも、本当に船長とはそういう役割の人なのだろうか。シンゴには判断がつきかねた。

「さ、お入りなさい」

老婆に促されるまま、少年は屋敷に足を踏み入れた。


骨董品だ。

百五十歳前後とはとうてい思えないほどかくしゃくとした老婆に案内された部屋には、まるで大昔の記録映像の中にあるようなソファー、テーブル、戸棚といった本物のアンティークが据えつけられていた。

老婆に促され座ったソファーのクッションは、ふんわりとしていて弾力があって、まるでベガーの体表のようだった。

テーブルは少し埃《ほこり》っぽい匂いがした。嫌な匂いではないけれど、不思議な気分に襲われ、シンゴはついぼーっとしてしまう。

老婆が、赤く透き通るようなお茶をティーカップに入れて、シンゴの前に置いた。かちゃり、と食器が鳴るその音で、ようやくシンゴは正気に戻った。

「あ、あのっ」

「紅茶、飲める？　あまり味は落ちていないはずだけど……百年ものだから、お口に合うかしら」

　シンゴは喉がカラカラなことに気づいた。

　ちいさなカップを手にし、赤い液体をぐいとひと息で飲み干す。ほどよい熱さのお茶は、少しだけ苦くて、でもそれ以上に複雑な味がして、シンゴは思わず顔をしかめた。

「ちょっと難しい味だった？　やっぱり船内で取れるコーヒーの方が、今の人の舌には合うのかしら」

「ええと……おいしかったです。こういうものはほとんど飲まないので、よくわからないですけど」

「そう、よかった」

　老婆はころころと笑って、シンゴの向かい側のソファーに座った。

　ポットから自分用にも紅茶を注いで、ほんの少し口をつける。

「わたしはこれがないとダメなの。船にはもう、アッサムもダージリンもないのに。だから倉庫に手をつけちゃった」

　ちろりと舌を出して笑う様子は、まるでシンゴと同じクラスの女子のようだった。

「あらあら。おばあちゃんに見とれちゃった？」

　ぽかん、と口を開いて、放心したように黙っているシンゴを見て、老婆は口もとで笑った。

「いいわ、ゆっくりお考えなさい。わたしには時間があるもの。最近は訪ねてくる人もめっきり減ってね。退屈していたところだったのよ。ガンタもいなくなって、知り合いがどんどん亡くなっていく。でもわたしは、まだ死ぬわけにはいかないのね」

「ええと……おいくつなんですか」

バカっ！　シンゴは自分を激しく罵りたい気分だった。どうして最初の質問がそんなことなんだ。もっと他に聞くことがあるだろう。それなのに、いきなり女性に歳を聞くやつがいるか。シンゴ、お前はもっとずっと賢いはずだろう。聡《さと》い子供のはずだろう。

「いくつに見える？」

「船長は出航の時から船長なんですよね。だったら少なくても百二十歳か……もっと上のはずです。でも……こうしてお会いすると、とても祖父より年上には見えなくて……」

「まあ、お上手なのね。だったらナイショってことにしておくわ」

老婆の言葉は、歌うような、からかうような、奇妙なリズムを持っていた。

どうでもいいことを話しているうちに、シンゴの頭がクリアになっていく。最初の混乱が収まると、ようやくシンゴは、本題を思い出した。

「祖父がいってたんです。よく船長に相談をしたって」

「そうね、ガンタは甘えん坊だったわ。若い頃から何かとわたしに悩みを打ち明けていた。些細《ささい》なことでくよくよ悩んでいた。プロポーズのときも、わたしが後押ししてあげたのよ。ちょっと頼りないっていう人もいた。でもそれだけじゃない。慎重で、まわりの気持ちをよく考えて、なるべく多くの人が喜ぶような道を探していた。ちょっとがさつで気がきかないところもあったけど、立派な男だったのよ。あなたは彼を誇っていい。一番大事なことをあなたに教えて死んだんだから」

「大事なこと、ですか」

「困ったら船長を頼れってこと。わたしはね、この船で一番、物知りなのよ。船の中の悩みはわたしの悩みなの。どうにもならないかもしれない。解決できないかもしれない。ただ時間を無駄にするだけかもしれない。でも、悩みを聞いてあげることでひらける道だってあるかもしれない。だからみんながわたしに相談してくるの。わたしはそういうことのために生きているのよ」

「それって……俺が想像していたのとは、ちょっと違うかもしれません」

「そうね。普通の船長のイメージじゃないかもね。でもわたしは、そうなの。だから、シンゴ。わたしに悩みを話してみなさい。あなたはそのためにここに来たのでしょう？」

　その通りだった。

　シンゴは思い切って悩みを打ち明けた。

　テルのこと、ウィルトトのこと、ミクメックのこと……ベガーと人間のこと。

　一度、口を開くと、堰《せき》を切ったようにとめどもなく言葉が溢《あふ》れた。

　自分はこんなに多弁だったのかと驚くほど、シンゴは語った。語る内容には不自由しなかった。祖父が亡くなってから、ずっとずっと考えていたのだ。ずっとずっと悩んでいたのだ。

ずっとずっと自分一人で、迷っていた。

老婆はシンゴの話を静かに聞いていた。

ごくまれに質問が飛んだ。

ミクメックの色はどんななの？　普通のベガーより大きいの？　テルという子は、走るのが速いの？　怪我をしたことはある？　クラスに好きな子はいる？　告白されたことはあるる？　勉強は得意？　好きな科目はなに？　教師の話を聞くとき、メモは取る？　学校は好き？　得意なことは何？

それはシンゴにとってはどれも話の本筋と関係ないとしか思えないような些細な内容だった。だけど老婆がいちいち感心したように頷くから、事細かに説明した。

気づくと、もうとっくに普段の就寝時間を過ぎていた。

頭がガンガンした。話に夢中になりすぎて、体力の限界を超えていることに気づいていなかった。立ち上がろうとして、ふらふらとソファーに倒れこんでしまった。

「まあまあ、たいへん。今日は、このへんにしましょう。この家で寝ていきなさい。一人暮らしだったわね。じゃあご家族に連絡は入れなくて平気？　そうそう、シャワールームがあるわ。パジャマも、大人用でよければ用意できる。シンクした後なのでしょう、身体を洗って、さっぱりしなさいな」

船長はそういって、てきぱきとシンゴの世話を焼いてくれた。

熱いシャワーを浴びて、ぶかぶかのパジャマを着せられて、客室のベッドに一人で横になってはじめて、シンゴは老婆のまわりにロボットの姿が一台も見えなかったことに気づいた。

「あのお婆さん、一人で全部やっているのかな」

たった一人でこんなに広い屋敷に住んでいる老婆。

船長。

この船でもっとも伝説的な存在。

シンゴはそんな人とさっきまで話をしていたのだ。

会えるかどうかも半信半疑だった。ダメでもともと、叱られて追い返されても仕方がないと腹をくっていた。なのに結果は、こんな形になった。

不思議な人だ、と思った。ちょっと信じられないほど変わった人だ。どんな噂にも増して奇妙な人物だった。

彼女に相談して、はたしてよかったのだろうか。

ベガーのことを悪く取らないだろうか。テルがベガーに惹《ひ》かれすぎていることを危険視して、ウィルトトをひどい目にあわせたりしないだろうか。

そんなことはないだろう。

なぜだか奇妙な確信があった。あの老婆は、そんなことをしない。

だって彼女は、船長なのだから。

シンゴを客室に案内するとき、彼女自身がこんなことをいった。

「わたしにとってはね、ベガーたちも、大切な乗員なの。お客さまなのよ」

その言葉は信じられると思った。

「これで……よかったよね」

やれることは、やった。

シンゴは満足して目をつぶった。

またたく間に眠りに落ちた。

・十月三日

朝。シンゴが起きたときには、船長はもう忙しく働いていた。

彼女がいるのは不思議な部屋だった。たいして広くない空間に、コンロやらまな板やら包丁やら、まるで食堂の調理室にあるようなものがところ狭しと並んでいる。船長は昨日と同じ船員服の上に花柄のエプロンをして、刻んだ野菜をフライパンで炒めていた。バターの香ばしい匂いが部屋に充満している。どこから持って来たのか、新鮮な卵を割って目玉焼きまでつくっている。乾いた音がして、薄い箱型の機械からカリカリに焼かれた食パンが飛び出てきた。

そこがどんな空間なのかは、知識としては知っている。キッチンというものだ。家庭内で食べるご飯をつくるための本格的な調理室である。

でも、まさかこんなものが、このオーシックスに残っていたなんて。

「おはよう、シンゴ」

ぼんやりとその部屋の入り口に立っていたシンゴに振り返って、老婆は笑った。

「顔を洗ってきなさい。今日は気合を入れてみたのよ」

薄々そんな気はしていたけれど、やはりみんなと同じ食堂にはいかないで、この家の中で朝ご飯を食べるのだろうか。シンゴは目を白黒させた。

「ほら、なにをぼんやりしているの。パンは熱いうちに食べるものだわ。急ぎなさい、ぼうや！」

老婆に尻を叩かれ、シンゴは慌てて洗面所に走った。


まだ夢の中にいるようだった。

シンゴはテーブルについてパンをかじりながら、反対側に座った船長の顔をちらちらと眺めた。スプーンとフォークで几帳面に野菜を口に運んでいた老婆は、シンゴの視線に気づいて微笑んだ。

「こういうの、珍しいかしら」

「ええと……卵をこんな風に食べていいんですか」

「本当はこうして食べるのが一番なのよ。だけど二千人分の鶏の卵なんて用意できないでしょう。加工食品に優先配分されてしまう。仕方がないわよね。でもわたしは船長だから、鶏の調子がいいときは、ちょっとだけオマケしてもらえるの。ずるいかしら」

「当然の権利だと思います。俺がその権利をおすそわけしてもらうのは、ちょっとずるいかもしれないですけど」

「真面目なのね。でも今は、気にせず食べなさい。あなたはわたしのお客さまなのよ。それにね、子供は、わがままなくらいでちょうどいいの」

シンゴはちいさく肩をすくめて、新鮮な目玉焼きにフォークを突き刺した。ベガーの表面みたいにぷるぷるの卵が割れて、黄身が皿に溢れた。シンゴは慌ててナイフの背で黄身をひとすくいすると、ぺろりと舐《な》めた。

顔をしかめた。この苦いとも甘いともつかないとても微妙な味は、なんなのだろう。もう一度、今度は外側のぷるぷる部分をすくって、口に入れた。少しバターの塩がきいている。だけどこれの本質は、そんなものじゃない。こんなに複雑な味を、シンゴは生まれて初めて食べた気がする。

「合成食しか食べさせてあげられなくて、ごめんなさいね」

船長は、なぜだか申し訳なさそうにそんなことをいった。

「もっと食料生産に力を入れられれば、この大地で取ったものをそのままあなたたちの口に入れられるんだけど。栄養のバランスを考えると、たったそれだけのことでもなかなかハードルが高いみたいなの」

「ベガーたちの食事もつくるから、ですね。あとAIが使えないから」

「AIはこの船のあちこちで使われているわ。数が足りないの。学校ではどこまで習うのかしら」

「十五年前の戦争であっちこっちのAIを取り外して、ベガーを倒すためのハンターに積み込んだってことは知ってます。再調整しないと他の用途に使えないけど、それができる設備が破壊されちゃったって」

「そうね。ＡＩは地球で積み込んだ部品の中でも特に貴重なの。船の中では生産できないのよ。宇宙服も同じね。わたしたちは、残りの限られたものだけでやりくりするしかないの。たとえそれがどんなに不自由でも」

「俺は不自由だなんて思ってません。おかげでベガーと一緒にいられるんです」

船長はやわらかい笑顔を見せた。まるでシンゴがそう答えることを望んでいたかのようだった。


「それで昨日のお話だけどね」

食事を続けながら、船長がのんびりとした口調で話をした。

「結局のところ、あなたはどうしたいのかしら、シンゴ」

「どう、って……なんのことですか」

「テルという子を守りたい。そうよね」

シンゴは頷いた。当然だ。そのためにいろいろ頭を悩ませて、結局妙案が思いつかなくて、こうして意を決して船長の家に押しかけたのである。

「守る、といってもいろいろあるわ。彼女を上手く誘導して、他の人と摩擦を起こさないようにしたいのか。彼女の意思を尊重して、他の人には彼女の邪魔をさせたくないのか。それとも、お互いに話し合わせて、納得できる妥協点《だきょう》を見つけ出させるのか」

「妥協点なんてあるんでしょうか」

「互いに妥協できたからこそ、こうしてわたしたちとベガーは共存しているのよ」

「大人はみんなそう思っているんでしょうか。俺にはとてもそうとは思えません」

「みんな、というのは曖昧《あいまい》すぎる言葉ね。わたしを含めた当時の指導者たちは、現状におおむね満足しているわ。だけどあれから十五年も経った。人間というのは忘れっぽいものよ。あの頃の出来事を自分に都合のいい形でしか思い出さない大人もいるかもしれない」

大人が忘れっぽい？　シンゴは目を丸くした。そんなことをいう大人は初めてだった。

「あら、信じられない？　じゃあシンゴは、こんな言葉を聞いたことがないかしら。そうね……『最近の若いやつらは』って」

船長はなにがおかしいのか、口もとをしわくちゃの手で覆ってくすくす笑い出した。

「自分たちが子供の頃、その人たちも、『最近の若いやつら』っていわれていたのよ。みんなそんなこと、すっかり忘れてしまっているの。わたしはそんな人たちをたくさん見てきたわ。今の副船長もね……おっと、こんなこと告げ口したって知られたら、わたしが怒られちゃうかしら」

話を戻しましょう、と船長は真面目な顔になった。

「あなたが考える『テルを守る』というのは、どういう意味なの？」

シンゴはしばらく考え込んだ。今までただひたすら、守るという言葉で自分の行動を肯定してきた。テルが他人と摩擦を起こしたとき、起こしそうになったとき、自分はどういう基準で行動していただろうか。

「テルの自由にさせてやりたいって思います。……なるべく、ですけど。それが無理そうなら、無理だってことをテルに納得させたいです。テル自身が諦めるように。たとえば、女から男になるなんてのは絶対に無理です。テルには実際にやれるだけのことをやらせて、その上で無理だったたって理解して欲しいんです」

「性転換できちゃったら、どうするの？」

シンゴはびっくりしてフォークを取り落としそうになった。

「できるんですか」

「地球じゃ一般的に行なわれていたことだもの。この船でも、十五年前まではね。……たとえば、性同一性障害というものがあってね。男の人なのに、心は女の人だったり……あるいはその逆だったりね。そういう風に生まれてきちゃった人を、心はそのままに身体だけなんとかしてあげるの。それは正しいことだったのよ」

「今は正しくないんですか」

「そう考える大人が多いと思うわ。だって女性がいなきゃ、人口を増やせないんだもの。人口の回復はコロニー全体の至上命題だって、たくさんの人がそう考えている。そのためには、女の人は多ければ多い方がいい。女性が多すぎたって、最悪、一夫多妻制って手があるわ。その逆は無理だけど……あら、子供の前でする話じゃなかったかしら」

「性教育は受けていますよ。俺たちの常識が十五年前とはだいぶ違うってことくらい、知っているつもりです」

「そうだったわね。……話を戻すわ。社会的な問題を除けば、性転換はそう難しいことじゃないの。技術そのものはずっと昔からあるもの。たとえばあなたがお医者さんになって医療ブロックの設備を使えば……」

シンゴは苦い顔になった。

なぜだか本能的に、そんなの嫌だ、と思った。胸が詰まるような気持ちだった。こんな気持ちになったのは、初めてだった。

「さあ、どうかしら、シンゴ」

船長はシンゴの顔を覗きこんで、なぜだかとても嬉しそうに笑っていた。シンゴは下唇をぎゅっと噛んでうつむいた。

「あらあら。あんまり食事中にふさわしい話題じゃなかったかしら。ごめんなさいね、はしたないおばあちゃんで。さ、お食べなさい。パンが冷めてしまうわ」

船長に促され、シンゴはパンをかじった。

ついさっきまではあんなにおいしいと思っていたのに、今はなぜだか、ほとんど味を感じなかった。

朝食の後、船長は「ひとつだけアドバイスするわね」といった。

「こういうことはね、一人で抱え込んじゃだめ。そのテルという女の子と話してみなさい。彼女を守りたいっていう、そのあなたの気持ちをはっきりと伝えなさい。その上で、相手の意見を聞くの。お互いによく話し合うのよ。彼女は本当はどうしたいのか。あなたの助けをどう思っているのか。それと……あなたのことをどう思っているのか」

テルにそんなことをいっても、彼女はけっして自分の立場を理解しないだろうと思えた。だけどアドバイスしているのは他ならぬ船長だ。

「またいつでも来なさい。わたし、暇で暇で仕方がないのよ」

船長はシンゴを門の外に送り出してくれた。いつもよりちょっと遅い時間だ。シンゴは船長の家を出ると、小走りに駆けだした。

学校につくやいなや、シンゴは校長室に呼び出された。

第一学校から第四学校まですべてをまとめている校長は、校内であまり姿を見ない。いつも忙しく、あっちの学校からこっちの学校、あるいは役所へと移動している。だからこうして校長室で椅子に座っているのを見るのは初めてだったし、そもそも掃除以外で校長室に入ったことすら初めてだった。

どうしてこれだけあっちこっち忙しくしているのに、この人はこんなに太っているのだろう。校長を見ると、いつもシンゴはそんなことを考える。身長は大人の平均くらいだと思うのだけれど、とにかく横幅がすごくて、特注の大きな椅子じゃないと肉がはみだしてしまうほどだ。

いつも脂汗をかいていて、髪の毛が少ない白髪交じりの頭を始終ハンカチで拭《ぬぐ》っている。

年は六十過ぎのはずだけど、顔がまんまるなので、もう少し若く見える。ちいさな目を細めていつも笑っている気がしたけれど、今日はなぜだか口もとをきゅっとすぼめて、心なしか難しい顔をしていた。

「船長の家にいったそうだね」

校長が口を開くと、たるんだ頬の肉がぷるぷる震えた。

「お元気だったかね」

「はい、とても」

「彼女は、なにか君にことづてをしなかっただろうか。そのう……わたしたちや、誰かに」

「いいえ、聞いていません。あの……なにか船長に聞かなきゃいけないことがあるんですか」

「いやいや、そういうわけじゃない。そういうわけじゃないんだが……」

校長の話は、どうにも歯切れが悪かった。

「君は船長とどんなことを話したのかね」

「祖父のことを」

ひとまず、あたりさわりのないことをいっておくことにした。

「祖父は船員でした」

校長は、知っている、知っているとも、と何度も頷いた。

「ガンタさんは、本当にいい人だった。わたしもよくお世話になった」

「尊敬していたんです。どうしたら祖父みたいになれるかって思っていました。船長は少しだけ祖父のことを教えてくれました。俺は祖父のことを尊敬していいって、そういってくれました」

「そうか、そうか。うん、うん、そうだね。ガンタさんはえらい人だった。それで、その……他にはなにかいっていたかね」

「特に思い当たることは……。また来なさい、といわれました。あの……なにか船長に聞きたいことがあるんですか？」

「そういうわけじゃないんだ。そういうわけじゃないんだけどね」

ハンカチで汗を拭きながら、校長は視線を宙に彷徨《さまよ》わせた。

「船長はわたしたち大人にはなかなか会ってくれなくてね。お元気ならいいな、と……」

「会ってくれないんですか？」

「あ、いや、その……君、これはナイショにしてくれたまえよ」

校長は、口もとで人差し指を立てて、しぃーっ、というポーズをしてみせた。それがなんだか滑稽《こっけい》で、シンゴは思わず、くすりと笑ってしまった。校長も、シンゴにあわせてぎこちなく笑う。

なんだかへんな感じで、シンゴはひどく居心地が悪かった。

「それじゃ、次にいくときに伝言とかあれば伝えますけど」

「いくのかね」

「ええ。また来てくれ、って」

「そうか、そうか。ふうむ……いや、ひとまずはいいよ。お元気そうなら、なによりだ。その……ここでの話は、くれぐれも他言無用で頼むよ」

どうにも腑《ふ》に落ちないものを感じながらも、シンゴは校長室から解放された。

教室に戻ると、ちょうどホームルームが終わって、担任の教師が廊下に出ていくところだった。教室中の子供たちが立ち上がって、入ってきたシンゴに無遠慮な視線を浴びせた。

「あの、シンゴ」

テルが話しかけてきた。いつもと違って、とても遠慮がちな態度だった。

「わたしのせいで、その……校長先生に呼び出された？」

「いいや、違うよ。それとはぜんぜん別の話。……どうしてテルのことだと思ったの？　テルのことだったら、まっさきにテル本人が呼ばれるんじゃないかな」

「そ、そう。だったらいいんだけど……」

「ね、いったでしょう、テル。あなたは関係ないって」

スイレンがテルの首筋に抱きついて、指先で頬を突っついた。にやにや笑っている。

「シンゴくん、この子ったら面白かったのよ。自分のせいでシンゴくんが叱られる、ってあたふたと……」

テルは慌てて両手をぱたぱたさせた。

「わっ、そ、そんなことない！　わたしはただ、またわたしがへんなことして、その後始末でシンゴが……」

「ほら、あたふたしてる。そんなに心配なら、無茶なことしなければいいのに」

まるで十年来の親友のような接しようだ。シンゴはきょとんとして二人を交互に見つめた。

「うう、スイレン、昨日からなんかへん。わたしになにかとつっかかってきて……ひょっとして友達いない？」

「いっぱいいる。あなたをからかうと面白いの」

「わたしは面白くない……うう、疲れるよう」

テルはスイレンを背負ったまま肩を落とした。どうやら女の子同士だと勝手が違って、いつものマイペースに持ち込めないようだった。

そしてスイレンは、シンゴの言葉に忠実に……いやそれ以上の熱意でもってテルと親しく接してくれているみたいだ。

「いいじゃない。テルはかっこいいもの。人気者なのよ」

「嬉しいけど、嬉しくない」

なぜかぐったりしているテルを見て、シンゴは笑った。

テルはとたんにふくれっつらになった。

「知らないっ。シンゴのバカ！」

シンクしてI14ブロックへ向かう途中、シンゴは思い切って、テルに自分の考えを話した。ダイスケとケンにも聞いてもらいたかったので、真空の通路を移動しながら、マイクを通して三人に今までの悩みをぶちまけた。

テルの今の立場。ベガーに対する大人の態度。シンゴがこれまで陰でしてきた、テルに対するフォロー。性転換手術に関する問題点。それから、この先どうすればみんながベガーと一緒にいられるのかということ。

「結局、俺にもどうしたらいいかわからないんだ。いくら考えてみても、この先、大人は俺たちの活動にいい顔をしないと思う。こうやって勝手にシンクして、エアロックを勝手に出入りして、勝手に船の中を調べ歩くようなことがいつまで許されるのかって、そんなことも考える。一ヶ月前にポイントが改定されたよね。シンクでできる仕事のポイントがまとめてガクンと下がった。完全に俺たちを狙い撃ちだった。ああいうやりくちで来られると、俺たちには対抗する手段が何もない。お手上げなんだ。だから本当は、目立たないのが一番なのかもしれない。だとしたら何かするときには、上手くごまかせればいいんだけど……」

「ごまかしちゃ駄目なんじゃないかな」

ケンがいった。

「ちょっとやそっとごまかしても、大人はすぐに見破るよ。すぐじゃなくても、いつかは見破られる。見破られたら、きっと、もっと怒られる。小細工は無意味だよ。正面からぶつかって僕たちの主張を通すしかないと思う」

「だけどさ。テルは正面からぶつかって、親父さんたちと喧嘩しちゃってるんだろ。なあテル、お前はどう思っているんだよ」

ダイスケがじっと押し黙っているテルに訊ねた。

シンゴは少しペースを速めてテルの隣に並んだ。彼女の顔を覗きこむ。テルは一見、ぼうっと遠くを見ているようだった。

「テルの気持ちを聞かせてよ」

「わからない」

テルはぽつりと呟いた。

思わず全員が聞き返したほど、それはちいさな声だった。

テルはシンゴの顔を見つめ返してきた。真剣な表情だった。シンゴは頬が紅潮するのを自覚する。

「シンゴ。なんでわたしに今まで黙ってた？　なんで今、話してくれた？」

「それは……」

シンゴは言葉に詰まり、ちらりと最後尾のケンを見た。

「話していいと思うよ」

今日のケンは、いつもよりずっと頼もしい気がした。シンゴは軽く肩をすくめ、テルに向き直った。

「ケンに昨日、怒られたんだ。自分一人で悩むのはやめろってさ」

「お、怒ってはいないよ。ただ、その……一人で悩んでいても解決しないことじゃないかな、って思ったから。それで、シンゴは……誰か大人に相談したんだね」

「ああ、うん。それなんだけど……。実は昨日は、船長の家に泊まったんだ。船長に話を聞いているうちに時間がたちすぎちゃって……で、朝は船長の家から学校にいったら、校長に呼び出された」

「お前が呼び出されたのってそんな理由だったのかよ。でもなんで船長の家にいったくらいで？　あの家って立ち入り禁止だったとか？」

「そうじゃない、って校長はいってた」

あの校長の態度は、何なのだろう。シンゴは首をかしげた。とはいえ、きっとそれは今の話には関係がない。

「そのことはいいとして……でさ、船長は俺の話をいろいろ聞いて、最後にこういったんだ。テルに全部話せって。自分一人で決めちゃ駄目なんだって」

「わたしに……」

テルは反芻《はんすう》するように呟いた。

「船長って……いい人？」

「カンだけど、俺はいい人だと思った。みんなのことを考えるんじゃなくて、俺たちひとりひとりを個々の人間として扱ってくれる人」

「そっか」

「テルは怒っている？　その、俺がずっと黙ってやってたこと」

「怒ってない。シンゴが正しいと思ってやったことなら、それは正しいこと。わたしはシンゴを信じてる」

「そう、ありがとう。でも船長には、それじゃ駄目だっていわれたんだ。お互いに話し合ってから決めることだって。だから俺はテルの意見が聞きたかった。それと、やっぱりダイスケとケンの意見も」

テルは戸惑っているようだった。いつもはテルが突っ走ってシンゴがフォローに入るか、嫌がるテルの手をシンゴが引っ張っていくか、とにかく片方が勝手をしてもう片方がしぶしぶ合わせるのが二人の基本だった。

お互いによく話し合ってから動くのなんて初めてなのである。

「シンゴはわたしが男になるの、嫌？」

「嫌とかなんとか以前に、さっきも説明した通り、女から男になるのはとても難しいんだ。それに……」

「わたしはシンゴの気持ちを聞いてる。わたしが男になるのは嬉しい？　それとも嬉しくない？」

「嬉しくは……ない」

胸を押さえて、シンゴは答えた。この心臓がきゅっと鷲掴みされるような気持ちはなんなのだろう。テルがテルでなくなってしまう。そう考えるだけで、胸が苦しい。

「わかった。じゃあ、手術はしない。なにが見つかっても、しない」

テルはそういうと破顔一笑した。

「わたし、シンゴが嫌だっていったらすぐにやめるつもりだった」

「で、でも、そうすると……」

「ウィルトトと一緒にいる方法は、また考える。シンゴも一緒に考えてくれるんだよね」

「考えるけど……さ」

「ダイスケとケンも手伝ってくれる？」

「おう、任せとけ」

「う、うん、僕もいろいろ考えてみるよ。手伝えることがあったら、ぜったいに手伝うよ」

「じゃあ大丈夫！」

何が大丈夫なのかはさっぱりわからなかったが、テルは胸を張ってそう叫んだ。

「わたしはシンゴを信じる。ダイスケとケンを信じる。それからもちろん、ウィルトトのことも、他のベガーのことも信じる。だからきっとなんとかなる！」

何の根拠もない断言だった。

もうちょっと真面目に考えろと、普段のシンゴなら小言のひとつもいっているようなふざけた態度だ。

だけどシンゴは、なにもいわなかった。ただ微笑んで、頷いただけだった。

思わず笑みがこぼれた。

テルが信じるといってくれたのが嬉しかった。断言が嬉しかった。何より、シンゴがそういうなら男になったりしない、とはっきり答えたテルのその言葉がたまらなく嬉しかった。

あまりにもあっさりしたテルの態度は、拍子抜けだったけれど……それもそれでテルらしいと、そう思うのである。

「それじゃ改めて、医療ブロックにいこう」

テルがいった。

「おいおい、まだいくのか？　もう用はないのに」

「せっかくだし。それにほら、あっちの方、面白そうだし」

「あれ、てっきり俺の目的の方を優先してくれるのかと思ってた。船員養成プログラムのこと」

「あ、そうそう、それもある。……忘れてないよ？」

シンゴは苦笑いした。まったくいつも通りのテルに、なぜだかとても安心してしまった。

四人は昨日、空気で吹き飛ばされたフロアに戻ってきた。再びターミナル・コンピュータにアクセスし、詳しく他のユニットの状態を調べる。

今回はきちんと準備してきたから、セキュリティもパスすることができた。さっそくケンが不審な記録を見つける。一度は十五年前にシャットダウンしたユニットが、その十二年後、つまり三年前に再起動しているのだ。

「つまり、俺たちの前に誰かがここに来ている」

シンゴは他の場所へいこうとしていたテルとダイスケを呼び戻し、硬い表情で告げた。

「オーシックスの記録にはなかった。記録につけられないような活動だったって可能性もないことはないけど……」

「記録につけられないような可能性って？」

ケンが訊いた。シンゴはちょっとためらった末、正直に思ったことを話すことにした。

「軍事目的。つまりさ、宇宙服を着た大人たちが、対ベガー用の何かのために動いていた可能性のこと」

全員の表情が硬くなった。それが本当なら、ベガーを殺すための何かを大人たちが用意していたということになるからだ。

シンゴは首を振って、今の話がただの可能性のひとつに過ぎないと全員に伝えた。まずそんなことはありえない、だから気を楽にするべきだと。

「ダイスケ、何か知らない？」

「俺に聞くなよ、テル！　何も聞いてねえって！」

ダイスケはこの中で一番、大人と付き合いがある。オーファイブでサーフィンをやっていたり、他にもいろいろなスポーツを大人に混じってやっていたり、とにかく顔が広いのだ。

とはいえ、子供で、ベガーの好きなダイスケにわざわざ強硬派が接触するとは思えなかった。彼らだって過激な主張をする場所くらいわきまえている。それに……。

「ログくらい消すんじゃないかな」

　ケンのその言葉が全てだった。

「ここに何があったとしても、それを持っていったのが悪いことなら、悪事の証拠を消すのが常識だよ。なのにこのユニットは、三年前に再起動して、それから一度もシャットダウンされていないよね。ベガーを殺すとかぶっそうなことを考えるような人たちが、こんな間抜けなことをするとは、僕にはとうてい思えないな」

「シンゴはどう思っているんだ？」

　ダイスケが訊ねた。シンゴは首を振った。

「わからない。調べてみるしかないよ」

「で、でも。危険じゃないかな」

「じゃあ、二手に分かれよう。ターミナルを経由すればユニットの内と外で通信もできる。危ないことがあったら、外にいる二人が大人に連絡するんだ。中には俺とダイスケで入る。テルとケンは外で待機、何かあったら大人を呼んで来ること」

「わたし、中に入りたい」

「いざという時、誰が一番早くオーセブンに戻れる？」

「あ、わたしだ！」

　昨日のポーターの扱いもテルが一番上手かった。納得の人事ということだ。

「わかった。でもシンゴ、ダイスケ、無理はしないで」

「当たり前だろ、お前じゃないんだから」

ダイスケは余計なことをいって、テルに睨まれた。

シンゴは再度、問題のユニットの状態をチェックしてから、ダイスケと共にエレベーターの前に立った。

空気なし、電力正常、その他異常なし。

外からではたいしたことがわからなかった。薬局だったようだ。とはいえ内部の薬品は、少なくともめぼしいものは全て十五年前に持ち出されていたはずである。それだけにいっそう、こんなところに電力を再供給した意味がわからない。

用心するに越したことはなかった。まさかハンターがいるとは思えないけれど……。

エレベーターに乗り、ドアを閉じる。エレベーターは、薬局ユニットへ一直線に上昇していく。浮遊感が消え、ドアが開く。

ユニットの内部は、空気こそなかったが、明るかった。

広いフロアの中央に、宇宙服が浮いていた。

宇宙服の中には、ひからびた人間の死体が入っていた。

シンゴたちが死体を見るのは初めてではない。

むしろ見慣れている。一ヶ月前までは、船内のさまざまな場所にいって十五年前の戦争の傷痕を見てきたのである。ひどい死に方をした死体もたくさん発見した。

発見した死体はきちんと回収してオーシックスで埋葬することになっている。

死体を運ぶのは最初はキツかったけれど、すぐに慣れた。気の弱いケンでさえ、今では平然として死体を処理できる。

そもそもシンゴとしては、こうなることをある程度予想していた。

不自然に供給された電力、誰かが入ったきりシャットダウンされていないユニットの内部に、その入ったきりの人物が今も居座っていると考えるのは、ごく自然な発想である。

問題はどうしてその人物が死んだか、だ。

「宇宙服の酸素ボンベがゼロになっている」

ざっと検分したシンゴは、死因を結論づけた。

「窒息死、あるいはその前に自殺したか。ダイスケ、システムの方はどう？」

「酸素供給システムに繋がらないぞ。ロックがかかっている。こりゃ、正式な認証がないとダメだな」

この人物は、宇宙服の酸素が足りない状態でこのユニットに入り、なんとか空気を入れようとしたのだろう。しかしそれを果たせず、この場で息絶えた……。

「皮肉だよな。諦めずにいろいろ調べれば、すぐ隣のユニットに空気があることに気づけたかもしれないのに」

「すぐ隣といっても、あそこはエレベーターのシステムが起動していなかったからね。俺たちの端末は副船長からある程度の権限をもらっているけど、その権限がなかったら、エレベーターが動いたかどうかわからないよ。もっとも、テルが適当にいじって開くくらいのエレベーターではあったけど……」

　そもそもこのユニットのシステムには、それだけの権限があってもなかなか空気を注入できないほど上位のプロテクトがかかっている。何の用意もなくここに来たなら、お手上げだっただろう。

「でも、おかしいよな」

　ダイスケは首をかしげた。

「閉じ込められでもしなきゃ、宇宙服の酸素が切れるなんてこと、まずないはずだろ」

「酸素ボンベが故障していたのかもしれないよ。そもそもいくら大人だからって、よほどのことがなきゃ単独行動なんてしない」

　シンゴたちがシンクを始めたばかりの頃、指導役の上級生から口をすっぱくしていわれたことだった。

　真空の場所では、絶対に一人で行動するな。それは大人でも子供でも必ず守らなくてはならないルールのひとつだった。最低でも二人、できれば四人が理想だと、シンゴたちはそう教え込まれていた。

「この死体を持ち帰れば、そのへんは大人たちが調べてくれるんじゃないかな。こういうのは俺たちの仕事じゃないよ」

大騒ぎになるだろう。明らかに十五年前のものではない宇宙服を着た死体。彼はいったい、ここで何をしていたというのだろうか。

シンゴとダイスケは死体をかついでエレベーターに乗った。

死体からこぼれ落ちた紙切れに気づいたのは、テルだった。

エレベーターから死体を降ろした時のことである。

「記号みたい。読めない。何だろ？」

それがＩ14のユニットの番号だと気づいたのは、悪筆のダイスケだった。自分が左手でペンを握ったときの文字に似ている、と言い出したのである。

「宇宙服ごしにペンを使って、うまくいかなかったんじゃないか。ほら、このあたりかすれて、何度も書き直してるぜ」

なるほど、いわれてみれば、そんな感じではあった。

ダイスケのいう通りの記号を地図と照らし合わせてみれば、それはＩ14ブロックでも一番外れに存在する、今も稼動中のユニットのひとつがたまたま一致した。

「間違いないよ。ここにいけ、ってこの死体はいってる。これは死ぬ前にこの人が残したメッセージなんだよ」

ケンが皆を見渡した。

「まだ時間はあるよね」

誰も反対意見を出さなかった。

はたしてそのユニットのエレベーターは、最初から生きていた。何のパスもなく、ドアが開く。最初からエアロックになっていた。誰かがデフォルトのシステムを変更しているということだ。

四人は顔を見合わせ、しかし全員が躊躇《ためら》いもなくエレベーターに乗り込んだ。

しばらく下降した後、エレベーターは目的のブロックに到着した。このユニットには一G近い重力がある。確かに地図で見た限りでも、かなり外壁に近いところまで伸びた、イレギュラーなユニットのようだったが……。

空気が注入された後、ドアが開いた。

シンゴはまぶしさに目を細めた。

銃撃されたのは、一歩、エレベーターの外に出た瞬間だった。

・十月四日

八年前、シンゴとテルは同じ日にベガーと顔合わせした。

同年の正式な顔合わせ日は、三日前に終わっていた。彼ら二人だけがその日に体調を崩し、この日にようやくベガーズ・ケイブに赴く許可が下りたのである。

まだ四歳の子供にとって、ベガーは山のように大きく見えた。ぶよぶよのゼリーは異形の怪物のようで、シンゴは怖くなって泣きべそをかいた。第一学校の先輩たちがシンゴの手を摑み、ベガーの身体と触れ合わせてくれたとき、思わず目をかたくつぶった。

対してテルは、興味津々といった風でベガーの身体を撫でまわし、更にはゼリーを舐めようとして先輩たちに取り押さえられていた。後で聞いた話によれば、ベガーの身体が巨大なプリンに見えて、おいしそうだったのだという。グリム童話に出てくるお菓子の家とは、まさにこのことだったのだと。

同年の子供としてテルのことを見知ってはいた。

彼女のすっ飛んだ感性に触れたのは、このときが初めてだった。

ああ、この子を一人にするのは不安だ。誰かが傍についていなければ、何をしでかすかわからない。幼いながら漠然とそんな風に感じたことをよく覚えている。

もっともそのときは、お目付け役をシンゴ自身が担うことになるなど思ってもいなかった。

ベガーと顔合わせをした日は同じだったけれど、シンクできるようになったのはテルの方がずっと早かった。彼女は僅か二ヶ月で完全なシンクを達成し、こっそりエアロックを通ってエレベーターの前までいったところで自警団にとっ捕まり、こっぴどく叱られた。

第一学校に入学するまでにシンクできるようになる子供が全体の半数弱。最低でも半年はかかるといわれていた。テルは当時から飛び抜けていたのである。

非凡なテルに対して、シンゴの方はなんとも人並みな成長をした。一年でなんとかシンクできるようになり、それからも地道に練習をこなして、第一学校に上がってから他の子供と同じように真空を経験した。

以後も順調に無重力に慣れ、荷物運びのやりかたやメンテナンス作業のやりかたを覚えていった。このまま堅実に、地味に修練を積んでいけばいい。そう思っていた。

ところがなぜか、チームを組むときは必ず、テルのパートナーに選ばれた。気分屋でどこかとぼけたところのあるテルの無茶につきあうのも、失敗の尻拭いをするのも、時にはひどい目にあうことまで全てシンゴの役目だった。どうして自分なのか、と教師や先輩たちを問い詰めたところ、「同学年ではお前以外にテルを飼いならせるやつがいないから」という、家畜小屋での動物たちに対する心構えに似た答えを聞く羽目になる。

実際のところ、シンゴは指導役の先輩たちの期待に応え、よくテルの手綱を握った。シンゴ本人としては必死で、たいへんで、忙しくて、たまったものじゃなかった。

しかし事実、テルとシンゴが組むことで何となく全てが上手くまわってしまうのだった。

「お前たち、本当に相性がいいな」

指導役の先輩たちは、みんなそういって笑った。

シンゴ自身もそう感じていた。テルを抑えられるのは、もはや自分しかいないのだと。シンゴが風邪で休んだとき、代打でテルと組んだ少女が、たった一日でシンクをやめるほどの精神的ダメージを受けてからはなおさらだった。

テルは無邪気に、悪気なくあっちへこっちへと興味の対象を移す。やりたいことがあると、つい手を出してしまう。そんな彼女の手綱を握るには先回りして選択肢を潰しておくか、正しい方向に巧妙に誘導するしかない。でないと何てことのない配線の点検作業が、生と死が隣り合わせの大迫力アトラクションになってしまうし、ただの荷物運びが攻略不可能の超難解パズルゲームになってしまう。

そんなことをぶつくさと先輩にこぼしたら、「テルは今後ずっとお前と組ませる」といわれてしまった。自業自得とはこのことだった。

そんなこんなで、シンゴはずっと、テルとコンビを組んでいた。時にダイスケやケンも一緒になって四人チームになったけれど、ダイスケとテルを組ませれば互いに暴走するし、テルとケンを組ませるとお互いの歯車がまったく嚙み合わず、しっちゃかめっちゃかなことしかしないしで、結局、テルとシンゴ、ダイスケとケン、というコンビ同士が基本であった。

そうして、つくづく思うのだ。

テル。こいつは俺がいないと本当にダメなやつだなあと。

シンゴにとってテルという少女は、そういう存在だった。


シンゴは病院の一室で目を醒ました。

部屋は薄暗く、窓にはカーテンがかかっていた。今は夜の何時くらいだろうか。

そもそも自分は、どうしてこんなところで寝ているのだろう。頭がぼんやりして、考えがまとまらない。病院ということは、事故にでもあったのだろうか。おそるおそる四肢を動かしてみたけれど、どこも痛いところはなかった。

白いベッドから身を起こすと、部屋の脇からきゅいきゅいと鳴く音が聞こえてきた。音のした方に首を向けると、暗がりにちょこんと座るベガーの姿があった。

誰かは鳴き声ですぐにわかった。

「おはよう、ミクメック」

我ながら間抜けな挨拶だな、と思ったけれど、他にいい言葉が思い浮かばなかった。ミクメックは返答代わりにまたきゅいきゅいと鳴いた。

「ねえ、ミクメック。どうして俺はここに寝ているんだ？」

答えの代わりに、ベガーから伸びたゼリーの腕がベッドの傍のボタンを押し込んだ。シンゴは祖父が入院していた頃の経験で知っている。あれを押すと看護師がやってくるのだ。

はたしてたいして広くもない病室に駆け込んできたのは、シンゴの父と母、それに兄と弟、妹が合計で四人。部屋はまたたく間に満室となり、ミクメックは片隅で縮こまることをよぎなくされた。

無事でよかった、と父が泣いていた。シンクするのをやめた兄が、ミクメックのゼリーを撫でて、彼がシンゴを守ってくれたのだとしきりに喜んでいた。どこか痛いところはないか、という母の問いに、シンゴはきょとんとした顔で首を振った。

緊張の糸が解けたのか、弟と妹が揃って欠伸《あくび》をした。現在時刻を訊ねたシンゴは、枕の上に置いてあった時計を見せられ、ようやく日付が変わった直後だということを知った。

何があったか思い出そうとした。そう、自分は確か、テルとダイスケとケンの三人と一緒にシンクして、I14ブロックのはずれのユニットで……。

はっとして、ミクメックの方を見た。

ミクメックは、きゅう、と可愛らしく鳴いた。相手を安心させる声だった。シンゴが不安がってないか、彼にはそれが一番の心配事だったのだろう。

「君が助けてくれたんだ」

きゅいきゅい、という肯定の声が返って来た。

「ミクメックはシンゴを守るために全力で逃げたんだ。そのせいでお前の身体は、ちょっと激しく揺さぶられてな。頭でどこか痛いところはないか。首はどうだ。ミクメックも、それを一番心配していたみたいだぞ」

兄の言葉に、シンゴは首をまわしてみた。特に痛いところはない。ムチウチにもなっていなかった。

「そうだ、みんなは？　テルたちは無事だったの？」

「ああ、みんな怪我ひとつしていない。元気だよ。入院しているのはお前だけだ」

兄はそういって笑った後、シンゴの額にこつんと拳骨を当てた。

「シンゴ、あんまり父さんと母さんを心配させるな」

兄がいうには、ついさっきまで母は泣いていたのだという。父は動転して、息子は本当に大丈夫なのかと医者に何度も問い詰め、しまいには看護師長に厳しく叱られたのだという。

「お前はうちで一番、やんちゃだからな。みんな不安なんだよ」

やんちゃ、か。シンゴは苦笑いした。そんな言葉はテルにかけられることでこそあれ、自分にかけられたのは初めてだった。

「テルの病気がうつったかなあ」

「何いってるんだ。お前のやんちゃは第一学校にあがる前からだろう」

「そ、そうかな」

「だいたいおとなしくて素直な子供は、急に一人暮らしなんか始めない」

反論のしようがなかった。

「時々は、家に帰ってこい。父さんも母さんもお前の顔を見たくてしょうがないんだ」

居心地が悪くなって、シンゴは話題を変えた。

そうだ、あのとき銃を撃ったのは誰なのだ？　あの場でいったい何があったのだ？

「さっきもいった通り、詳しいことはわからない。自警団を中心にした部隊が、お前たちの発見したユニットに向かったよ。彼らが帰ってきたのはもう三時間も前だ。生きている人間を連れて帰ったって話もあるんだけど……」

「人間？　十五年前の生存者ってこと？」

「ああ。戦争中に取り残されたやつが、十五年間ずっとそのユニットに閉じこもっていたんじゃないかって。ただ、本当かどうかはわからない。後で説明があると思う」

十五年前の戦争の生存者を発見したとしたら、それはたいへんなことだった。

シンゴが生まれてから一度も、そんなニュースは聞いたことがない。当たり前の話で、食料だって空気だって、外殻部以外でそれを維持するのは、とてもたいへんなことなのである。たったひとつのユニットの中で十五年も暮らすとなると、それもまたすごいことだ。発見したのは自分たちだとはいえ、本当にそれは、とんでもないことに違いない。

「危ない状況だったんだぞ。お前、下手したら命にかかわるようなことだったんだってこと、よく理解しておけよ」

とはいえシンゴは無傷だった。ミクメックのおかげだった。

「今日はもう、この部屋で寝ていきなさい。ベガーと一緒にいても構わないからね」

診察に来た医者もそういってくれた。なのでシンゴは遠慮なく、ミクメックをベッドの上に這い上がらせ、一緒に横になった。

シンゴは生まれて初めて、オーシックスでミクメックと一緒に眠った。

幸福だった。


たっぷり睡眠をとったせいで、夜明けと同時に目が覚めた。枕元には退院許可証と一緒に母の書き置きがあった。時々は家に戻ってきなさい。そう記されていた。

私服もベッドの脇にあった。着替えてからベッドを抜け出す。ミクメックをオーセブンに戻すつもりだった。

オーシックスのメインストリートを通っているとき、早起きのおじさんとすれ違った。初老の男は、ミクメックの姿を見ると一瞬、びくっとして、シンゴとミクメックを大きく迂回するように通り過ぎた。

離れたところで、ちっ、と舌打ちする音が聞こえた。

「ベガーめ」

押し殺した声。

これがオーシックスなのだ。大人たちの一般的な感覚なのだ。

シンゴは朝から陰鬱《いんうつ》な気持ちになった。

ベガーズ・ケイブでミクメックと別れた後、シンゴは再びオーシックスに戻った。

「まずは昨日のことを確認、かな」

結局、あのユニットに向かった大人たちは、そこで何を見つけてきたのだろう。銃撃されたというのは確かだけれど、それははたして、誰の仕業なのか。その人たちは、今、どこで、どうしているのか。

自警団の詰め所にいけば、その後の情報が手に入るかもしれなかった。


自警団はオーシックスの唯一の治安維持組織だ。銃の所持と宇宙服の管理を任されている。

自警団の詰め所は、オーシックスからオーセブンに繋がる通路とオーシックスのエレベーターのちょうど中間あたりに存在する。この両者こそ自警団の主な監視対象なのである。

周囲が林に囲まれた公園の一角、小高い丘の上にある木組みの小屋には、常時五、六人の大人が詰めていて、雑談したりゲームをしたり、時々は訓練もしている。彼らの中でも宇宙服を着て外に出るメンバーとは、シンゴもよく一緒に仕事をしていたから、それなりに仲がよかった。そうでない者たちの中にはベガーがあまり好きではない大人もいて、そういう人は少し苦手だ。

幸い今日詰め所にいたのは、シンゴもよく知る人たちだった。

中でも一番若い少年が、シンゴの姿を見て丘の上から手を振った。

ジュンペイはまだ十六歳で、第四学校の生徒ながらも自警団に見習いとして加わっている少年だ。鼻筋の整った顔立ちで、同年代でもひときわ背が高く、体格もいいから遠くからでもよく目立つ。女の子にもなかなか人気があるらしい。

　もっとも彼は、格闘技の類がてんで苦手だった。体格の割には気が弱い。ついでにお人よしでいつも損ばかりしている。

　そして、年下の子供たちの人気者だった。いつも柔和な笑顔でシンゴたちの勉強を見てくれる、気のいいお兄さんといった雰囲気の人物なのである。

「シンゴくんが無事で、本当によかったですよ」

　小屋から出て丘から駆け下りてきたジュンペイに、シンゴはひしと抱きしめられた。よかった、よかったと我がことのように喜ぶ年上の少年に、シンゴは少しひきつった笑顔を返した。

「昨日のことが知りたくて。ジュンペイさんは、その……いったんですか」

「いいえ、僕は昨日、塾の方で忙しくて」

　彼は最近、落ちこぼれた生徒向けの塾を開いていた。

　将来は教師になるのだ、とジュンペイは以前、第四学校卒業後の進路を教えてくれた。正義感が強く、頭もよく、子供たちの面倒見もいい彼は、きっといい先生になることだろう。

　できれば彼の授業を受けたいものだけれど、ジュンペイとしては第一学校か第二学校の教師になりたいという。その頃には、シンゴはとっくに第三学校の生徒だ。それがなんとも残念で仕方がない。

「夜番の組から一応の話は聞いていますよ。まだ説明できないことはありますけど、それでよろしければお話しましょう」

朝食は食べたか、と聞かれたので、シンゴは首を振った。いわれて気がついたけれど、お腹がぺこぺこだった。

「食堂にいきましょう。ちょっと先輩たちに断ってきます」

小屋に駆け出すジュンペイを見送り、シンゴは周囲を見渡した。

丘の下の物置の傍に、宇宙服が乱雑に脱ぎ捨てられている。六着もある。今、満足な状態で使える宇宙服のうち、特殊タイプを除いたほぼ全てだ。ここから見た限りではどこにも破損した様子はないから、きっと疲れて脱ぎ捨てただけだろう。ちょっと無用心すぎる気がするけれど、少なくとも、銃撃戦がまた行なわれたということではなさそうだった。

まだ人の少ない食堂でパンとスープの簡単な朝食を取りながら、ジュンペイは昨夜のあらましを教えてくれた。

シンゴたちが銃で撃たれたユニットにいったい何があったのか。

いや、誰がいたのか。

「あのユニットには、六、七人の生存者が身を寄せ合って暮らしていたようです」

ジュンペイはいった。

「といっても、大人の女性が二人で、他は僕より年下です。一番下の子はまだ三歳。銃を持っていたのは、彼らのお母さんでしてね。エレベーターから出てきたベガーを見て、子供たちを守る一心で引き金を引いたと、そういっていたそうです」

「ベガーは人を襲ったりしません」

そう反論した後で、シンゴはジュンペイの言葉の意味に気づいた。

「……知らなかったんですか、その人たちは」

「そうです。彼女は……子供たちの母親は、十五年も前に戦争が終わったことを知らなかった。十五年間、ひたすらあのユニットに隠れて生き抜いてきたのです。ひょっとしたら船の中がベガーに完全に占拠され、生き残りの人間は自分たちだけかもしれないとすら考えていたようです。たったひとつあった宇宙服も、子供たちの父親が薬を探しにでかけた際、着ていってしまった。だから彼女たちは何も知らなかった。ユニットそのものが隔離されていたから、船の他の部分からの情報はまったく手に入らなかったのです。もちろん船のメインコンピュータの方でも、I14ブロックの状況についてはまったくサーチできていませんでした。完全に死角になっていたのですよ」

こんなことがありうるのか、とシンゴは困惑した。

まだベガーは敵だと、人を喰う悪魔だとかたく信じる人間がいたなんて。

いや、大人たちの一部は、ひょっとしたら本気でまだそう思っているかもしれない。でも彼らだって、ベガーが今すぐに見境なく襲ってくるなんて思ってはいない。シンゴがミクメックと一緒に歩いていても、ひょっとしたら眉をしかめたりするかもしれないけれど、でもいきなり殴りかかってきたりはしない。

なのに子供たちの母親だというその女性は、シンゴたちを見た瞬間、問答無用で銃を撃ってきたのである。

「怒らないでやってください。憎まないで欲しいのです。彼女は本当に何も知らなかったのです。極限状態でした。三年前に夫が消えてから、必死の思いで何人もの子供たちを育ててきたのですから」

「その……詳しく教えてくれませんか。その人たちのことを」

「いろいろとデリケートな問題ですから、どこまで話していいのか難しいのですが……」

ジュンペイはそういって後ろ頭を掻《か》いた。

だけど、シンゴが真剣な目でじっと見つめていると、「仕方がありませんね」とため息をついた。

「誰にも話さないでくださいよ」

「俺たちは攻撃されたんです。知る権利があると思います。……約束は守ります」

ジュンペイは「そうですね」といって……ちらりと食堂の壁にかかった時計を仰いだ。

「ところで、学校の方は構わないのですか」

「あんまり時間がない、かも」

「今日は午前授業でしたね。詳しいことは放課後に。今は手短に概要を話しましょう」

ジュンペイの話は、手短なつもりでもかなり長いことになって、結局シンゴは遅刻寸前になって学校の教室に滑り込むハメになった。

休み時間、教室の隅で、テルが質問攻めにされていた。Ⅰ14ブロックで何があったのか。銃で撃たれたのは本当なのか。いったい誰が撃ってきたのか。仲間を守るため一人で戦ったのはなぜか。それからそれから……。

シンゴの方は最初に友人たちから怪我の心配をされて、何の異常もないと病院でもらった診察結果の紙を見せたら、あっという間にその存在を忘れ去られた。

おかげで質問が集中してしまったテルは、面倒くさそうに、それでも真面目に、クラスメイトに受け答えしていた。

シンゴがじっとテルの方を見ていると、彼女と視線が合った。テルは微笑んで、大丈夫とばかりに頷いた。

なるほど、テルは昨日シンゴがいったことを実践しているのだ。

面倒でもまわりに自分たちのやっていることを説明すること。アピールすること。ベガーと一緒というのは、こんなにも素敵なことなのだと知ってもらうこと。

テルはすごいな。改めてシンゴは感嘆した。ひとたびそれが必要だと決断したら、どこまでも粘り強く、辛抱強く戦える。それがテルという人間の最大の強みだ。

「テルにフラれちゃった？」

着席したまま、昨日の英雄に集まるクラスメイトをぼうっと眺めていると、スイレンが両手を後ろに組んで寄ってきた。

「シンゴくん、ふてくされてる」

「そんなことないよ」

「そうは見えないけど？　誰もあなたの冒険譚を聞きたがらなくて、寂しいんでしょう」

「特に話すこともないから、その方が気楽だよ。面倒なことはテルがやってくれて、むしろ助かってる」

もっとも普段よく話す男子までテルの方にいっているのは、ちょっとだけ悔しい。最初に気絶してしまった自身の不甲斐なさに、思わずため息が出てしまう。

「ほら、ため息なんてついちゃって」

「うるさいな。……うん、少し自分が情けないのは本当かも」

目を細めて、スイレンを見上げた。少女は腕組みして、なによ、とシンゴを睨む。

「自分がタフガイだとでも思いあがっていたの？」

「たふがい？」

「筋肉マッチョで、ええと……昔の映画によく出てくるでしょう、一人で軍隊相手に戦うような主演男優、ああいうの」

「そんなの知らないよ。映画なんて見ないもの」

「楽しいよ、昔の映画。特にホロもCGも使っていないような古いやつは、あれはあれで味わいがあるというか……生の迫力っていうのかな、爆発は正義なの。火薬の量が多いほど観客が喜ぶんだって。だからぼかんぼかんってあっちこっちで大爆発が起こって、ほんとにすごいの。たとえば……」

　スイレンは目を輝かせて昔の映画の講釈を始めた。映画なんてぜんぜん見ないシンゴにも、ひどく偏《かたよ》っていることがはっきりとわかる語り口。何だかやたらと楽しそうだった。スイレンってこんな子だったっけ、と首をかしげた。そもそも彼女のことなんてほとんど知らなかった。テルもこうして映画攻めにされたんだろうか。そりゃあうんざりするだろう。いやまあ、こうして夢中になって自分の楽しいことを話しているスイレンは、これはこれで愉快だけど。

　思わず微笑んだら、スイレンははっと我に返った。口もとを手で覆って真っ赤になる。

「……ごめん、またやっちゃった。引いたよね」

「面白かったよ。映像ソフトのサルベージは優先順位高かったっけ。その割にポイントはイマイチだった気がするけど……スイレンみたいなマニアが大人にもいたんだなあ、と思った」

「リストの上位だったのはきっと、お父さんのせい。お父さん、わたしがベガーとシンクできるようになった途端、あれを探してこい、これを探してこいってうるさくて……そのせいで結局、わたし、シンクが嫌いになっちゃった。でも、これだけ語ってたら充分マニアだよね。気をつける」

「自分が好きなことを好きだって堂々といえるのは、いいことだと思うな」

　結局のところ、それは、テルのことを守るのに繫がるのだとシンゴは考えた。

普段からベガーと並んでオーシックスを歩いていても、誰も咎《とが》めないような、誰も顔をしかめないような、そんな世界がいいと思った。

そんな世界で、スイレンが好きなだけ昔の映画のことを語って、テルが好きなだけウィルトトとべたべたしていて、シンゴはミクメックとシンクして……。

それはきっと、幸せだと思うのだ。

「シンゴくんが何をいいたいのか、わかるよ。でもそれってきっと、わたしたちが大人になってから努力していかなきゃいけないことだと思うんだ。今から考えても仕方がないことだよ」

「わかってる。焦っちゃいけないって。こういうものは、少しずつ地道にやっていくものだって。でもそれって……テルには難しいかなって」

「そうでもないんじゃない。今もああして、癇癪《かんしゃく》を起こさないできちんと説明してる。偉いよ、テル。わたしが昨日いったこと、ちゃんと守ってる」

「昨日？　何かいったの？」

「たいしたことじゃないよ。相手に自分のことを理解してもらうには、それなりのコストを払う必要があるって、そんな話」

スイレンは首を振った。

それから、シンゴの顔を上から覗きこんで、いたずらっぽく笑う。かすかに甘い匂いが鼻腔をくすぐった。

「シンゴくんはテルとどんな話をしたの？」

「え、ええと……」

途端、彼女が女の子だということに気づいた。シンゴはひどく喉が渇いた気がして、ごくりと唾を飲み込んだ。

「あ、挙動不審になった」

「しょ、しょうがないだろ。からかわないでよ。……顔を近づけられると、その」

シンゴは困惑のあまり、がばと机に顔を伏せた。

「真っ赤になった。どもってる。あはは、ごめん。……先生、来た。授業始まるよ」

嫌がるシンゴの肩を、スイレンはぽんと叩いた。彼女が立ち去る足音。

周囲が騒がしくなって、ガタガタと椅子が動く音。シンゴは大きくため息をついた。顔をあげると、皆が席に戻っている。教室に入ってきた中年の男性教師が、ぐるりと周囲を見渡して、シンゴと顔を合わせた。

「シンゴくん、君は放課後、船長の家にいきなさい。これは副船長からの命令です」

教室中がざわめいた。

シンゴは思わずテルと顔を見合わせた。テルが「シンゴだけか」と教師に確認した。

「シンゴくんだけだそうです。詳しいことは船長の家で聞いてください」

何とも投げやりだった。まあ、この教師はいつものことだ。きちんとした教師の訓練は受けていなくて、人手不足の中でやむをえず教師になったという類の人なのである。

（あ、ジュンペイさんに断らないと）

放課後、彼と待ち合わせしていたことに思い当たった。こういう時は、オーシックスでも携帯端末が使えたらいいのにとつくづく思ってしまう。皆が無線端末を持っていれば、行き違いもなく連絡が楽なのに。残念なことにオーシックスの住民全員にいき渡るほどの携帯端末は存在しないのだ。しかも製品寿命が尽きたとかで、毎年のように端末が壊れていく。

仕方がない。後でテルに伝言を頼もう。テルがダメだったら……ダイスケか誰かで。

それにしても船長の方から呼び出すなんて、何の用事だろうか。

うらん、薄々気がついてはいる。昨日の今日で船長の用事なんて、I14ブロックでの出来事以外にありえない。

シンゴはジュンペイから聞いたことを思い出し、授業中に反芻した。

あのユニットにいた生存者は全部で七人だった。大人の女性が二人、子供が五人。シンゴたちの見つけた死体こそが、子供たちの父親だった。彼は高熱の我が子を助けるため、半分壊れた宇宙服で薬局ユニットへ向かい、そこで力尽きた。

ベガーとの戦争が続いていると信じ込み、びくびくしながら十五年も引きこもっていた人たち。

エレベーターから出てきたベガーたちに向け、咄嗟《とっさ》に銃を撃ったのは不可抗力だったと、ジュンペイは母親を擁護した。

限界が近かったのだという。精神的にも、肉体的にも。空気や水、食料こそ豊富だったが、既に薬や雑貨の類は底をつき、このままではゆるやかに死を迎える他なかっただろうというのが宇宙服で彼女たちを連れ帰った自警団の人たちの判断だった。そんな極限状況で、せめて子供たちだけは守ろうと、母親は必死になっていた。

理屈としては、わからない話ではなかった。

「ここだけの話ですけど、テルさんは一度、母親の目の前まで走っていって、銃を蹴り飛ばしたんですよ。そこまでやって、でもテルさんはそれ以上の攻撃をやめました。母親が身を守ろうとしただけだって気づいたんですね。すぐにエレベーターまで退却しました。だから次に自警団の人たちが来たとき、母親の方も冷静に対処することができたのです」

無茶をやる。シンゴは改めてテルの無謀っぷりに冷や汗をかいた。一歩間違えば、自分の身体に銃弾を撃ち込まれていた可能性すらあるのだ。

「テルさんは偉いです。咄嗟《とっさ》に最適の判断をしました。もっとも大人の何人かは、そんなのは無謀すぎると彼女を叱っていましたけどね。次はもっと、自分の身を第一に考えろって」

当たり前の話だ。銃を持つ相手に突撃していくなんて、普通は考えられない。いくらテルがウィルトトを信頼しているとしても、無謀もいいところだった。

それでも、テルとウィルトトは躊躇《ためら》いなくやってのけた。咄嗟にそれが必要だと判断して……いや、考えるより先に身体が動いたのかもしれない。とにかくあのコンビだけは別格なのだ。仲がいいとか気が合うとかいうレベルを超えて、二人で一人というか、互いの気持ちが完全にひとつになっているというか……。

「テルさんを気をつけて見ていて欲しいのです。彼女、帰ってきてからご両親とひどく喧嘩したみたいなんです。こんな危ないこと、二度とするなって……親父さんがすごい剣幕でして。もう『ベガー遊び』は終わりにしろって、そう怒鳴っていました」

二の句が継げなかった。

それは、ひどい。いくらなんでも、みんなを守るために頑張ったテルに対してそのいいぐさはない。

「さすがにうちの班長も見てられなくなりまして、テルさんは事情聴取ということでご両親には帰ってもらって……ウィルトトの世話ということにして、オーセブンに泊まってもらったのです。ベガーに関することならご両親もテルさんに命令できませんからね。ちょっとずるいかもしれませんが……お互い、頭を冷やす必要があったのだと思います」

シンゴは呻いた。自分の両親のことを考える。彼らだって、シンゴのことを本気で心配していた。それでもミクメックに看病させてくれる程度には、シンゴとベガーのことをどちらも考えてくれていた。

「誤解しないで欲しいのですが、親御さんも本当にテルさんが心配だったのです。だからこそ混乱してしまっています。テルさんと親御さんは、放課後、別々にカウンセリングを受けることになっています。さすがにあのまま放置しておくのはまずいと、自警団の方でも、それから副船長も考えているようです。副船長はテルさんのご両親と一度よく話し合ってみると、そうおっしゃっていました」

副船長のことを、シンゴはよく知らない。

とはいえ彼の施策がベガーと人間、両者の共存を意図しているのはよく理解している。

「しかし、何とも不思議なものですね。あんなところに隠れ住む家族がいたとは。それを発見したのがあなたがただとは」

別れ際、ジュンペイはいった。

「奇妙なことを聞くようですが、シンゴくん、あなたは船の意思というものを信じますか」

「ちょっとわからないです。……概念的なものですか」

「全ては繋がっている、仕組まれている……そんな風に考えてしまうことがありませんか？

いえ、気にしないで下さい」

ジュンペイは笑って首を振った。


午前中だけの授業が終わり、放課後。

シンゴはジュンペイへの伝言をダイスケとケンに任せ、一直線に船長の家へ向かった。

門の前につくと、カードを使わなくても勝手に門が開いた。

船長は前回同様、屋敷の前で出迎えてくれた。

「昼食はまだよね。パイを焼いてみたの。たっぷり食べていってね」

シンゴは以前と同じ応接間に案内された。

応接間には、既に客がいた。ソファーに座って、黙々とパイを口の中に詰め込んでいる。女性だった。年齢は二十代の後半だろうか。オーシックスではこれまで見たことがない人間だった。

ひっつめ髪で桜色のエプロンをした姿は、なんだか船長の使用人のようだった。実際には船長の世話をするどころか、船長がつくったパイをバクバク食べているのだけれど。目鼻立ちは整っているものの、美人というよりは愛嬌《あいきょう》のある顔をしている。

五人の子供の母親としてはだいぶ若い。

そう。来客がいたとなれば、それは……。

シンゴたちが入って来ると、女性は、はっと顔を上げて、シンゴたちの方を見た。慌てて立ち上がろうとして、机の角に足をぶつけた。その場にうずくまり、臆面もなく涙を流して泣いた。

何だろう、この人は。シンゴは呆れて、応接間の入口に立ち尽くした。

「まあ、れんげは相変わらずね」

涙を拭って健気《けなげ》に起き上がった女性は、船長に「口もとが汚いわよ」といわれ、むぎゅむぎゅと服の袖で食べカスのついた頬を拭った。

「すみません、船長。久しぶりに船長のお料理を食べたから、ちょっと夢中になっちゃいました」

「いいのよ、たっぷり食べてね、れんげ。あなたが相変わらずで嬉しいわ」

その後、船長はシンゴを女性の向かいに座らせ、彼女のことを紹介した。

シンゴの予想は、半分、正解だった。当たっていたのは、彼女がやはりI14ブロックの例のユニットにいた一人だということ。十五年間、ずっと子供たちの世話をしてきたそうだ。

予想の間違っていた部分というのは、彼女がシンゴたちに銃口を向けた女性ではなかったということだった。ジュンペイの話では、あのユニットには大人の女性が二人いたという。そのもう片方らしかった。

ただし、大人の女性ではあっても、彼女は人間ではない。船長はそうつけ加えた。

「あなたには話しておくべきね。れんげはアンドロイドなの。人間によく似たロボット、といえばいいのかしら。船が地球を旅立つ前につくられて、航宙の長い間、ずっとずっと変わらずたいへんな仕事をしてきたのよ」

昔の船内では、たくさんのロボットが働いていたという。今でもそれなりの数のロボットが、単純作業に従事している。だけどそういったロボットは、たいてい、人間の監視が必要な程度の知能しか持っていなかったし、格好も明らかに人間とは違っている。

「れんげの役目は他のロボットとは違うの。今の彼女の場合、優秀なベビーシッターね。赤ちゃんが危ないことがないよう監視して、教育して、育てることが得意なのよ。ちゃんと栄養を取れば、お乳だって出るんだから」

「そうですよう、おっぱい呑みます？」

れんげが、胸もとをはだけさせ、ふくよかな胸を見せようとした。シンゴは真っ赤になってそれを制した。船長がくすくす笑った。

「それに家事も料理も得意なのよ。このパイはわたしの自信作だけど、他の料理はわたしよりれんげの方がずっと上手いんだから。実はね、わたしのパイも、もとはずっと昔、れんげに習ったものの改良版なの」

れんげはえっへっへと得意げに笑った。

「あのユニットでは、ろくな素材がなくて苦労しましたよ。やっぱり外殻ブロックはいいです。天井も高くて、気持ちがいいです」

それからシンゴは、れんげの話を聞いた。十五年間、隠れ住んでいたユニットの中での話だ。

だいたいはジュンペイから聞いたことと一致していた。たいして広くもないユニットだったが、生活に必要な最低限の装備は揃っていたこと。最初は男女ひと組とれんげだけだったこと。やがて子供が生まれ、れんげの尽力もあって五人が生き残ったこと。三年前、一番下の子供が高熱を出し、どうしても薬が必要になったこと。意を決して、たった一着だけ残っていた宇宙服を着た父親が、薬を貯蔵していたユニットへ赴いたこと。……そして彼は帰って来なかったこと。

結局、その子供は死んだこと。

「本当はわたしがいくべきだったんです。アンドロイドのわたしは、最悪、機能停止したとしても、メモリだけは残ります。いつか身体の方さえ修理されれば、復活することだってできたかもしれないんです」

しかしそのとき、母親の方は新しい命を身ごもっていた。その子供が生まれるとき、どうしてもれんげの力が必要だったのだという。

「わたし、医者としての心得もあるんです。狭いところに閉じ込められていた子供たちは病気しがちで、そういうことを考えると、自分がいくとは言い出せませんでした。誰が危険を冒すのが一番効率がいいかって……そう考えたんです」

一見、呑気そうなその女性は、物騒なことをさらりといった。はっきりとはいえないけれど、そういうところは確かに、人間の大人とは少し違う気がした。

「幸い、シンゴさんたちがわたしたちを見つけてくれたから、それ以上の犠牲が出ることはありませんでした。子供たちは、一人死んで、一人生まれて……全部で五人、助けられました。でも実は、医薬品がほとんどなくなりかけていたんです。ギリギリのタイミングでした。シンゴさんたちには、いくら感謝しても足りません」

食事をしながら、れんげはそんなことを語った。語りながら、シンゴの倍以上のペースでよく食べた。おいしいものはいくらでもお腹に入るのだと、そういって笑った。

「わたし、ほんと効率の悪いアンドロイドなんですよう」

そういって、えへらと笑った。

助け出された他の六人については、船長が語ってくれた。

子供たちは、多少の衰弱が見られるため、病院の奥にある特別病棟に入院しているらしい。母親には自警団の方で事情を聞いているものの、まだ多少興奮気味だということであまり聴取が進んでいない。母親の十五年前の知り合いは皆、亡くなっているという話だった。

「それでね、シンゴ。あなたを呼んだのは、今後の話をしたいからなの」

船長はお茶を取ってきたついでにテーブルを挟んで対面のソファーに座った。今後の、といわれて、シンゴはぴんと背筋を伸ばした。

「母親の方は、ひどくベガーを怖がっているわ。ベガーがいかに怖い存在か、ベガーがどれだけ残虐か、十五年前のことを子供たちに語り聞かせて育てたんですって。仕方がないわよね。彼女にとってみれば、戦争は十五年前からずっと続いていたんだから」

だが、彼女の子供たちはこれから、シンゴたちベガーと共に育ってきた子供と共に育つことになる。ひょっとしたら、シンクする必要もあるかもしれない。

「彼女の子供たちとベガーとの架け橋になってあげて欲しいの」

それには、恐怖の対象であったはずのベガーの力でもってれんげたちを発見した人間こそが適役ではないかと、船長はそう考えたのだった。

「お願いできるかしら」

「……やってみます」

少し考えた末、シンゴはそう答えた。

「俺にできる限りのことはしてみます。でも……人の考えを変えるなんてこと、俺にできるかわかりませんよ」

「何事もチャレンジよ。それにね、自分と同じ年頃の子供の考えも変えられなくて、どうして大人の人たちの考え方を変えられるかしら」

シンゴははっと顔をこわばらせた。

船長は皺だらけの顔をもっと皺くちゃにして、にっこりと笑った。

とはいえ、会ったこともない子供たちを相手に何をどうすればいいのか。考え込むシンゴに、船長がひとつ、アドバイスをしてくれた。

「こんなことわざがあるの。将を射んと欲すればまず馬を射よ、ってね」

馬？　と首をかしげるシンゴに、船長は「れんげ、あなたは馬なのよ」と告げて紅茶のカップを口に運んだ。

「わたし、ひひーん、ですか」

馬。地球にいた動物で、背に人を乗せていた。それくらいは、映画好きのスイレンでなくても知っている。

で、ひひーん、とは何だろう。

「馬の鳴き声ですよう。ひひーん、て鳴くんです」

「れんげは子供たちに懐《なつ》かれているわ。それを利用なさい」

なるほど、とようやく心得がいって、シンゴはれんげの方をじっと見た。

「手伝っていただけますか」

「燃費の悪い馬ですが、よろしくお願いします」

れんげは頬に食べカスをつけたまま、にへらと相好《そうごう》を崩した。何だかとても子供っぽい、無邪気な笑顔だった。


シンゴはれんげを連れてオーセブンに向かった。

まずはこのお馬さんに、ベガーのことをよく知ってもらわなければいけないと考えたのだ。

「たとえばさっきのパイに入っていた豚肉ですけど、あの豚も牧場で飼っています。牛もいます。さすがに馬はいないんですけど」

道すがら、シンゴは説明した。

「ベガーが牧場の主です」

「うえ？　どういうことでしょうか」

「言葉の通り、豚や牛の世話はベガーがやっているんです。力仕事が多いですし、動物の糞で身体が汚れるし、人間だとたいへんなんですよね。かといってロボットに任せるほどロボットの数に余裕もないですし。そういう仕事は、率先してベガーがやってくれています。もちろん彼らはお肉が大好きですから、そういう意味でも適任なんです。牧場はオーセブンの三分の一くらいを占めていて、ベガーが交代で経営しています。サポートで年長の子供たちが働いていて、これはこれでそれなりのポイントがもらえるんです。大人はあんまり来ないので、シンクしない子供の何人かは、ここでポイントを稼いでますね」

「ポイントってオーシックスの金銭単位ですよね。子供もお金を稼ぐんですか」

何を当たり前な、とシンゴは質問の意味がわからず首をかしげた。少し考え、彼女の言葉の意味を理解する。

「十五年前は違ったんですね。ポイント、なんてものはなかった」

「子供は勉強だけしていれば、後は遊ぶのが仕事……だったんですよねえ。シンゴさん、今は違いますか？」

「そんな余裕、ないですから」

シンゴは社会の授業で習ったことを反芻した。

「戦後生まれの人口が四割近くを占める今の社会は、いびつです。俺たちだってそれくらいはわかっています。でもそうしなきゃいけなかったんです。俺たちは早く一人前になって、結婚して、子供をたくさんつくることが義務だって教えられてきました。一刻も早く船の人口を回復しないと、植民の時にたいへんだって」

「そうですねえ。……あと六年、ですもんね」

「はい。船が目的地につくまで、あと六年。俺はその頃には成人しています。でも俺たちだけじゃ足りない。だから船が目的地についても、しばらくは調査だけで、本格的な植民は人口が回復してからになるかもって、そんな風にもいわれています。大人たちが本当はどう考えているのかは、わからないですけど」

「わたしはそっち方面の専門家じゃないので、何ともいえません。そういうのはさくらちゃんの仕事で……ああ、でもそうだとしたら、シンゴさんの世代は大忙しになりますね」

「今でも大忙しですよ」

きっとれんげは、彼の言葉の意味に気づいていない。

大人たちの真意をシンゴが推《お》し量《はか》りかねている本当の意味を。

ベガーについてのことだ。船が目的地についた後、大人たちはベガーとの協力関係をどうするつもりなのだろうと。

資源に限りのある船の中という限定的な環境だからこそ、ベガーと共に生きるという選択には意味があった。そう考えている大人はきっと多いに違いない。ではその意味がなくなったとき、どうなってしまうのか。どう考えるのか。

そして、彼らが何を選択するのか。シンゴたちに、そしてベガーたちにどんな覚悟で相対するのか。

力をつける必要がある、とシンゴは思う。

その日までに、相応の発言力と実行力を得ていなければならない。それにはシンゴ一人の力では足りない。たくさんの同士の力を合わせて、自分たちの意見を通す環境を整える必要があるだろう。

船長の言葉は正しい。少しずつ理解の輪を広げるのだ。一歩一歩、前進していくのだ。そそのための準備を怠《おこた》ってはならない。

「いろいろなところを見てもらいます。今の俺たちにとって、ベガーがどれほど必要なのか。ベガーがどれだけ気のいいやつらで、俺たちのかけがえのない友達なのか。れんげさんには、それを知ってもらう必要があると思うんです」

牧場付近は、相変わらず野生動物と糞の臭いが充満していた。昔からほとんどこちら関係でポイントを稼いでこなかったシンゴは、久しぶりのひどい臭いに思わず顔をしかめて、当番の上級生に笑われた。

「昨日、初めてオーシックスに来た方なんですね。案内しますよ」

シンゴが名前も覚えていない第三学校の上級生たちは、アンドロイドであることを伏せて彼女のことを紹介すると、快《こころよ》く牧場の中や豚小屋を見せてくれた。

牧場の中には数十体のベガーがいて、掃除をしたり牛を追い立てたりしていた。豚小屋の方も似たようなもので、豚の身体を洗うような力仕事をするベガーたちは、きゅいきゅいっと呑気に唄いながら真面目に職務をこなしていた。

「ベガーが働いている以外、昔とぜんぜん変わらないんですねえ。昔はヤギや羊もいましたけど……違いはそれくらいでしょう」

「ヤギと羊は、全滅しちゃったんです。クローンで再生させる実験はしているんですけど、専門家がいなくてなかなか上手くいかないそうです」

「それならわたし、お手伝いできるかもしれませんねえ」

のんびりとした口調で、れんげはいった。

「わたし、医学だけじゃなくてですね、実は生命科学全般の専門家なんですよう」

おおっ、と上級生たちの間で歓声があがった。ここの人たちの中には、将来、第四学校で生物学方面に進む人もいると聞く。彼らが一番不安視しているのは、そちら方面の専門家が今の船に存在しないということらしかった。

「ただ設備の方がどうでしょうねえ」

「I14ブロックにあるなら、俺たちで取って来れると思うな」

「うーん、実はですねえ。大型の据えつけ型機械の中には、移動を諦めたものも多いんですよう。わたしたちがあのユニットで孤立していたのも、そういうものの作業中に事故で取り残されてしまった結果でして……。ああ、いっそI14ブロックでわたしが仕事をすれば……うう、でもあのブロックに人員を移動させて研究室を稼動させるのって、今のオーシックスの能力で可能なんでしょうか」

「研究室で働く人たちがみんなシンクできるなら、可能なんじゃないかなあ」

シンゴは率直な意見を述べた。特にベガーを持ち上げる気もない、自然に出た言葉だった。れんげはうーん、そうかーと難しい顔をした。

「わたし、シンクできるかなあ……」

「ベガー、苦手ですか」

「うー、たぶん苦手です」

シンゴは近くにいるベガーのうち、暇そうな者を呼んだ。れんげが、うっ、と一歩、後ずさった。ベガーがぷるぷるっ、と震えて、立ち止まった。自分が相手を怖がらせたとわかって、戸惑っているのだ。

シンゴはそのベガーに手振りを交えて事情を説明し、謝った。ベガーが作業に戻っていった後、振り返ると、れんげは肩を落としてへこんでいた。

「わたし、ダメですねえ。昔からどうにも臆病《おくびょう》で……」

「いきなりは無理だと思っていたから、ぜんぜん平気ですよ。大人でシンクできる人は、ほとんどいないし。こういうのは積み重ねなんだって、心理学の先生がいっていました。毎日一緒にいるうちに、ベガーに愛情が湧いてくるんだって。だから俺たちは、子供の頃からベガーと一緒に暮らしてきたんです。ベガーにぜんぜん抵抗がないのは、物心ついたときからの積み重ねなんですよ」

「それはわかるんですけどねえ。わたし、エリートのつもりだったんですよ、これでも一応」

「アンドロイドのエリートですか」

彼女がアンドロイドだというのは他の人には聞かせない方がいいような気がして、シンゴは少し小声になった。

「そもそもアンドロイドはみんな、エリートとしてつくられたんですよう。船を百年間、裏から支え続けるために必要な人員として、要所に配置されたんです。アンドロイド人権法って知ってます？　一定以上の知性と人間に互する肉体を持つ人工知能は、人間と同等の権利を与えられます。すごくすごく高価なんで、当時の地球でも数十体しかいなかったんですけどね。この船には、そんなアンドロイドが何体か乗っていたんですよ」

「他にもいるんですか。俺、聞いたことないんですけど」

そういえば、彼女はさっき、さくらという名前を出していた。

「戦後のことは……まだよくわからないです。戦争中に死んじゃった人もいるかもしれませんし……」

れんげは後頭部を掻いて苦笑した。

「人間と同等の権利を持っているといっても、自分の命より人間の命を大事にした方がいいって思ってる人の方が多かったですから……。わたしは弱虫だったんで、ずっと逃げ隠れしていただけなんですけどね」

「でも、れんげさんが生き残ったおかげで、俺たちは羊やヤギの本物を見ることができるかもしれないんですよね」

「まだわからないですよう。なるべく期待に添えるよう頑張ってみますけど……。なんか、育児の方面ではわたし、期待されてないみたいですし」

「幼児の世話は、シンクしない子供の大切なポイント稼ぎの場なんです。そこに割り込んだら、彼らに怒られますよ」

「船長にもそういわれました。がっくりです。環境の変化で失職しちゃいました」

「俺たちからすれば、技術者の方がずっとありがたいんですけど」

「アイデンティティってやつですよう。わたし、子供が好きなんです。育児している時が一番、幸せなんですけどねえ」

シンゴは肩をすくめた。幼児の世話なんて、面倒でたいへんで、彼にとっては一刻も早く逃げ出したい仕事だった。おむつを取り替えるのも、あやして機嫌を取るのも、四六時中見張っているのも苦痛で仕方がなかった。ベガーとシンクできるようになったときは心底ほっとしたものだ。クラスメイトの大半も同じことをいっていた。

あんなたいへんなことを積極的にやりたがる人がいるなんて、思ってもいなかった。

「で、どうします。シンクの練習、します?」

「シンクするかどうかはともかく、ベガーに慣れておきたいですねえ。これから暮らしていくにも……それにわたしと一緒だった子供たちの見本になるためにも」

れんげは呑気な笑顔を見せた。

ベガーズ・ケイブはベガーたちの住む集合住宅のようなものだった。奥の方は危ないからと、子供たちは立ち入り禁止になっている。そのせいで、シンゴやテルさえも、どれだけのベガーがそこに住んでいるのか知らなかった。

時刻はもう夕刻だった。オーセブンの天井が茜色《あかね》に染まっている。

昔、テルは祖父に、どうして夕方になると空は赤くなるのかと訊ねた。祖父は笑って、地球ではそうだったのだ、その真似をして「太陽」を赤くするのだと教えてくれた。

将来、新天地の星に降り立ったとき、人々が戸惑わないようにするためなのだと。だから船の中では、人々が極力、惑星上と似た環境で暮らしている。

まもなく照明が消え、星が映し出されることだろう。

ベガーズ・ケイブの入口近くに、いつもよりだいぶ大勢の子供が集まっていた。大半は、シンゴより年下だ。

彼らの輪の中心に、テルがいた。どうやらテルは、普段からなつかれている子供たちにせがまれ、昨日のことを語って聞かせているようだった。

「シンゴ、交代しよう！　わたしもう疲れた！　ウィルトトと遊びたい！」

ねーねー、お話してよと悪ガキたちにジャージの裾《すそ》を掴まれ、テルは悲鳴をあげていた。

シンゴとしても助けてやりたいのは山々だったが……。

「今、この人を案内しているんだ。例のユニットにいたうちの一人で、れんげさん。ベガーのことをよく知りたいってことでさ」

「あう……そか……」

テルは探るような視線でれんげを見つめた。

「あなたがテルちゃんね。助けてくれてありがとう」

「ん……？　シンゴを撃ったのって……」

　シンゴは慌てて、彼女が銃を撃ったわけではないことを説明した。

　すると子供たちが、銃という言葉に反応した。銃撃戦があったのか、戦ったのか、テルは大活躍だったのかと質問攻めが再開される。

「えーと、テル、がんばれ」

「待って、見捨てないで。ちょっと、ねえ！」

　情けない声をあげるテルに手を振り、テルたちが集まっていた一番大きな入口の前を素通りして、二人は脇の洞窟から中に入った。

　内部は天井から一定間隔で吊り下げられた電球で明るく照らし出されている。慣れた道だった。途中で出会ったベガーにミクメックの居場所を聞いて、彼が指し示す方角を頭の中の地図と重ね合わせ、分かれ道を何度か曲がる。

「シンゴさん、すごいですねえ。こんな複雑な道を覚えているなんて」

「ケンみたいにどんくさいやつじゃなきゃ、誰でも覚えちゃうんですよ。子供の頃からずっと通っているんですから。ええと、勝手知ったる他人の家、だっけ。そういうやつです」

「そういえば、さっきシンゴさんはすれ違ったベガーとお話してましたけど……ベガーはわたしたちの言葉がわかるんですか」

「単語を理解しているわけじゃないです。でもベガーが俺たちの感情を読み取ることは簡単みたいです。あいつらは耳がいいから、自分たちにつけられた名前もちゃんと聞き分けてくれる。それにミクメックは俺の親友だってみんな知っています。俺が探しているベガーが誰なのかくらい、彼らは会った瞬間から理解しているんですよ」

顎《あご》に手を当て、れんげは何やら考え込んだ。むむむ、と唸《うな》りながら歩いて、二度ほど転びそうになった。

「うう、考え事しながら歩くのはダメですねえ」

この人は、どうにもズレているな、と苦笑いした。

・十月五日

テルは六人兄弟の三番目だ。上に兄が二人、下に弟が三人いる。兄弟の中で唯一の女の子だったから、両親は昔から、彼女に女性としてふさわしいふるまいを期待した。ふさわしいふるまい、というのがどういうものかテルにはよくわからない。きっとそれはベガーとシンクすることじゃないんだろうな、とぼんやり思うくらいだ。

近年、オーシックス全体で初潮がきた女性のシンクは厭《いと》われる傾向にある。テルの両親も、彼女が普通の女性らしくすることを期待した。

テルはこのところ、シンクの危険性を、母体の安全を、耳にタコができるほど聞かされていた。結婚して子供をつくることこそがもっともコミュニティに貢献することだ、女性としての幸せなのだと、両親はテルに説教する。しつこく、しつこく、しつこく。

幸いにしてベガーに関することを親が子に命令することは法により禁じられている。オーシックスというコミュニティにとっては、あくまでもベガーとの融和が至上命題だった。この問題に強く出られないテルの両親は、しかし言葉の端々でベガーへの嫌悪を見せるようになった。

毎朝、両親と激しく口論して家を飛び出るのが習慣となって久しかった。両親とは別の食堂にいくのだ。しまいには父や母の方が険悪な空気を厭うようになっていた。

そのあてつけというわけではないけれど、テルはいっそうベガーズ・ケイブにこもるようになった。シンゴにはだいぶ心配をかけてしまっている。

そうそう、シンゴと結婚してもいいかなーと、本当に思っているのだ。冗談めかしていってみたら、全力で浅慮《せんりょ》を諭《さと》されてひどく憤慨したけれど。ついでに結構傷ついたけれど。もうひとつついでに、腹が立ったからそのことをスイレンに愚痴《ぐち》ったら、微妙な表情で「テルって本当に不器用だよね」とむしろシンゴに同情されてしまったけれど。

たぶんシンゴは、テルのことをシンクさえしていれば幸せなアホの子だと思っている。いやたぶんじゃない。間違いなくそう思っている。

そんなわけがない。確かにウィルトトは一番大切な友達だけど、他のベガーだってそうだ。シンクするのはとても楽しい。ううん、それどころかウィルトトとずっとシンクしていたいくらいだ。以前シンゴにいった「ベガーに喰われてしまえばウィルトトと一緒にいられるのに」という言葉は本心なのだ。でもでもそれだからって、シンゴと一緒にいたい、ずっと一緒にいたいというこの気持ちに変わりはない。

もっともそれが恋愛感情なのかといわれると、いまひとつ首をかしげるところもある。シンゴと一緒にいるとほっとするし、昨日など彼が大人の女性と親しくしていたのを見て、ちょっとムッとしたのは確かだけれど……と今朝の教室でスイレンにいったら、ちょっと困ったような顔をされてしまった。

「じゃあテルは、たとえばわたしがシンゴと結婚したら……どう思うの？」

「スイレン、わたしの友達。シンゴとわたしが一緒にいても怒らない」

「ど、どうかな」

「シンゴと一緒にいられるなら、それも……うーん、でもなあ、何かもやもやするなあ」

「テルってほんと、お子様よね」

そんなひどいことをいわれて、ため息までつかれてしまった。まわりの女の子がみんな、顔を見合わせて苦笑いしている。

自分の答えはそこまでひどかっただろうかと、思わず首をかしげてしまった。

「シンゴは過保護なんだ。わたしのためにコソコソ裏で動いて、それが当然だって顔をしてる。しかも勝手に船長に相談して、勝手に納得して、許してくれとかいって勝手に謝ってきて。ああいうの、よくない。シンゴが黙ってなんかやっているのを心配していたわたしが、まるでバカみたい。大人びているようで頭でっかち。いつかそれで痛い目を見る。そのとき助けることになるのはわたしなんだ」

そんな風に憤慨したら、なぜだか全員、口を揃えて「シンゴくんが可哀相だ」とテルを責めた。

「一昨日もシンゴは一番に気絶しちゃった。わたしとウィルトトが必死で時間を稼いだ」

そう主張すると、そもそも銃で撃たれるような状況で冷静に行動できたテルがおかしい、といわれてしまった。シンゴが気絶したのはミクメックが無茶な動きをしたからで、それで彼を責めるのはお門違いだとも。

別にテルが冷静だったわけではない。銃声の直後、シンゴが気を失っているのを見て、彼が撃たれて怪我をしたのだと勘違いしてしまった。

血の気が引く思いだった。

シンゴが死んだかもしれない。そう思った途端、カッとなった。気がつくと、雄たけびをあげて銃を持った女性に突撃していた。

彼女の驚く顔を見たときには、もう相手の銃を蹴り飛ばしていた。

奥に隠れていたやせぎすの少年が棍棒を構えて走ってきたのを見て、初めて我に返り、エレベーターに逃げ帰った。

エレベーターのドアが閉じた後、テルはシンゴの名を何度も呼んで泣き叫んだ。あのときばかりは少しゼリーがこそぎ取られたウィルトトのことより、身動きひとつしないシンゴの方がずっとずっと心配だった。後で思い出すとあまりに恥ずかしかったので、あのときのことは黙っているようにとダイスケとケンにかたく口止めしてある。しゃべったら絶交だ。

本当の自分がちょっとみっともなかったから、自警団の人に話したときは、ちょっとだけ脚色していた。それがいつの間にか広まって、まるで英雄みたいなことになっている。危機に際して冷静に行動し、超人的な動作で銃撃を阻止したのだということになって、あれぇ、と首をかしげることしきりなのである。

とはいえいまさら、本当はこうだったと言い出すわけにもいかず、スイレンがいうところの「マッチョなやつ」を演じ続けていた。かっこいいテル。勇気のあるテル。危機に際しもっとも冷静に対処したテル。子供たちの英雄のテル。

そんなことはなかった。本当は、ただシンゴのことが心配で、シンゴを傷つけられてカッとなっただけなのに。

あのとき撃たれたと思ったのがシンゴ以外だったら……たとえばダイスケやケンだったらどうだっただろう。自分は、同じように行動しただろうか。あれほど頭に血が昇っただろうか。己の身の危険も、ウィルトトの危険すらも顧みず、果敢《かかん》に突進していったのだろうか。

わからなかった。あのときのことを考えると、なんだか胸がもやもやする。自分の本当の気持ちがよくわからなくなるのだ。

「テルのためを思って、ひとつだけ忠告しておくわ」

男子が続々と登校してくる中、スイレンは悪戯《いたずら》っぽく笑って、ピンと人差し指を立てた。

「シンゴくんはけっこう女子に人気があるんだからね。わたしたちの年齢であそこまでポイントを稼いでいる男の子は他にいないし、頭のよさは折り紙つきだし、それにやさしいし。そこのところ、よく考えた方がいいと思うな」

そんなことをいわれても、とテルはため息をついた。

本当にわからないのだ。自分の気持ちが。

たぶん、「結婚してもいい」と「結婚したい」と「ずっと一緒にいたい」は別なのだろうな、と思う。

どのみち、今すぐ答えを出す気にはなれなかった。今のテルは、自分のことだけでもう頭がいっぱいなのである。

ああもう、どうしてか、また男子がテルに一昨日の大立ち回りを聞きに集まってきた。どうしてこいつらは、こんなに英雄譚が好きなのだろう。そんなに目を輝かせて話を聞かせてくれとせがまれては、いまさらあれは誇張なのだと言い出しづらい。

助けを乞うようにスイレンの方を見たら、「知らないわよ」と見放されてしまった。

「でさでさ、テルはマジで銃が怖くなかったわけ？」

「ウィルトトが守ってくれるって信じてた。わたしとウィルトトが揃えば、絶対に無敵！」

ああ、またついつい威勢のいいことをいってしまった。なんだか横でスイレンが腕組みしてため息をついている。薄々本当のことを感づいてるんじゃないかと思うけれど、いまさらそんなことを確認するわけにもいかなかった。

「はいはい、席につきなさい」

教師がやってきた。ホームルームが始まる。テルは慌てて席に戻った。

ちらりとスイレンの方を向くと、「後で話を聞いてあげる」と口ぱくでいわれた。

うう、そんなに自分は、切羽詰った表情をしていただろうか。男子相手には、だいたい上手く演技でごまかせるのになあ。どうもスイレンは、テルのごまかしを全て見抜いているような気がしてならない。

「……テルさん、聞いてますか」

担任の教師に名前を呼ばれ、テルは慌てて顔をあげた。

「あー、シンゴくんがお休みなので、繰り上げで掃除当番をしてもらいます。いいですね」

「あ、はいっ」

「シンゴくんがいなくて気落ちするのはわかりますが、先生の話はちゃんと聞きなさい」

まわりでくすくす笑いが巻き起こった。

あーもー、これもシンゴのせいだ。テルは真っ赤になって、ここにはいない少年に理不尽な怒りをぶつけた。


今日の授業は午前中だけだったが、テルは不幸なことに掃除当番に任命されてしまった。幸いにしてスイレンが手伝ってくれたけれど、掃除が終わった頃には、学校にはもうほとんど生徒が残っていなかった。第二学校の生徒は育ち盛りである。午前授業の日は終業と同時に我れ先にと食堂へ走っていってしまうのだ。別に早く食堂にいけばたくさん食べられるというわけでもないのだけれど、お腹がぺこぺこなのだから仕方がない。テルだって普段は全力疾走する。生身でもかけっこは得意だった。男の子にだってそうそう負けはしない。

だけど今日は遅れに遅れて、走る意味もなかった。仕方がないので畑の真ん中をつっきる道をスイレンと二人、とぼとぼ歩く。ああ、お腹と背中がくっついてしまいそうだ。食堂に入ったら、ポイントをたっぷり使って大盛りを頼もう。その場ですぐ食べるのだ。まだ余裕があったらおかわりをするのもいい。

「どこで食べようか」

ところがスイレンときたら、そんなことを言い出した。

「あっちの丘の方で食べると、風が気持ちいいのよ。昨日から雨が降ってないから、地面も乾いてるし」

「ご飯は食堂で食べるものじゃ……」

「そんなのダメ。つまらないじゃない」

怒られた。理不尽だ。これだから女子のペースで動くのは苦手なのである。

「だいたいテルは、身だしなみに気を使わなさすぎ。どうして支給品の服をそのまま着るのよ」

あげく、服装にまでダメ出しされた。いや確かに、量産品のジャージやテルが着ているような白いシャツはあんまり見た目もよくないと思うけど、でもスイレンみたいに毎日違う服を着て来るのはどうかと思うのだ。オーシックスに一軒しかない服屋で普段着を特注すると、ものすごいポイントがかかる。

「呆れた。わたしの服、買ったと思ってるの？　自分で縫ったんだよ。家の端末に裁縫プログラムをインストールして、必要なところだけ服屋の機械を使わせてもらうの。ポイントは最小限で済むわ。常識よ、常識。だいたいミカやサキにそんなポイントあるわけないじゃない。どうしてそんなことも知らないわけ？」

「誰も教えてくれなかったし……」

「そっか、テルのところ男兄弟だっけ。友達も男子ばっかりだし。そんなだから、こんなに色気のない子が育っちゃうのね」

「い、色気、ないかなあ」

これでも一応、年頃の女の子なのである。

さすがにいいすぎたと思ったか、スイレンは腰に手を当て「あーもう、仕方ないなあ」とため息をついた。

「わたしが縫ってあげるわよ。とびきりのやつ、つくってあげる。シンゴくんがテルを見た瞬間、びっくりして求婚しちゃうようなやつ」

「求婚、してくれるかなあ。あのシンゴだよ」

「……ちょっと高望みかも。でも、生唾を飲み込ませるくらいはできるわよ。シンゴくん、テルに女の子を感じてないのが一番の問題なのよね」

「う、そうなのかな。……そうかもなあ。シンゴとの付き合い、長いからなあ。わたし、シンゴのお姉ちゃんだと思われてるかも」

「断言するけど、向こうはあなたのこと、できの悪い暴れん坊の妹くらいに思っている」

「わたしの方が誕生日は先だもん！　お姉さんだ！」

「せいぜい一ヶ月でしょう。じゃあ聞くけど、テルとわたし、客観的に見てどっちが大人びているかな」

テルはじっと目の前の少女を見つめた。

　スイレンは腕組みして胸をそらし、自信満々の様子。確かにこうして見ると、すらりと伸びた脚も、少しふくらみが出てきた胸もとも、それから着ている服だって今日は紺のワンピースで、テルよりずっと女の子らしい。長い栗色の髪に差した赤い髪留めも、彼女のかわいらしさをいっそう引き立てている。

「なんていうか……」

　テルはごくりと生唾を飲みこんだ。

「わたし、スイレンと結婚しようかな」

　真面目に答えなさい、とスイレンの拳骨が落ちた。

「いや、ほら、前に話したやつ。いっそ性別を男にして」

「それはシンゴくんが嫌がったんでしょう。いいじゃない、女の子のテルの方がいいっていってもらえたんだから、一歩前進よ。……ずいぶんちいさな一歩だけど」

「さっきからいってるけど、別にシンゴと結婚しなくても……」

「シンゴくんの奥さんが、とびきりのヤキモチ焼きだったら？　いるわよ、結構そういう人。わたしのお母さんなんか、お父さんが仕事でお客さんの女の人と話しているだけで、むっとした顔してるもん」

「それは……嫌だなあ。やっぱりシンゴを取られたくないなあ」

「だったらとっとと奪って、自分のものにしておきなさい。まったく、どうしてこうも煮え切らないかな。いいじゃない、妹で。甘えてみなさいよ。うまく甘えるのも素敵な女性の必須条件なんだから」

「そ、そういうの、わたしのガラじゃ……」

「じゃあ、わたしがシンゴくんもらっちゃうわよ。ひとりじめして、テルと会ったら夫婦喧嘩してやるって脅すわ。とびっきり嫉妬《しっと》深い女になってやる」

「うう、スイレン、意地が悪い」

　本当にそうなったときの情景を想像して、テルは涙目になった。

「まったく……泣くくらいなら、自分の気持ちに正直になればいいのに」

　また、ため息をつかれた。今日何度目かわからない、スイレンのため息だった。


　確かにスイレンと一緒に丘で食べる昼食は気持ちがよかった。

　はらぺこだったから、なおさらだった。

　ただ、パンを歯でちぎったり、大盛りのパスタを口いっぱいに頬張るごとに、はしたないと咎《とが》められるのには閉口した。もっとゆっくり、優雅に静かにスープを口に運ぶのが女の子のたしなみなのだと。大口を開けず、少しずつ口に入れてよく噛むのだと。

　勘弁して欲しい。どうにもそういうのは苦手なのだと泣き言をいったら、またまたため息をつかれた。

「わたしがスイレンみたいに食べていたら、きっとみんな、お腹が痛いのかって心配する」

「うーん、自然体なところがテルの魅力でもあるか。わかった、もうガッガッ食べるのには文句いわない。でも食べ物は、よく嚙みなさい。きちんと嚙んで消化すると、それだけエネルギーになるのよ。テルの食べ方じゃ、ご飯がもったいない。ポイントが余っているからって、よく買い食いするんじゃない？」

図星だった。配給の食事とは別に、ポイントで買うことができる贅沢品も食堂では販売されている。それらを買い込み、ベガーの食事を見ながらのんびりとお菓子を食べるのも、夕方の楽しみのひとつだった。

「今はいいかもしれないけど、間食の癖がつくと将来、太るわよ」

「スイレンはお母さんみたいなことをいう」

「わたし、いいお母さんになるつもりだもの。早く結婚して、子供をたくさんつくるの。テルみたいにすごくシンクが上手いならともかく、わたしレベルだったら、そっちの方がずっとポイントが稼げるしね」

「ポイントかあ」

同じクラスの女子がポイントのことで悩んでいるのを、何度か小耳に挟んだことはあった。牧場やオーファイブでの作業程度では、たいした収入にならないと。最低限の衣食住は保障されているけれど、支給品ではない服だって、お化粧道具だって、それからお菓子だって、ポイントがなければ手に入らないのだ。テルは女の子なのにシンクしてるし、うまいことやってるなあ、そんな嫌味をいわれたことも一度や二度ではない。

「テルだって熱心にポイント稼いでるでしょう」

「わたしの場合、好きでシンクしてる。シンクするために探索に加わってたら、勝手にポイントが溜まってただけ」

「そういう天然なところがテルのいいところだけどね。それ、ちょっと嫌味だよ」

「うう、ごめん。でも本当」

「知ってる。だから余計、自慢に聞こえるの。……落ち込まないでよ。どうしてわたしの前でだけ、いちいちへこむかなあ」

「スイレンの言葉はじわじわ来る」

「真実だもの」

またぐさっと来た。ダメージが大きい。

とはいえ、不快ではなかった。婉曲《えんきょく》に示唆されるより、面と向かってはっきりいわれる方が性にあっている。それにスイレンがテルのことを好いていることも言葉の端々から伝わって来る。テルのことが好きだから、厳しいことをいってくれるのだ。

「知ってる？　十五年前までは、ポイント制度なんてなかったの。当然、子供が通貨を稼ぐ方法なんてほとんどなかった。親からお小遣いを与えられるのが精一杯だった」

「昔はたいへんだったんだね」

「テル、騙されやすいやつってよくいわれない？」

また呆れられてしまった。

「逆なのよ。子供はきちんと勉強をして、それから後は、めいっぱい遊んでいればよかったの。そもそも十八歳までが義務教育で、その間は仕事なんてしなくてよかった。子供に仕事をさせちゃいけないって法律まであったわ。児童虐待っていってね、子供に仕事をさせると大人が罰を受けたのよ」

そこまで説明されると、さすがにテルにも理解できた。

「ポイント制度を子供にも適用しているのって、わたしたちに仕事をさせるため？」

「それだけじゃない、と思うけどね。シンクすることがみんなにとって得になるようにしたんだ。たぶんそれが第一。ポイント制度の原案をつくったのは副船長のとりまきだって話だけど、彼らは人間とベガーの共存を考えたシステムをつくった。そのとき、シンクできる子供ほど裕福になれるという今の制度は、大きな柱だったんじゃないかしら。子供たちの命より、子供たちが働ける環境を整えることの方が優先されていた。だから、ほら、シンクのマニュアルができたのも遅かったでしょ」

「マニュアルなんていらなかった。シオンは嫌なやつだ」

「シオンさんはあなたのこと、とても高く評価してたわよ。あんなに熱心にベガーのことを教えてくれた子供はあなたが初めてだったって」

シオンという青年は自警団の一員で、現在テルたちが使っているシンクのマニュアルをつくった人物だった。テルは飄々《ひょうひょう》とした彼のことがどうにも苦手なのである。

「マニュアルができたとき、抗議しにいった。こんなのいらない、って」

「へえ、初耳」

「細かいとこいっぱいケチつけて、ダメ出しした。そしたら喜んで根掘り葉掘り聞いてきた。翌日に改訂版がでてきた」

「あれって、そんな経緯があったんだ。呆れた」

「うん、あいつは呆れたやつだ」

「……まあいいわ、とにかく副船長たちはね、子供たちにシンクして欲しいのよ。働いて欲しいの」

「でも、一ヶ月前にポイントが大幅に下がった」

「あれ、議会の横槍なのよ。知ってた？　この前の選挙で、ユニオン……って知らないか。とにかく反ベガー派が大きく勢力を伸ばしたの。これは誰にもいわないで欲しいんだけど……直接の原因はシンゴくんなのよ。彼、自分で稼いだポイントだけで独立して、自分の家を持ったでしょう。ベガーとシンクした子供がそんなに稼いでいるのはおかしいって槍玉にあがっちゃったの」

　スイレンが「わたし、よく議会を見学させられるんだもの」といって、そんなことにまで詳しい理由を披露してくれた。

「見学っていうか、酒のお酌させられるんだけどね。いいポイントにはなるんだけど、酔っ払いの相手はうんざり」

「どういうこと？」

「うち、お酒を扱ってるの。それでね、議会が開かれる度に、副船長と議員さんたちは宴会するの。ううん、お酒を飲みながら会議してる、っていった方が正しいかな。わたし第一学校にあがったくらいから、ずっと議員さんたちのお酌をしてた。シンクしてないのに結構ポイント持ってるのは、そのせいなのよね」

口が堅いのがこの仕事のルールだから、絶対よそに漏らさないでね、と念を押され、テルは思わず両手で口を塞ぐ真似をした。

「大丈夫、わたしとっても口が堅い」

「やっぱり失敗だったかなあ。ちょっと後悔。ま、とにかくガス抜きってやつよ。シンゴくんが悪いわけじゃないわ。反ベガー派が満足するような生贄《いけにえ》が必要だった。……最低よね、がんばっている子供をいじめて何が楽しいんだか」

「いじわるだ」

「すごい頭に来る。でもテル、あなたもひょっとしたら、槍玉にあがる可能性があるってことを忘れないで」

「わたしが？」

「あのねえ。あなた、自分が祭り上げられてるって自覚くらいあるんでしょう」

「わたし、有名になりたかったわけじゃない」

「なりたい、なりたくないは関係ないのよ。現にあなたは注目を集めている。行動には気をつけなさい。言動にはなおさらね。わかるわよね、わたしがいっていること」

「へんなことするとベガーが不利になる、ってことだよね。……シンゴがいっていた意味、やっとわかったかも」

「シンゴくんの場合、テルのことには気がまわるくせに、自分はてんで無防備なのがダメなところね。脇が甘すぎる」

「まったくシンゴはダメなやつ！」

けらけら笑ったら、スイレンにじろりと睨まれた。

「うう、わかってる。わたしはもっと危なっかしい。気をつける。……こういうの、苦手」

「慣れなさい。……といっても、難しいのはわかるわ。また十五年前の話だけど、当時は成人とみなされる年齢も十八歳だった。結婚できる年齢も同じ。実際に結婚する年齢はもっと遅くて、平均で三十歳近い時期すらあったんだって。わたしたち、当時と比べてずっと早く大人にならなきゃいけない。無理して背伸びしても、そうしなきゃいけない。それって辛いことだよね。理不尽だと思う」

そうなのだろうか。実のところ大人になるというのがどういうことなのかよくわからないけれど、今の生活はそんなに悪いだろうか。

スイレンはテルの戸惑いには気づかない様子で、でも、と話を続けた。

「テル、あなたはシンボルなのよ。遅かれ早かれ、ベガーとシンクする人々の象徴になるわ。ううん、今でも既になっているかもしれない。一昨日の一件はものすごい勢いでオーシックス中に広まって、今や誰でもテルって名前を知っているくらいだもの。だからあなたは……否が応でも大人になる必要がある」

「嫌だな、そういうの」

「幸いなことに、あなたは一人じゃない。あなたを助けてくれる人は、シンゴくんをはじめとしてたくさんいる」

スイレンは食器を脇に置いて、テルの手をぎゅっと握った。

「わたしだって手伝う。ここ数日、話してみてわかったよ。わたしはテルのこと、シンゴくんが信頼する以上に強い人間だと思う。あなたには自分の未熟を認める強さがある。弱いことをごまかさないのって、すごくたいへんなことだよ。できないことを自覚しているなら、できるようになるまでがんばればいいの。みんなの先頭に立つ勇気を持てるようになるまで、努力しなさい。きっと、まだそれくらいの時間はあるから」

その時間、というのはどれくらいなのだろう。

せいぜい五、六年、といったところだろうか。

「テルはベガーが大好きなんだよね。ずっとベガーと一緒にいたい、それだけなんだよね。でもきっとこれからは、それだけ、が難しくなる。だから、その想いを大事にして。ベガーを守るための強い力が、これからきっと必要になる」

ベガーを守る。わたしが。このテルが。

ごくりと生唾を呑み込んだ。

たった五、六年で、こんな自分に何ができるというのだろう。

重すぎる責任だ。テルの身体はこんなに細いのに、それでもって、こんなに頭が悪いのに。

なにも自分じゃなくてもいいじゃないか、と理不尽さに身もだえしたくなる。

「まだ踏ん切りがつかない？　だったらもうひとつ、ひどい計画のことを教えてあげるわ」

テルが黙っていると、それをどう受け取ったのか、スイレンは「これも絶対に秘密だけどね」と前置きして、彼女いわくの「本当にひどい話」を語った。

「六年後、この船が目的地についた後のこと。ベガーだけこの船に残して、人間はみんな星に降りるんですって。新天地で優雅に暮らすの。ベガーを乗せた船は、後で爆破してしまえばいいって……そうすれば、何の不安もなくなるって」

スイレンは口の端を吊り上げた。

「これ、冗談じゃないから。議会で取り上げられたこともある計画だから。もちろん、反対が大多数で廃案になったし、副船長の目が黒いうちは絶対に許さないことだけど……でも、考えられる未来のひとつなの。……これだけは忘れないで。ベガーは十五年前の戦争で憎しみを買いすぎた。六人に五人が死ぬようなひどい虐殺のこと、忘れた大人はいない。ひょっとしたら……戦後に生まれたわたしたちと、戦前を知っている人たちとは、別の世界に生きているのかもしれない。わたしはときどきそう思うよ」

それはシンクをやめたスイレンゆえに、なおさら強く感じられる空気かもしれなかった。

ベガーにべったり寄ったテルとは少し立ち位置が違うからこそ、逆にはっきりと見えてくる大きな大きな断絶である。

「覚えておいて。ベガーを守りたいなら、子供たちが団結する必要がある。でも、みんなの心をひとつにするには、シンボルが必要なの。昔の映画でもそうだった。大きな主張は、強力なシンボルを通してこそ相手の心に響くの」

それからテルは、生地《きじ》を扱っている店に連れていかれた。さっそくテルの服を見繕《みつくろ》うのだという。スイレンはやる気まんまんだった。

「わたし、がんばって裁縫を練習中なの。花嫁修業ってやつね。だからテルの服をつくるのも、修業の一環。あなたは細かいことを気にせず、黙ってポイントだけ払っていればいいの。ほら、これなんかどう？」

そういってなんだかずいぶん高い生地を注文していた。何ヶ月も買い食いできるくらい高い買い物だった。テルはうんざりして、これらの替わりに買えたはずのチョコレートをまぶしたクッキーや、甘ダレのたっぷりかかっただんごの味を想像した。

だがそれは序の口だった。服に合わせて下着も買おう、ついでに靴もなんとかしよう、そもそも採寸をしなくては、とオーシックス中を連れ回された。今までテルが知らなかった店を、たくさん紹介された。

驚いたことに、テルは自分が思った以上に有名人だった。あちこちの店で若い店員にちやほやされた。テルは珍しくカチコチになって、一昨日のことやベガーのことに関する根掘り葉掘りの質問をぎこちなく笑ってごまかす羽目になった。

夕方には疲れ果てていた。

「いい服つくってもらっても、いつ着ればいいのかな」

「学校に着てくれればいいじゃない」

「恥ずかしい」

帰路、顔を赤くして抗議すると、スイレンに笑われた。

「女の子でしょう、テルは。仮デザインのホロを試着した写真、コピーする？　すっごくかわいいよ」

二人並んで、畑を抜ける畦道《あぜみち》を歩いていた。荷物が多いので、さすがに半分ずつ持っている。それでも両手がいっぱいに塞がってしまうほどの買い物だった。

「この服を着て学校に来れば、男の子たち、きっとびっくりする。あのテルが、本当はこんなにかわいい女の子だったんだって」

「普段のわたしってそんなかわいくない？」

「とぼけたところはいい線いってると思うよ」

「え……」

「そういうところ天然だよね」

バカにされている気がして、テルは顔をしかめた。

「スイレン、口が悪い」

「ごめん、ごめん。でもわたし、男子の前だとすましているもの。いい子を演じるの。基本パターンはオールマイティの才媛だけど、相手によって使い分けるわ。恥ずかしがってみたり、時々はドジなフリをしてみたり。クラスメイトに将来の旦那さまがいるかもしれないし、そうでなくたって男の子同士のネットワークは警戒しないとね。みんなこれくらい使い分けているわよ」

「結婚か……。妊娠したらシンクできないってルールが……」

「それだけはどうしようもないわ。母体への影響が強すぎるもの。テルだってシンクした後はすごく疲れるでしょう。医学的にどうしようもないことは、本当にどうしようもないのよ」

いつもの調子できっぱりとそう断言してから、スイレンはちらりとテルの方を見た。軽く肩をすくめている。いいすぎた、と思ったのだろうか。「でも」とフォローしてくれた。

「結婚する、しないくらいは個人の自由でいいと思う。自分の人生は自分のものよ。誰にもその自由を奪う権利なんてない。だからテル、わたしはあなたに味方する」

「ありがとう、スイレン。わたし、何から何まで世話になってばっかり。わたしに手伝えることがあったら、何でもいって。全力で手伝う」

「テルの全力ってロクなことにならなさそう」

「じゃ、じゃあ、ほどほどに手伝う」

「でも手伝えること、ねえ……」

スイレンは首をかしげた。悩んでいる様子だった。何か頼むものはないか、という悩みではなく、頼もうか、頼むまいかという葛藤《かっとう》のようだった。

「遠慮しないでいい。ダメそうなら断る」

テルの後押しがあってようやく、スイレンは首を縦に振った。

「欲しい生地があるの。でもオーシックスには在庫がなくて、噂では十五年前に放棄された倉庫があるとか」

「それを取って来ればいい？　場所がわかるなら……」

「I38ブロックだから」

「三十番台か」

テルの顔が曇った。そのあたりは戦争の後期、もっとも激戦区だった一帯だ。最大の問題は、まだ駆除されてないハンターがうろついている可能性があるということである。

ベガー・ハンターは、対ベガー戦争の終盤に大量投入された無人兵器である。大半は戦後、廃棄されたものの、少なくない数が人間の管理下から離れ、未だ船のどこかを徘徊《はいかい》しているという。

本来作業用ロボットに使われていたAIを載せた、戦闘兵器である。ドラム缶を転がしたような胴体を持ち、蜘蛛のような八本の脚で歩行し、ベガーの厚いゼリーを貫くほどの威力を持つ大口径の銃を装備している。通路の壁を破壊しない武器の中では最強の火器だ。

彼らはベガーを見つけたら即座に攻撃するようプログラミングされていた。戦後の事情などお構いなしである。つまり、シンクしている子供がベガーの中にいても、いっこうに躊躇せず攻撃してくるのだ。

　ベガーとシンクする子供たちにとって最大の脅威。それがハンターだった。

「いや、やっぱりいいよ。忘れて。テルじゃ生地の種類なんてわからないだろうから、わたしも一緒にいかなきゃいけないし。でもわたし、危険なのは嫌だもの」

「ううん、いけるかも」

　テルは以前に見たマップを必死で思い出そうとした。三十番台の全てにハンターが徘徊しているわけではない。I38は、立体図を見たときの記憶が確かなら、ちょっと奥まったヘンな場所にあるブロックだったはずだ。そこまでいける安全なルートさえ見つかれば……。

「後で調べてみる。期待しないで待ってて」

「わかった。でもテル、本当に無理はしなくていいからね。わたし、その……またシンクするのはいいけど、ハンターとか、怖くて絶対にごめんだし」

「わたしだって怖いのはごめん。少しでも危険だと思ったら諦める。でも、上手くいけそうなら……少しはスイレンに借りを返せるね」

「借りなんて思わなくていいよ。わたしの趣味が半分ってことなんだもの。本当に、危険なのは勘弁だからね」

「わかってる。ハンターはベガーを狙う。わたしはベガーを危険な目にあわせたりしない」

「そこで自分の身よりベガーの心配をするのが、テルらしいよ」

　スイレンはまた深い深いため息をついた。今日何度目か本当にわからない、大きなため息だった。

テルはスイレンの家に荷物を届けた後、彼女の家族と一緒に夕食をとった。スイレンの父と母は、船で唯一、専門でお酒をつくっているのだという。

気のいい人たちだった。テルは彼らと共に食堂に赴き、楽しいひとときを過ごした。

食後、スイレンたちと別れ、ゆっくりとオーセブンに向かった。

シンゴとれんげはまだオーセブンにいるのだろうか。ベガーズ・ケイブにいくのをこれほど億劫《おっくう》に思ったのは、生まれて初めてだった。普段はわくわくしながらウィルトトのもとへ駆けていくのに、今はこんなにも足取りが重い。シンゴとれんげが仲良く笑っているところを想像するだけで、なぜだか胸がひどく痛むのだ。

それでも今日は一度もウィルトトに会っていなかった。彼は寂しがり屋だ。毎日会ってやらないと、すぐスネる。

以前、体調を崩したテルが家の中に監禁されていたときのことである。数日に渡ってテルに会えなかったウィルトトはひどくしょぼくれ、こちらの方が病気なのではないかと思うほど食欲を欠き、身体中にまだらの斑点が浮き出て、しまいにはゼリー部分が半分近くにまで減ってしまった。あまりに心配したシンゴたちが、まだ熱っぽかったテルを強引に誘拐してベガーズ・ケイブに連れていき、大騒ぎになったものだ。

シンゴたちのおかげでテルと会えたウィルトトは、あっという間に元気になって、ご飯を食べまくった。テルとウィルトトの絆《きずな》は以前にも増して強くなり、大人たちも、ベガーと人間の間にこれほど強い結びつきがあることを理解したのである。

そのウィルトトに会いにいかないわけにはいかなかった。向こうからはオーシックスに来られないのだ。テルの方から赴くしかないではないか。

はたして、ウィルトトの傍にはシンゴがいた。ケイブの中のいつもウィルトトがいる一角で、テルのかわりに彼へご飯をあげているところだった。ウィルトトが部屋に入ってきたテルに真っ先に気づき、きゅう、と鳴いた。

「ごめん、ウィルトト。……シンゴ、ありがと」

「気にするな。たまにはクラスの女子と一緒に遊ぶのも必要だろ。今、ウィルトトとそのことを話していたところだよ」

「昨日の女の人は？」

「れんげさんか。帰ったよ。なかなかベガーに慣れてくれなくてね。かなり時間がかかりそうな感じ。アンドロイドでも疲れるんだな。シンクしたわけでもないのに、へとへとだったよ」

「アンドロイド？」

「テルには話しておくよ。秘密ってわけじゃないんだけど、一応、あんまりこっちから広めない方がいいのかもしれないこと。……れんげさんは、人間じゃない。アンドロイドなんだ」

「そう……なんだ」

アンドロイドってなんだろう。シンゴの口ぶりからすると、ロボットみたいなものだろうか。

「アンドロイドっていっても、身体のつくりは人間そっくりだし、実際に人間と同じ権利を持っているけどね。専門家なんだってさ。船に絶対必要な分野の知識を百年間、途切れず持ち続けるのが役目なんだって」

そうか、とテルは頷いた。れんげという女性は、アンドロイドなのだ。ロボットみたいな存在なのだ。人間ではないのだ。

シンゴと結婚はできないのだ。

「そっか。……アンドロイドかあ」

テルはため息をついた。溜め込んでいたものがどっと崩れて、肩の荷物を下ろしたような解放感があった。

胸の奥が暖かくなるような気分だった。

その気持ちの意味を、今やテルもよく理解していた。

思わずにへらと笑った。

「なんだお前、にやにやしやがって、気持ちが悪い」

「人の顔にケチつけるな」

笑顔で悪態をついて、シンゴの顔を見つめた。テルともっとも近しいこの少年は、何だこいつと眉をひそめ、それから軽く肩をすくめた。

「シンゴ、ちょっと話したいことがある。外に出ない？」

た。


「ここじゃダメなのか。今日はまだ一度もウィルトトと話してないだろう」

「ウィルトト、後でまた来るから、ちょっと待ってて」

まだ食事中のウィルトトは、テルの顔を見ただけで満足したのか、気持ちよさそうに鳴いた。

彼を洞窟に残し、テルとシンゴは夜のオーセブンに出た。

満天の星空だった。毎日、星の様子は少しずつ違うように見える。星と星を結んで星座をつくる遊びがだいぶ前に流行《はや》ったけれど、テルはそんなの、もうまったく覚えていなかった。

夜の風は、シャツ一枚だと少し肌寒い。普段はベガーと一緒にじゃれたり、走りまわったりしているから気にならない。だけど今日みたいにちっとも運動していないと、湿った風が丘の間を吹きぬける際、思わずぶるりと身を震わせてしまうほどだった。

「おい、寒いのか。毛布、使うか」

それを見たシンゴが、近くの木陰で乾かしてあった毛布を手に取り、テルの肩にかけてくれた。テルはシンゴのかけてくれた毛布を胸もとで合わせて、照れくさそうに微笑んだ。

「なんだ、今日はえらい素直だな」

「うん、わたし、素直な気分」

テルはケイブの傍の大きな切り株にちょこんと座って、自分の横のスペースをぽんぽん、と叩いた。

「座って、シンゴ」

「偉そうだな」

「わたし偉い。いいから座って」

シンゴはちょっと首をかしげた末、テルの隣に「どっこいしょ」と腰を降ろした。

「シンゴ、じじくさい」

「うるさい。話ってなんだ」

「スイレンにいろいろいわれた」

「たとえば」

「わたしは有名人なんだって。シンボルらしいよ」

「お前は目立つ。よくも悪くも、お前の行動をみんなが注目している。だから発言や行動にはよく注意しろって、そういわれたんだな」

「よくわかったね」

「自覚していないのはお前だけだ」

「わたし、ベガーのためにみんなを団結させなきゃいけないみたい」

「それは義務じゃない。スイレンがどういったとしても、お前は、お前がやりたいようにやればいい」

「でも、ベガーのためになることなんだよね」

「なるかもしれないし、ならないかもしれない。完全な正解なんてないよ」

「シンゴ、スイレンのことが嫌い？」

「誰かのいいなりになって欲しくないだけだ。お前は自分の直感を信じろ」

「シンゴはそれでいいの?」

「俺はお前の信じたものを自分なりに分析して、それが正しいと思ったら手伝う。間違っていると思ったら……まあ、俺の意見はそのときに伝えてやるよ」

「チェック係? なんか風紀委員みたい。うるさそう」

「うるさいかどうかは、お前の心がけ次第だな」

「素行には自信がないなあ」

「少しは否定しろよ。で、お前はどうなんだ。スイレンのいう通りに、俺たちのリーダーになるつもりか」

「スイレンがいってるのは、リーダーってことなのかな。わかんない。わたし、そこまで凄いやつじゃない。勝手に期待されても困る」

「凄いかどうか決めるのは、自分じゃないだろ。他人が勝手にいうことだ。けどまあ、自惚《うぬぼ》れてないのは安心した」

「自惚れているわけ、ない。わたし結局、何もしてない」

テルは天井を見上げた。

空に瞬《またた》く無数の星のホログラムは、何だかいつも以上にくっきりと、たくさんの星を映し出しているように思える。

今なら……もっと自分に、素直になれるような気がした。

「シンゴ。わたし、結婚するならシンゴがいい」

「そうか」

ちらりとシンゴの方を見ると、彼もまた星を見上げていた。

「シンゴならわたしをベガーと引き離したりしないとか、そういう打算じゃない」

「わかってる。ニュアンスは理解している」

「好きだってこと」

「わかっているよ」

シンゴの両腕が伸びてきた。テルの細身の身体は、毛布ごしにぎゅっと抱き締められた。

思わず、「ひゃあ」と気が抜けたような声を出してしまった。

テルは頬が紅潮するのを感じた。背筋をぴんと伸ばした。緊張する。喉が渇く。唾を呑み込む音が大きく響いた。

「し、シンゴ、あのね……っ」

「十六歳になって、まだお互いに同じ気持ちだったら、結婚しよう」

「うん」

涙が一粒、頬を伝ってこぼれ落ちた。

それがきっかけだった。堤防が決壊したように、後から後から涙がこぼれた。

「れんげさんに、十五年前のことを聞いたんだ」

シンゴはぽつり、ぽつりと話し始めた。

「今の俺たちの世界がどれだけ歪《ゆが》んでいるか、よくわかった。それが正しいとか正しくないとか、そんなことは関係がない。昔のことを知れば知るほど、自分がもう後戻りできないんだって、そう感じた。俺たちはベガーと一緒に生きていくんだ。ベガーがいない世界のことなんて考えたくもないいんだって」

シンゴはテルの頭を撫でてくれた。温かい、大きな手だった。

「それでな。ベガーと一緒の世界、ってのを考えるとき、いつも俺の隣には、テル、お前がいた。いまさらみたいに気づいたんだ。俺はお前と一緒にいたいんだって。……せいぜい一日か二日、別々に行動していただけなのにな。どうしてか、お前の顔が見たくて仕方がなかった。ウィルトトに飯をやっていれば、お前がひょっこり顔を出す気がした。そうしたら……お前、本当に来るんだ、これが。予想通りすぎてびっくりだ」

「うるさい、バカぁ」

「んな泣き顔でいっても、みっともないだけだ」

「だって、涙が止まらないんだもん」

「どうしてだよ」

「嬉しいからに決まってるじゃないか、バカ」

テルはしゃくりあげた。両手で涙を拭った。シンゴがため息をついて、ポケットから取り出したハンカチで顔を拭ってくれた。

「テル。お前が覚悟を決めるなら、俺は影になってお前を支えるよ。どれだけたいへんでも、絶対にお前を支え続ける」

「うん」

「もちろん、そんな余計なことしなくてもいい。ただのベガーが好きな女の子として暮らしていてもいい。俺はそれでも満足だ。……今がずっと続くってことだ」

「……うん」

「スイレンのいったことは、ゆっくり考えろ。彼女の言葉が正しいか正しくないかを決めるのは、お前自身だ。お前がどんな答えを出すとしても、それはたったひとつの正しい答えなんだ。お前の傍には、俺がいる。いつだっている。……いいたいことは、それだけだ」

「ムードの欠片《かけら》もない」

「俺は面白くない人間だ」

テルはシンゴの顔を見上げた。

少年の表情は、星明かりの下、よくわからなかった。でもきっと、耳たぶまで真っ赤になっているのだろう。

「シンゴは素直じゃない」

「ほっとけ」

それでこそ、シンゴらしい。

テルはにっこりと笑った。

それから、今度は自分の番だとばかりに肩をすくめてみせた。

「やれやれだよ」

今日初めて、ため息をつく側にまわった。


嬉しい気持ちでいっぱいだったのに、家に帰るのは憂鬱《ゆううつ》だった。

父と母は、ことあるごとにベガーとテルの仲を引き裂こうとしてくる。喧嘩か、互いの存在を無視するか。どちらにしろ居心地が悪いことには変わりなかった。

案の定、この日も帰宅すると同時に父の部屋に呼ばれた。

テルの父、ユーリは、昔の彼を知る者に聞くと、十五年前まで温和でにこにこ笑っているような人だったらしい。

彼が変貌したのは、ベガーとの戦争だった。両親をベガーに喰われたユーリは、更に片腕を戦争中に失い、そして笑顔も失った。彼がテルのシンクをやめさせようとしているのは、そのことが大きく影響しているのだと、誰もが知っている。

テルが知る父は、いかめしい面構えの厳格な男だった。いつもむすっとしている。いつだってテルのいうことにダメ出しをする。いつだってテルとベガーの仲を引き裂こうとする。

理不尽だ。確かに過去にたいへんなことがあったのは気の毒だと思う。だけど、テルにはテルの生き方があるのだ。相手が父親だからといって、一番大切なものを頭ごなしに否定されて我慢できるものか。

だから今日も、部屋に入ったときからテルは不機嫌だった。せっかくシンゴとわかりあえていい気分だったのに、全てを台無しにされたような気がする。だから余計に、腹が立つ。

「テル、お前はもう十二だな」

「うん、そう」

父の部屋に入ったテルは、後ろ手にドアを閉めた。隣の部屋で兄たちが聞き耳を立てているに違いなかったが、彼らを心配させるほどの大声を出すつもりはなかった。

腹が立っても、挑発をするのはやめよう。今日のスイレンとの話を思い返し、そう決心する。父を説得する気はなかったが、これから先、少なからぬ大人とわかりあう必要がある。そのためには、己の短気を少しは矯正する必要があるのだ。練習が必要だ。

そうだ、落ち着け、落ち着け。自分だってやる気になれば少しはできるやつなのだ。

「ベガーは好きか。お前の相棒の……ウィルトト、だったか」

父が、重々しく口を開いた。ただ、その言葉は普段と少し違っていた。なんだろう。だけどまあ、その問いに答えるのは簡単だった。自分の気持ちを偽る気はない。正直に答えればいい。

「うん、大好き」

「そうか。ならば、その気持ちを貫き通すがいい」

「うん。……あれ？」

テルは小首をかしげた。ここは父がベガーを否定し、テルが思わず皮肉を口走る場面ではなかっただろうか。今、何といった？　あの頑迷な父が、よもやベガーを肯定するような言葉を口にするはずがない。

「何を戸惑う。わたしはお前を信頼するといっただけだ」

「そりゃ……嬉しいけど」

「一昨日のことをな、今日、副船長じきじきに説明を受けた。……お前は、誰よりも勇気ある行動で、仲間を救ったようだな。親としてその無鉄砲は歓迎できないが、正しくあろうというお前の心意気はよくわかった」

少し、昔話になる、と断って、ユーリは十五年前の思い出を話し始めた。

自分の命を顧みずに仲間を救ったという父の友人の話だった。どこにでもあるような話だ。父ととても仲がよかったその人は、戦後、医療環境が整わなかった時期に肺を患《わずら》って死んだという。その一時期で生き残った数少ない人口が更に二割近く減ったというから、それもまたどこにでもあった話なのだろう。

「わたしはあいつを尊敬していた。あいつみたいになりたかった。だが、生憎《あいにく》とわたしにはそんな勇気も、覇気も、それから力もなかった」

ユーリは目をつぶった。昔を思い出しているのだろうか。十五年前は、ひどい時代だったらしい。とんでもない数の人が死んで、生き残った人たちも皆、心に深い傷を負った。テルの父も、片腕と一緒にいろいろなものを失ったのだろう。

それはわかる。わかるがしかし、だからといってテルは、ユーリではない。父の想いを一方的に押しつけられるなどごめんだった。

　とはいえ仲間を助けたというのは本当だ。仲間のために必死だったというのも本当だ。テルには大切な人たちがいる。シンゴやミクメックやウィルトトだけではない、ダイスケもケンも、メーヴェレウもカイナケイナも、それからスイレンも、多くの仲間のことを守りたいと、本気でそう願っている。

　ユーリはまぶたを持ち上げ、テルをじっと見下ろした。その黒い瞳が、いつもと違って、なぜだか少しやさしく輝いているように見えた。

「勝手にこんなことをいうと、お前に怒られてしまうかもしれんが……。わたしができなかったことをお前がやるというなら、わたしはあいつにしたのと同じように、お前を信じよう。あいつは結局、戦争では死ななかった。まわりを守ろうと命を懸けたことで、結果的に自分自身すらも救っていた。お前も、きっと同じことができる人間なんだろう」

「……わからないよ、そんなこと」

「だから、死なないでくれ」

　父は、そういって、頭を下げた。

　テルはびっくりして一歩、後ずさった。ユーリは、恥も外聞もなく、娘に向かって頭を下げていた。テルは混乱した。あの厳しく、強情な父がこんなことをするなんて想像もしていなかった。

「わたしの願いは、ひとつだけだ。お前は、あいつのように、生き残ってくれ。そうでさえあれば、無茶をするなとも、おとなしくしろともいわん。ただ……わたしたちを残して消えるのだけは、やめてくれ。わたしはもうこれ以上、家族を失うのに耐えられんのだ」

「ちょ、ちょっ、待ってよ、親父！　わたしはそんなつもり……」

「怖いんだ！」

父は叫んだ。悲鳴のようだった。

「副船長の話を聞いて、ぞっとした。銃弾を顧みず走っていくなんて、なんておそろしいことをと背筋が震えた。他所《よそ》の家の子供を助けたことより、お前の身が危険に晒《さら》されたことに怯えた」

だけど、とユーリは続けた。顔をあげ、じっとテルのことを見つめた。

「それでも思ったんだ。ああ、わたしの娘は、わたしよりよっぽどすごいやつなんだってな。わたしがここにお前を縛りつけることで、お前の可能性まで奪ってしまうことになるのだと」

「わたし、すごくなんかない」

「これは、親としての理不尽な願いだ。何をしてもいい。だが、死なないでくれ、テル」

「死なないよ」

テルは微笑んだ。

父のいってることは半分もわからなかったけれど、その気持ちだけは伝わっていた。

「わたしは死なない。生きているのが嬉しいんだ。生きていなきゃいけないんだ」

生きていれば、ベガーたちと暮らすことができる。共にいることができる。
それに何より、シンゴと結婚することだってできる。
さっき、彼と約束したばかりなのだ。十六歳になったら、結婚するのだと。
「任せて。わたしきっと、親父がびっくりするくらい長生きする」
だから、将来に何の不安もなかった。
絶対に大丈夫なのだと、テルは心の底から笑った。

Extra Turn 1

イトツミはほとんど名前で呼ばれることがない。

たいていの者は彼のことを副船長と呼ぶ。

船のほとんど全てをとりしきる仕事だ。誰もが彼を頼りにする。いつだってイトツミは自信満々な顔でいなくてはいけない。素顔を晒すことができるのは家で妻と二人きりのときだけなのである。

オーシックスは多くの歪みを抱えている。

ことに子供たちは、その歪みのただ中にある。イトツミたちにとっては心苦しいことながら、そうでなくては今の社会はなりたたないのだ。

だからせめて、少しでも子供たちの将来が明るくなるよう、気を配ってきた。

「そう、ユーリにそんな話をね」

紅茶のカップに口をつけ、老婆が笑った。

イトツミは、月に一度ほど皆から船長と呼ばれている彼女に会いに行く。

自分の原点を見つめなおすためだ。彼女との会話は、いつだってイトツミに新鮮な示唆《しさ》を与えてくれる。多くの霧を払いのけ、本当にやるべきことに気づくことができるのだ。

老婆はいう。それが船長の役目なのだと。

今日も船長の家の応接間で、たった二人、深夜につかの間のティータイムを過ごしていた。

「ユーリの目にはテルが危なっかしく見えるようですね」

イトツミは髭を撫でた。昼間、テルの父と二人きりで話したのだ。ユーリは怖いのだ、と告白した。テルの無謀が見ていられないのだと。

「子供が落ち着かなくて危なっかしいのなんて、当たり前の話なのにね」

「実際、ベガーとシンクすることには危険が伴います」

「でも忘れちゃいけないわ。テルはベガーのことが大好きなのよ。あの子からシンクを取り上げることは、あの子の将来を摘み取ることに他ならない」

「詳しいのですか。……シンゴという少年ですか」

「ええ。微笑ましいわね。テルを守りたいんですって」

「よい少年ですね。ええ、わたしもユーリにそういってきかせました。次の世代の主役はテルのような者たちなのだと」

「それで納得してもらえたのかしら」

「いいえ。むりやり自分に、納得するべきだといいきかせているだけです」

「辛いわね。怖くて仕方がないのね」

「わたしは罪深い人間です。地獄に落ちるとよいでしょう」

「あら、あなたは多くの人の命を救ったのよ。差し引きは大きくプラスだわ」

「人の命は数字ではないでしょう」

「若いのね、イトツミ。あれだけのことがあっても、あなたは胸を張ってそう語ることができる。素晴らしいことだわ」

「為政者としては、もっと割り切るべきなのですがね」

「あら、いいじゃない。あなたのそういうまっすぐなところを、わたしは好ましいと思うわ。きっとユーリだって、あなたの気持ちを理解してくれる」

　そういって老婆は微笑んだ。

「がんばってね。きっとあなたなら、この船の皆を守ることができる。だってあなたは、副船長なんですもの」

・十月六日

スイレンは自分が秀才の類だと認識している。

そこそこに頭がよい。そこそこに身体を動かすのが得意で、そこそこに勉強ができて、そこそこに社交的で、そこそこに教師受けがよく、そこそこに仕事ができる。

そこそこ以上のことは、できない。

暗記と教科書的な解法は得意でも、自分の力で考えて新しいものを作り出すことは、はなから諦めていた。常識の外の出来事には、すぐ思考停止してしまう。たとえばテルのような人間がやりだす突拍子もない行動を目にすると、どうしていいか困ってしまうのだ。

それが自分なのだと、スイレンという人間の限界なのだと、一種悟りのような境地に至っていた。

だからこそテルの行動に興味が湧いたのかもしれない。

テルは同じ年齢の人間から見て、まぶしいほどに輝いている少女だった。奔放《ほんぽう》で、何ものにもしばられず自由で、それでいて自分の考えをしっかりと持っている。面白いことに貪欲で、俊敏に行動することの大切さを知っていて、ベガーというまったく異質な生命体に愛情すら抱くことができる。

抜群に格好がいい。

だけど、けっして自分が真似することはできない。彼女は特別なのだ。自分だけじゃない、誰にも同じことはできない。他に替えがきかないスペシャルな存在。船にたった一人だからこそ輝く、まるで恒星のような存在なのである。

そんな彼女と友達になった。

はたして、テルはスイレンの想像以上に天衣無縫《てんいむほう》だった。いつの間にか夢中になっていた。感染力の強いウイルスにやられたように、テルのことが気になって仕方がなくなっている。

たった数日でテルのために何でもしようという気になっている。もうこれは恋といってもいいのではないか、と苦笑いしてしまう。ボーイフレンドとデートしても、これほど夢中になったことはないのに。

いっそテルが男だったら、迷わず捕まえて結婚を承諾するまで絶対に離さなかっただろう。いや、逆だろうか。彼女が男だったら一歩も近づかないかもしれない。何せスイレンが求める理想の夫というのは、やさしくて危ないことをしない、でも堅実に稼ぎを入れてくれる平凡な小市民である。子供をたくさんつくってポイントを溜めるには、そういう相手が一番いい。テルが男になったら、きっとその妻は死ぬほど苦労することだろう。

「でもそこが魅力なのかなー。男の子って夢見てるからなー」

スイレンは朝から自分の部屋にこもっていた。昨日テルと買い込んだ生地をあれこれいじくりまわし、ここをああしよう、こうしようと型紙と一緒に考え込む。今日は休日だ。学校にいかなくていいから、心ゆくまでテルの服作りに専念できる。

スイレンのつくった服を着るテルの姿を想像する。ちょっとかわいらしい感じの服を着せてみたら、きっととびきり恥ずかしがることだろう。緊張でかちこちになってシンゴに挨拶するテルは、すばらしく面白い表情をするに違いない。そんな益体《やくたい》もないことを想像して、くすりと笑った。だったら胸もとはもうちょっと大きく開けてみようか。余った生地でリボンをつくってみようか。それからそれから……。

「スイレン、お客さまよ」

母だ。せっかく調子が出てきたのにと、スイレンは少し機嫌を悪くした。それでもまあ、外面を整えるのには長けている。相手は同じ年頃の女の子らしいから、化粧まではしなくていいだろう。服もジャージのまま。外行きの笑顔を貼りつけ、玄関へ赴いた。

「I38にいく！　ルート、見つけた！」

玄関には元気いっぱいのテルが立っていた。

満面の笑みを浮かべていた。スイレンが断るとは微塵《みじん》も思っていないに違いない、これっぽっちも曇りのない最高の笑顔だった。

テルは探索用の携帯端末をわざわざオーセブンのエアロックから持ち出してきていた。一応、本来の目的以外での持ち出しは禁止となっているはずのシロモノである。そのことを指摘したら、「細かいことは気にしない」と一蹴《いっしゅう》された。ホログラフィック・モードが起動し、スイレンの部屋の中央に船の立体模型が浮かび上がる。

「ここがⅠ38。見て、形がいびつ。斜めに刺さってるような感じ。いろいろなブロックと接触してる。Ⅰ51のエレベーターを起動させれば、こう、後ろからぐるっとまわって……ほら、反対側からⅠ38に入れる」

テルは夢中になって説明していた。よく顔を観察すると、少し目が赤い。きっと昨日、夜遅くまで自宅の固定端末を使って調べていたのだろう。ちょっと普通では気づかないような、裏技みたいなルートだった。

そんなに頑張ったのは、自分を喜ばせるためだ、とスイレンは気づいた。

ここでいまさら、やっぱり怖いからいかない、というのはためらわれた。

「このルートなら、ハンターは出ない……の？」

「出ない」

テルはきっぱりといいきった。

「オーセブンからⅠ51までの道は完全に掃討《そうとう》されてる。バイオ関連の部品倉庫がⅠ51の隣にあった。そこのまわりのブロックは全部クリア。自警団の人たちが隅から隅まで調べた」

「でも……」

それでもスイレンは怖かった。

シンクそのものを、もう一年以上していない。かつての相棒だったヘイライアライとは、パートナー契約を解除してしまっている。彼はきっと、今頃他の若い子供のパートナーとなっていることだろう。

「さっき、ヘイライアライと話してきた。スイレンに会いたがってた」

スイレンはびっくりしてテルを見つめた。

「ヘイライアライに遠慮してるんじゃないかと思って」

スイレンはため息をついた。見抜かれている。

「ハンターが怖い？　それともシンクが怖い？」

「両方……かな。でもテルは、わたしのためにここまでお膳立てしてくれたんだね」

「わたしが楽しむためでもある。それに……いい生地が手に入ったら、それでもまた、わたしの服をつくってくれるよね」

テルは部屋の隅に転がっていた型紙を取り上げ、しげしげと眺めた。

「これ、昨日の？」

「うん。まだ寸法を測っている段階。さっきまでいろいろ調べていたの」

「こんな朝から……」

「わたしも楽しんでいるんだよ」

口に出してから、さきほどのテルと同じことをいっていると気づいて、スイレンはくすりと笑った。

「わかった。いこう、テル。わたしの命、あなたに預けるわ」

「そんな大げさなものじゃない。シンクできれば、後はわたしについてくるだけ」

「わたし、テルみたいなベテランじゃない」

「わたしだって、ベテランなんかじゃない。まだ十二歳」

「そういう意味じゃないわよ、もう」

肩をすくめた。まあ、仕方がない。こうなったらとことん付き合うまでだ。

少しだけわくわくした。いや、嘘だ。かなり胸が高鳴っている。

未知のブロックへ赴く。

とんでもない冒険だ。今まで経験したことのない大冒険が、これから始まる。

「大丈夫、細かいことはわたしに任せて。スイレンは生地のことだけ考えていて」

テルは胸を張った。

自分に任せれば何もかも大丈夫なのだという絶対の自信だ。ことベガーのことになると、テルはどこまでも強気になる。

彼女の満面の笑顔に、スイレンの僅かに残った不安も消し飛んでしまった。


およそ一年ぶりにベガーズ・ケイブに足を運んだスイレンは、腐葉土のような臭いの立ち込める洞窟を覗いて、思わず鼻を押さえた。懐かしさと共に、初めてベガーと出会ったときの畏れのような感覚を思い出す。

まだ学校に入る前、集団実習でベガーとのシンクを学んでいたあの頃の感覚である。

上手くシンクができなくてベガーのゼリーの中で溺れてしまうスイレンに、根気よくつきあってくれたのがヘイライアライだった。毎日、朝から晩までずっとベガーズ・ケイブに籠《こも》っていた。全身からベガーの臭いがする、と両親に笑われたものだ。

あの頃のスイレンは無邪気だった。自分にもシンクでポイントを稼ぐ才覚があると思っていた。

第二学校にあがる頃にはだんだん現実を理解してきて、シンクの回数が減っていった。誰しも得意、不得意があるのだと。たいていのことはそこそこにこなせるスイレンにとっての不得意はシンクだった。

だがこの地でヘイライアライと共に過ごした時間は、けっして色あせていない。

テルの話によれば、ヘイライアライは今、六歳になったばかりの少女のパートナーなのだという。彼女もまだだいぶシンクが苦手で、ヘイライアライ以外のベガーでは上手く動くことができないのだと。

洞窟の入口から五分ほど歩いたところに大広間がある。そのあたりまでが子供たちが入っていい領域だった。ここに来ればたいていのベガーには会える。十メートル近くはある高い天井にはいくつもの穴が空いていて、太陽の光が広間の中を明るく照らしている。夜や雨天時には、壁に取りつけられた無数の蛍光灯が輝き、これもなかなか美しい眺めとなる。

その大広間の片隅に、懐かしのヘイライアライがいた。その傍らに立つ、まだ第一学校に入ったばかりと思《おぼ》しきおさげの少女が、自分を見てちょこんと頭を下げた。

見るからに不器用そうな少女だった。六年前の自分もこんなだったのだろうか。スイレンは彼女にやわらかい笑顔を見せ、警戒心を解いた。

「よろしくね。わたしはスイレン。六年生で、テルのクラスメイトよ」

自己紹介した後、改めて、今日の午後からヘイライアライを借りる旨を告げる。本当は午前中から出発したいところだったが、一年ぶりのシンクともなると、シンク用のダイブスーツを新調しなくてはならないのである。以前のスーツは成長した身体に合わなかったから、ここに来る直前、大急ぎで寸法を整えてもらった。完成するのはどうしても午後になる。

「スイレンさんはわたしの目標なんです」

不器用な少女は、顔を赤くしてそんな告白をした。

「テルさんがいってました。スイレンさんは、どんなに苦手なことでも努力で乗り越えてきた人だって。わたし、ヘイライアライにいつも迷惑かけているんです。こんなわたしでも、努力すればなんだってできるって、その証拠がスイレンさんなんだって……」

少女は、六歳と思えないほどハキハキとしゃべった。なるほど見かけと違い、頭の回転の方は良さそうだ。その上、前向きで、努力家。いい子だ。ヘイライアライも教え甲斐があるだろう。

「テルのいってることをあまり信じちゃダメよ。わたしは今のあなたもびっくりするほどシンクが下手だし、そもそもテルのアドバイスは感覚的すぎてよくわからないってクラスでも有名なんだから」

「そ、そんなことない。わたしだって……」

目の前の少女が、両手を後ろに組んで、何やら微妙な表情になった。テルが助けを求めるように左右を見た。まわりで聞き耳を立てていた少年たちが、一斉にそっぽを向いた。

「どうせ、ばーん、とか、びゅーん、とか擬音で表現して、教えたつもりになっているんでしょう。……れんげさん、だっけ。新しく来た人。あの人にシンクを教える役をシンゴくんがやっているのって、そういうことよね。教師としてのあなたを誰も信用していない」

テルは図星を指されて顔をしかめた。

「スイレン、やっぱりいじわる」

「事実を指摘しているだけよ。いいじゃない、それでもこれだけ慕われているんだもの。あなた、愛されている。それってすごいことだと思うよ」

「褒められているのかバカにされているのか、よくわからない……」

「テルらしい、っていってるの。ヘイライアライ、久しぶりに川の方で話をしましょう」

そういって、今のパートナーの少女に「いいかしら」と訊ねた。少女は顔を真っ赤にして、ぶんぶんと首を縦に振ってくれた。

「ありがとう。あなたも、ヘイライアライも」

スイレンはヘイライアライのゼリーの体表を撫でた。半透明の身体が、まるで照れたように桃色に変化する。

ヘイライアライが、嬉しそうに身を震わせた。気分次第で極端に体表の色が変化するのは、ヘイライアライの特徴のひとつだった。これのせいで、遠くからでもすぐにヘイライアライだとわかるのだ。その上、シンクしていても意思疎通が簡単である。素直な彼のことが、スイレンはとても気に入っていた。

スイレンはテルと、ヘイライアライとウィルトトを連れて洞窟の外に出る途中で、シンゴと、彼と連れ立って歩く見慣れぬ女性に出会った。

噂のれんげという人か。スイレンは彼女を見上げた。大人の女性で、働き者なのだという。どんな人なのかと思っていたが、歩いているだけなのにあっちこっちにつまずき、転びそうになっていた。なんだろう、噂とはだいぶ違う。ちょっと……いっては悪いけど、だいぶ鈍そうな人だ。

「おう、テル。これからでかけるのか」

「午後から。スイレンとデート。うらやましい？」

「こっちは大人の女の人とデートだぞ」

見ろ、とれんげを指差した途端、ほへ、とアホみたいに口を開けたその女性が、天井のでっぱりにおでこをひどくぶつけた。

大きな鈍い音がした。全員、礼儀正しくそっぽを向いた。

「……シンゴ、がんばれ」

テルがなげやりに応援した。

「お前も無茶はするなよ」

「しないよ。スイレンは危険なこと嫌い」

「俺だって嫌いだよ！　……約束、忘れるな」

「そっちこそ」

　シンゴが掲げた手を、テルはぱん、と叩いた。

　二人と別れた後、スイレンはテルの顔をじっと見つめた。ちょっと考えた末、口を開く。

「告白したの？」

「……うん」

　洞窟の通路は裸電球がところどころぶら下がっているだけだから、テルの顔色までよくわからなかったが、きっと耳まで真っ赤になっているに違いない。

「その様子だと、おめでとう、ね」

「う、うん」

「キスくらいした？」

「ひ、秘密っ」

　首をぶんぶん振っていた。うん、オクテなやつらめ。スイレンは微笑んだ。手を握るのがせいぜいといったところか。

　まあ、いい。時間はこの先、たっぷりとある。これから少しずつステップを踏んでいけばいい。

「こりゃ、うかうかしてられないな。テルに先に結婚されたらどうしよう」

「十六歳までは、まだ四年もある」

「知らない？　十四歳から結婚できるって法案、今、準備されているって。昔と違ってだいぶ医療設備が整ったしね。薬もあるし、死産の危険も妊婦への悪影響も問題ないと判断されたなら、ってことだと思う。……で、十六で結婚するつもりだったの？」

「まだ全然、考えてない」

「いいけど、ずっとシンクしたいなら、ちゃんと避妊しなさいよ。避妊具の認可、下りるかどうか知らないけど」

親切にスイレンが指摘すると、テルは洞窟の中でもわかるほど真っ赤になって、ばたばたと手足を大きく振った。

スイレンはそんな彼女を眺めて、かわいいなあ、と微笑んだ。

「いくらけしかけたとはいえ、早かったなあ。一ヶ月くらいはかかるかと思ったんだけど」

「け、けしかけられてた？」

「気づいてなかったの？　まあ、いいじゃない。結果よければ全てよし、ってね」

とはいえ、シンゴは女子にも人気がある。その彼がお手つきとなれば、落胆する同級生も、下級生も、大勢いることだろう。スイレンは恨まれかねない。

「わたしの後押しがあったのは、ナイショにしておいてね」

「やましいこと、ある？」

「シンゴくんはランクが高いってこと」

テルは首をかしげた。ぜんぜん意味がわかっていないようだった。

テルとウィルトトは、気をつかってくれたのか、下流へ一緒にいってしまった。ベガーズ・ケイブの近くを流れる小川のほとりに並んで座って、スイレンはヘイライアライと共にのんびりした時間を過ごした。一年という別離の時間を埋めるべく、スイレンはさまざまなことを彼に語った。学校のこと。友達のこと。今のボーイフレンドのこと。将来のこと。自分の夢のこと。それから、テルのこと。

おだやかな時間だった。ベガーと共に過ごすのはこんなにも心安らぐのかとスイレン自身がびっくりするほど、心が晴れやかになっていた。

自分がずっとずっと張り詰めていたことに、いまさらのように気づいてしまった。心の奥底に沈殿していたしこりのようなものが、ヘイライアライと話すに従い、霞のように淡くなり、溶けて消えていく。ここでは、女の子でも級長でも集団のリーダーでもなく、ただのスイレンという一人の子供でいいのだ。無理して大人になる必要は、どこにもないのだ。

シンクする仕事をしないのにベガーズ・ケイブに通う同級生の気持ちをようやく理解できた。教師にいわれて、いい子として、大人の予備軍として成長するよう強要されることから来る重圧も、ここにはなにひとつない。

「テルがテルらしい理由がわかった気がする」

自分が感じたことを素直にヘイライアライに話すと、彼もまた同意するように、ぷふうと鳴いた。ヘイライアライは、口笛が下手だ。他のベガーがぴゅうぴゅうと高い音をたてるところ、ヘイライアライはぷふぅ、ぴゅむぅ、と気が抜けたような音になる。そういうちょっと間の抜けたところがスイレンは好きだった。癒される。本当に自分は、このベガーのことが大好きだったのだと、そのことを思い出してしまった。

「きっと、これからもわたしは、あまりここに来られないと思う」

かつてのパートナーに嘘はつきたくなかったから、率直に思ったことを口にした。

「だからあなたは、さっきの子を助けてあげて。でもときどき、わたしの相手もして欲しい。わがままだと思うけど、それがわたしの今の気持ちなんだよ」

ぷふぅ、とヘイライアライは満足そうに鳴いた。それでいい、といっているのだ。そうして頼られるのが嬉しいのだと。

「男前ね、あなたは」

スイレンは笑った。これまでデートしたどんな男の子よりも、目の前の大きなゲル状の塊が頼もしかった。

「久しぶりのシンクだけど、あなたとなら上手くいく気がする。ぜんぜん不安じゃないの。びっくりするくらい。……わたし、こんなに自信過剰だったかなあ」

スイレンは自分がシンクできると確信していた。ヘイライアライは変わらない。なら、きっとなにがあっても上手くいくだろう。

昼食をとってダイブスーツを受け取るまでに、結構な時間がかかってしまった。スイレンは急いでテルやベガーたちと合流した。

オーセブンのエアロック前の更衣室で、一年ぶりにダイブスーツに身を包んだ。身体にピッタリとフィットし、手首、足首まで包むこの水着のような服は、第二次性徴が始まった今となってはちょっとだけ恥ずかしい。男子がエアロック付近にいませんように、とこっそり祈った。スイレンのダイブスーツは真っ赤だったから、きっと遠くからでも目立ってしまうことだろう。セックスアピールは結構なことだが、下手なシンクをじろじろ見られるのは……ちょっと、いや、かなり困ってしまう。

赤にしたのは、自分が足手まといだという自覚があったからだった。エアロックの外では、迷子を発見してもらうというのは、とても重要なことである。テル、ちゃんと助けてね、ということだ。

目をカバーするのも、コンタクトではなく第一学校にあがりたての子がつけるような分厚い水中眼鏡だった。これなら、レンズがズレてあたふたしなくてすむ。

みっともなくとも、リスクは最小限に抑えるのだ。そんなことをテルに説明すると、「スイレン、まるでシンゴみたい」とげんなりされた。

「褒められていると受け取っておくわ」

そういって装備の点検を開始する。

「レーションOK、珊瑚パックOK、ライトOK、信号機OK……あとええと、次は何だっけ」

点検には時間がかかった。スイレンは携帯端末からマニュアルまで呼び出し、一時間以上かけて入念にチェックした。途中で飽きたテルが更衣室を出ていってしまう。最後に伸縮プラスチック製のブーツを履き、薄い手袋をして準備完了。そうして更衣室を出たときには、テルが待ちくたびれてダイブスーツを着たままウィルトトの上にねそべり、くうくう寝息を立てていた。スイレンはため息と共にテルを揺り起こす。

午後のちょっと遅い時間というのが幸いしたか、エアロックの周囲には人影がなかった。上にいったきりのエレベーターが戻ってくるまで、テルに点検のことを訊ねる。

「点検、適当」

「命にかかわることよ」

「時々、シンゴがやってくれる。だから平気」

「ほんとにもう。シンゴくんとあなた、いいコンビね」

「バカにされた気がする」

「バカにしたのよ」

エアロックの隔壁が開いた。密閉された空間に足を踏み込み、さていよいよシンクの時間だった。ごくり、と唾を飲み込み、ヘイライアライと向かい合う。

「い、いくわよ」

がんばって、とテルが笑った。何かあった時のためにまだシンクせず、傍で待機してくれている。スイレンはゴーグルをかけると、ゼリーの触手を受け入れるため、おずおずと口を開けた。

「違う。先にこう」

テルがスイレンの手を取って、ヘイライアライの体表にぺたりと触れさせた。ぷよぷよしていて、弾力があって、体温よりちょっとだけ低いベガーの身体。そのヘイライアライのゼリーに、スイレンの手が吸い込まれていく。水の中よりはよっぽど大きな抵抗。スイレンは不器用に手を動かして、第二関節の近くまで腕を埋め込んだ。次は、足。そうだった、腕が一番最初、それから下半身、そして最後に……。

腰までベガーのゼリーに埋まってから、今度こそ口を開けた。

太いゼリーの触手が侵入してくる。「うぶっ」と呻いた。空気を求めて、喘ぐ。苦しい。かたく目をつぶった。あがこうとして、テルに止められる。テルは自分の腕をヘイライアライの中に突っ込み、スイレンの腕をきつく押さえていた。

肺から空気がなくなる。酸素を吸い込まなくては。でも口の中は、ベガーの触手がひどく邪魔で……。

「お腹に力を込めて。息を吸う。ゆっくり、ゆっくり」

テルが、耳元で囁《ささや》いた。

スイレンは彼女のいう通りにした。深呼吸するように、音楽の時間にやったお腹で声を出す練習のように、でも鼻は使わず、口だけに意識を集中して……。

ごぼっ、と耳元で大きな音がした気がした。暴れた拍子に足がベガーの中を掻いて、バランスが崩れた。頬が、むにっとやわらかいゼリーに触れる感触。続いて、ゼリーがスイレンの全身を包むように広がる感触。同時に、少し酸味のある味が口の中いっぱいに広がった。

ベガーの味だ。

不意に、喉の奥の圧迫感が消えた。肺に新鮮な酸素が供給される。ベガーが排出したばかりの酸素だった。

背筋に震えが走る。

今、ヘイライアライと繋がった。そう確信するタイミングが訪れたのだ。

まぶたを持ち上げた。スイレンの全身は、いつの間にか、ベガーの中に完全に埋まっている。お団子のように膨らんで丸くなったベガーの中で、少女の身体は、身動きひとつできなかった。周囲のゼリーが全身を圧迫してくる。潰されそうだ。スイレンはヘイライアライのコアをゴーグルごしに見下ろし、ぎこちなく笑った。

すると、全身にかかっていた重さが消え、水の中を泳ぐような感覚になった。ヘイライアライのゼリーが、力を抜いたのだ。

スイレンは右手で、やさしくコアを撫でた。

「もう大丈夫。ありがとう、テル」

振り返って、スイレンは微笑んだ。ヘイライアライから腕を引き抜いたテルが、「うん」と胸を張った。

一年ぶりのシンクは、何とか成功だった。

エアロックを出て、エレベーターを使って内殻ブロックへ上がる間に、スイレンはテルがずっと握っている奇妙な棒を指差した。

「それ、何？」

腕くらいの長さの棒の先に、学校の教科書くらいの大きさをした鉄板がついている、黒い棒だった。取っ手の部分にボタンがついている。今まで見たこともない道具だった。それをテルは、両手で一本ずつ持っていた。

「一本はわたし用？」

「ポーター。ボタンを押すと、この先端が磁石になる。無重力のブロックでも簡単に移動できるようになる。……この間、拾った」

「I14ブロックにいったときに？」

「見つけたのはシンゴ。ちょっと練習してみたくて」

「わたしは……うう、普通に移動するだけで精一杯かもしれないよ」

「すぐに慣れる。運動音痴のケンだってできた。スイレン、運動そのものはそう苦手じゃないよね。普通に移動するよりポーターを使った方が上手くいくんじゃない？」

なるほど一理ある。ベガーでシンクしての移動で一番の問題は、自分の足で床を蹴って進むのではなく、ベガーが跳ねるのにあわせ効率よく体重移動する必要があるということだ。普通の六年生ともなれば、多くの子供がベガーの中での体重移動を無意識でやってのける。

だけどスイレンの場合、未だに一歩ずつ意識して飛ばなければ、ヘイライアライを転ばせてしまう。

ならば逆転の発想だ。そもそも体重移動を使わず別の方法で加速すればどうだろう。

「面白いこと考えるね」

「さっさと上の方にいって、身体を軽くする。ルートは考えてある」

さすがテル、そのあたりは抜かりなしか。

テルから黒い棒を受け取って、スイレンはしげしげと眺めた。十五年前まで、船の中心付近である無重力の空間では磁石を使って移動していたと聞いたことはあった。だけど、その現物を見たのは初めてだった。

「こっちのレバーで磁力を変える。エレベーターの中じゃ危険だから、外に出てからやってみて。壁に張りついたり、離れたり、慣れたらけっこう簡単」

エレベーターは、しばらく上昇してから止まった。ドアが開く。外に出ると、もう自分の体重は半分近くになっていた。

テルのいう通り、何度かポーターを使ってみた。これくらいの重力では機敏な移動とはいかないけれど、もっと体重が軽くなれば効果が出てくる気がした。手ごたえは充分だ。

もっとも、そう急ぐほどの用事でもないのだが。

「練習しながらいく」

テルはさっそくポーターの使い方を実践した。棒の先端の板になった部分をベガーのゼリーから突き出し、壁に向ける。ボタンを押す。身体がピンと反発し、バネで弾かれたように斜め前に進んだ。たいして広くない通路を、左右の壁から壁へと、すいすい飛び移っていく。彼女にとっては、これも遊びのひとつなのだ。スイレンは軽く肩をすくめた。いいだろう、せっかく同年代で一番のシンク名人がつきあってくれるのだ。この機会に、スイレンだってちょっとはやるところを見せてやろうじゃないか。

じきスイレンは、ポーターに夢中になっている自分がいることに気づいた。

これはとびきりに気持ちがいい。シンクしていても自由に飛べるということが、何より嬉しかった。ヘイライアライのコアが、くるくるまわっている。ゼリーが少しピンクに染まっていた。スイレンが喜んでいることに反応している。ヘイライアライは、ポーターの動きを補助するようにボタンの動作に合わせてゼリーをバネのように伸縮させ、更に加速を促した。二人のコンビネーションはばっちりだった。通路の壁にぶつかっても、勢いをほとんど殺さず、ベガーをゴムボールのように弾ませてぽんぽん飛び跳ねた。

テルとウィルトトをも追い抜き、更に加速する。

「これ最高！　テル、すごく気持ちいいよ！」

無線機のスイッチを入れ、叫んだ。

「うん、楽しい。でもこの先、注意。次のブロックは明かりがない。スピードを落として」

むしろテルの方がスイレンの加速しすぎを気遣うほどだった。

愉快だった。テルに突っ込みすぎを心配されている。あれほどシンクが苦手でいつもどん尻だったこの自分が、テルを抜いて走っている。

とはいえ、調子に乗りすぎはまずいだろう。スイレンはベガーのコアを撫でて、減速を促した。ヘイライアライのゼリーがジャンプの角度を変えた。壁に衝突するごとに威力が減衰する。更に数度、反射した後、ブロックの出口あたりでようやくスイレンの身体は制止した。

「……ふうっ」

ダイブスーツの中が、汗でぐっしょりだった。ちょっと気持ち悪い。シンクの難点は、こういうとき汗を拭くことができないことだった。

「スイレン、スピード狂だった？」

「だって、気持ちよかったんだもの。そんなに速かった？」

「ダイスケでも怖がるくらい。スピードも凄かったけど、ちょっと乱暴。ヘイライアライが上手くコントロールしてくれてた」

「そっか。ありがとう、ヘイライアライ」

スイレンはやさしくコアを撫でた。やっぱり、ヘイライアライは最高のベガーだ。こんなわたしを、テルだってびっくりするようなスピードで駆けさせるなんて。それでいて、わたし自身にはちっとも怖がらせない。

いや、怖がらないのはわたしがスピード狂だからだろうか。スイレンは首をかしげた。そういえば、昔から乗り物に乗るのは好きだった。映画と違って船の中では乗り物なんてほとんどないけれど、オーナインいきの電車やあそこの農場で働くトラクターなんかは、わくわくしながら乗ったものだ。

「スイレン、ほどほどに。無茶して怪我したら、わたしがシンゴに怒られる」

「そうね、気をつける」

テルとスイレンの二人きりで行動するというなら、否が応でもテルが先輩格となる。スイレン自身は自業自得と考えても、まわりはどう思うかわからない。

「でもテル、これ、もっとみんなに広めよう。競争とかしたら、すごく楽しいと思うんだ」

「自分が勝てるゲームだから？」

「失礼ね。本当に面白いと思うからよ。……まあ、レースとかするなら本気で狙うけど」

「ヘイライアライ、あの子から本気で取り戻す？」

「あ、そっか……」

ヘイライアライのコアが、スイレンの手からするりと抜けて、顔の前までやってきた。頬にピトピトと触れる。スイレンが落ち込んでいるとき、彼がよくやってくれた愛情表現だった。慰めてくれているのだ。

「ま、そのときは新しいパートナーを探すわ。ごめんね、ヘイライアライ」

「とびきりのスピード狂を探す」

テルは微笑んだ。

二人は順調に行程を消化した。

もとより大半は一度探索され尽くしたブロックばかりだ。いくつかのブロックには電気も通っていて、明るい通路を駆けることができた。そういう場所では、スイレンが遠慮なくスピードを上げ、テルは苦笑いしながら追いかけてきた。

「わたしが他の人の無茶に呆れるって、かなり珍しいと思う」

「でしょうね。テルって、人を呆れさせるのが仕事みたいなものだし」

「そこまではない……はず」

「シンゴくんにその言葉、いえるかしら」

「シンゴは素直じゃない。だいたい普段から……」

シンゴのことを語るテルは、心の底から嬉しそうだった。嬉々として、シンゴに叱られたこと、説教されたこと、慰められたことを語った。

彼は被害妄想で、根暗で、過保護なんだ、とたいへん理不尽なことまでいってのけた。本人が聞いていたら、きっと呆れ果てたことだろう。いつものように肩をすくめ、大きなため息を吐き出していたに違いない。

「シンゴくんのこと、大好きなんだね」

テルは顔を朱に染め、そっぽを向いた。更にからかうと、今度はムキになって怒った。

なんてかわいいの、とスイレンはほくそえんだ。初々《ういうい》しい。きっと、こんなテルを見られるのは自分くらいだろう。

Ｉ38ブロックは、そもそも主電源が起動していない。当然だ、十五年前に閉鎖されて、それ以来、誰一人として立ち入ったことのないブロックなのだから。

大混乱だった当時、最低限の服を除いた衣類など、優先順位でいえば最底辺に位置していた。とにかくベガーの侵入ルートを限定するためこのあたりのブロックは早期に封鎖され、戦後もそのまま放置されていた。上等な布の調達など、生きて充分に余裕ができてから改めて考えればいい。

そしていつの間にか、忘れ去られた。

スイレンがこのブロックのことを知ったのは、古い古い映画で見たような綺麗な服を手に入れるにはどうすればいいかと、さんざん調べまわった末のことだった。一応、サルベージ計画の担当者にポイントをつけるよう打診してみたが、鼻で笑われた。仕方がないことだった。綺麗な服に船全体としてどれだけの価値があるかといわれると、そんなもの当然、ノーなのだ。それでもスイレンは、素敵な服をつくってみたかった。いい男を捕まえるためだったはずなのに、もはや完全に目的と手段が逆転していた。

こうしてＩ38ブロックに辿り着けるとは思ってもみなかった。こんな裏道があるなんて、船内の状況によほど詳しいテルのような人間でもない限り絶対に気づかなかっただろう。なにごともいってみるものだった。

さて、どんな布を持ち帰ろうか。倉庫には地球から真空パックにして持ってきたものまで保存されているはずだった。もうけっしてつくることができない、レア中のレアである。全部持ち出せたらどれほど素晴らしいことだろう。実際のところ、布はかさばるのでほんの一部しか持ち出せないはずなのだけれど……いや、待て。ルートさえ確保できれば、次もまた来ることができる。だったら遠慮することはない。まずは一番必要なものだけ持ち帰って、ルート構築完了を報告して……ああ、そうすればポイントをもらえる。ことによっては、かなり大量のポイントを。信じられない。テルのおかげだ。このスイレンがシンクで大量のポイントをもらえるなんて、そんな日が来るなんて思ってもみなかった。

浮かれていた。完全に舞い上がっていた。

調子に乗ってスピードを出してしまった。このあたりもほとんど無重力だったから、ポーターを使って高速移動できる。明かりは手元のライトだけだけど、危険なんてないのだから何の問題もなかった。

そのせいで、ついつい、テルの制止を振り切って加速した。

通路の奥に大人の背丈くらいある大きな蜘蛛が見えたときも、だから即座にストップできないほどのスピードだった。

「ハンター！」

テルの叫び声が、イヤホンから響いた。

鋼鉄でできた巨大な蜘蛛が、肩口に取りつけられた大きな銃身をスイレンに向けた。

背筋が凍った。

ベガーとシンクする子供たちにとって最大の悪夢は、ハンターと遭遇することだ。ハンターはドラム缶を横に転がしたような胴体に八本の脚が生えた殺戮機械だ。ベガーを狩るためにつくり出された無人ロボットは、戦争が終わって十五年経った今も、獲物を求めて船を徘徊している。ハンターはベガーを追い詰め、狩る。たとえそのベガーと人間の子供がシンクしていたとしても、そんなこと何の関係もなかった。

シンクが始まった初期に数名のベガーと子供が犠牲になったという。それから宇宙服を着用した大人たちによる大規模なハンター狩りが始まって、今は大半の通路が安全を確保されている。安全が確認できない通路は、立ち入り禁止ということになっている。残っているハンターの数が何体なのか、正確に知る者は誰もいない。そのうち一体か二体は、三十番台のブロックのどこかを徘徊していると噂されていた。

だがI38にはいないはずだった。ここは戦争の初期に封鎖されているのだ。ハンターがつくられたのは中期以降である。その頃既に、ハンターはこのブロックに入れなかったはずなのに……。

「スピードを緩めちゃダメ、突っ込む！」

テルの声がスイレンの耳を叩いた。

はっ、と我に返り、ポーターを壁に叩きつけるようにして、力いっぱいボタンを押し込む。壁と鉄板が反発し、腕がちぎれそうなほどの反発が生まれた。身体が押し出される。ヘイライアライも、スイレンの意図を察してゴム鞠《まり》のように跳ねてハンターに突進した。まっすぐ前を向いた。ハンターの銃口を覗き込む形となった。怖い。殺される。

いや、違う。黙って見ていたら殺されるのだ。

動け。手足を動かせ。万一、ハンターと出会ってしまった場合の対処方法は、どんな子供でもまず最初に身体に叩き込まれる。立ち止まるな。走れ。だが一直線に飛ぶな、なるべく曲がって、狙いを外せ。

だからスイレンは、歯を食いしばって更に加速した。真空の通路で火花が生じた。ハンターの肩口の銃が身じろぎするように震えた。弾丸が発射された？　でも、外れた？　スイレンはたまたまそのタイミングで天井に張りついたところだった。なんの衝撃もない。ならば……。

「背中に抜けたら、機体に貼りつく！　しがみつけば攻撃できない！」

ちらりと後ろを見ると、なんとテルはスイレンを追ってきていた。自分を助けるためだ。ハンターから逃げるだけでもたいへんなのに、彼女はいったいどうするというのか。

「わたしが止める！」

テルは高らかに宣言した。スイレン以上の急加速で彼女を追い抜く。信じられない。今のスイレンのスピードを抜くのか。今まで手加減されていた？

いや、違う。すぐに気づいた。テルはクイックという特殊な機動を使ったのだ。ベガーと人間、両者の全身をバネにした、シンクする互いがタイミングを完全にひとつにしないとできない高等技術だ。それに加えて、ポーターで更に加速。一瞬、ハンターが照準を迷った。テルに向ければいいのか、それともスイレンに向ければいいのか。

またとないチャンスだった。テルがハンターの背にまわり、メンテナンス用の取っ手にしがみついた。スイレンも死ぬ気で彼女の真似をし、脚部に身体ごとぶつかっていく。ハンターの身体が大きくかしいだ。銃口が再び火を噴くが、そこにはもはや、誰もいない。

「スイレン、偉い！」

八本の脚が動いて、ハンターの樽のような胴体をぐらぐら揺すった。身体に張りついたベガーを振り落とそうとしている。スイレンは無我夢中でハンターの脚にしがみついた。

一方のテルは、背中の隙間に手を伸ばしていた。スイレンが見上げると、口の端を吊り上げる。そうだ、そこにはハンターの緊急停止装置がある。ハッチを開いてボタンを押すだけで、無敵のハンターも即座に機能を停止するのだ。

ベガーにはけっしてできないことだった。彼らの触手は、そもそもハッチを開けることに向いていない。シンクしている状態でのみ可能なそれは、子供たちに唯一、残された反撃のチャンスだった。

とはいえ、無謀もいいところだ。ハンターの火器を相手に接近戦を挑まなくてはいけないのである。大怪我をするか、死ぬか、どちらにしても上手くいく確率はほとんどなかった。

幸いなことは、ここが無重力に近いブロックで、機敏さではシンクした子供の方に分があったということだ。そしてスイレンは偶然にも通常よりはるかにスピードを出していて、テルはシンクの天才だった。

二人の子供にしがみつかれ、ハンターはそれでも、「敵」を撃滅しようと暴れていた。このままでは、遅かれ早かれ、振りほどかれる。その前になんとしても……。

テルの手がハッチに触れた。開く。ボタンが露出した。そこでテルの身体が吹き飛ばされた。通路を転がる。テルの腰からぶら下がったライトの明かりが遠ざかる。

「スイレン、ボタンを押して！」

怖がって縮こまる暇も、余裕もなかった。

股間が生温かい。きっと失禁した。だけど、知ったことか。

スイレンは雄たけびをあげて跳ね飛んだ。ポーターを振り上げる。棒の先端がヘイライアライの体表を突き破り、真空に露出した。

力の限り、ポーターを振り下ろした。

ボタンに命中。

ハンターは全身をぶるりと震わせた後、動かなくなった。

スイレンはヘイライアライの中でくずおれた。

助かった。そう思った途端、もう一歩も足が動かなかった。ヘイライアライのゼリーが少し硬くなって、倒れそうになったスイレンの身体を支えた。

ダイブスーツの下半身の湿りが、ひどく不快だった。きっと後ろの方もやってしまった。

最悪だ。ヘイライアライに申し訳なかった。

いや、それどころじゃない。まだ、手が震えている。歯がカチカチ鳴る。恐怖の痕がまだ強く残っていることを強く意識した。

テルはどうだろうか。そういえば、彼女は吹き飛ばされて、それから……。

「テル、わたし……」

「スイレン、逃げるよ！」

無線機から、緊迫した声が飛んだ。

顔をあげると、いつの間に駆け寄ってきたのか、目の前にテルの姿があった。

ウィルトトが、ヘイライアライの身体を押した。ふたつのベガーがもつれ合って通路を転がる。その少し傍を火線が走り抜けた。

「さっきのハンターが応援を呼んだ！　たくさん集まって来る！」

テルの言葉の意味を咀嚼《そしゃく》する暇もなかった。ポーターは床に取り落としてしまった。拾っている暇もない。ヘイライアライが乱暴に床を跳ね、スイレンの身体は激しくバウンドした。

いつも比較的おとなしいヘイライアライが、ウィルトトと並んで死にもの狂いで走っている。

スイレンは吐き気をこらえた。せめて、必死に逃げる彼の邪魔だけはしたくない。

いや、それだけじゃダメだ。せめて自分にもできることを。何かないか。手が震えて、足に力が入らなくても、何かできることは……。

そうだ。スイレンは携帯端末を手にしてブロックの地図を表示した。現在地のビーコンと、

「味方」と表示されたハンターのビーコンが追いかけっこをしている。スイレンたちは、その「味方」に攻撃されているというのに、なんとも皮肉なことだった。

とはいえ、「味方」なのは幸いだ。これはハンター同士の相互の交信を拾ったものだろうから、今、自分たちを追いかけているハンターの位置は完全にわかっている。待ち伏せされる恐れはない。不幸中の幸いとはこのことだろう。できれば、ハンターたちの交信が活性化する前にこのビーコンを表示して欲しかったところだけれど……今さら、そんなことをいっても始まらない。

「テル、正面にまわりこんでるハンターが一体。十字路を右」

「わかった、ナビは任せる」

二人のベガーは通路を高速で駆け抜けた。残念なことに、どんどん帰り道から遠ざかっている。仕方がない。今は追跡を振り切るのが先決だった。


空気が濁ってきたような気がする。ヘイライアライのゼリーが、少し紫がかって不健康な色彩を帯びてきていた。もう何時間、シンクしつづけているのだろう。

携帯端末の時計を見ると、普段ならとっくにベッドで寝ているような時間だった。

「このままじゃわたしたち、ベガーに食べられちゃうね」

全身がくたくたで、思考力も鈍ってきていた。スーツの不快さも極まった感がある。気だるい。何もかもがどうでもよくなっていた。

疲れた。本当に疲れた。いっそこのまま死んでしまいたい。

「ヤケになっちゃダメ。ここにいる限り、安全。チャンスはある。きっと来る」

一方のテルは、少なくとも声だけは未だ元気だった。ずっとスイレンを励まし続けてくれている。この袋小路に避難してからは、何とか脱出する方法がないかいろいろなことを試していた。

そう、袋小路だった。二人がいるのは、奇妙なほど大きな広間だ。スイレンの背にある隣のブロックと繋がっているはずの大きな扉は、ぴたりと閉じられている。どんな方法を使っても開かなかった。そうとう上位の命令が必要なのだろうが、それ以上に奇妙なのは、携帯端末にもこの先のブロックの情報がないことだ。

それどころか、この大扉の存在そのものが、携帯端末に存在しなかった。ありえない。携帯端末には、軍事情報まで含めた、当時の船員が知りうる限りの情報が組み込まれているはずなのだ。最高機密のはずのハンターすら、活性状態に入ればこうして位置を把握できるというのに……。

更に奇妙なのは、そのハンターたちが、この一帯にだけは近寄ってこないということだった。おかげで安全なのはいいが、少し先の通路はいずれもハンターが警戒に当たり、いっこうに不活性状態になる様子がない。完全に閉じ込められてしまった。膠着《こうちゃく》状態のまま、ただ時間だけが過ぎていく。せめて空気の入ったフロアが見つかれば、携帯食料をベガーに与えてひと息つくこともできるのだけれど、生憎とそんなことが可能な場所は見つからなかった。

　計算すると、もう八時間以上連続でシンクしていることになる。二年前、子供がベガーに喰われたときは、確か連続十二時間だったか。猶予はあと四時間だ。いや、ヘイライアライはかなり疲れているから、リミットはもっと短いかもしれない。

「ヘイライアライに珊瑚を食べさせて」

　ベガー同士が接触して、テルの声が伝わった。

「ヘイライアライの疲れを少しでも取っておく。スイレンは確か、マラソンも得意だった」

「得意じゃないよ。苦手じゃないだけ」

「だいぶ休んだから、走れるよね」

　テルが、自分のポーターを投げてよこした。ヘイライアライの触手がキャッチし、体内に埋め込む。スイレンは自分の手元に来たポーターを受け取り、じっと眺めた。

　これで駆け抜けろということか？　しかしみっつある通路の先には、そのいずれにも二体ずつのハンターが待ち構えている。たったの一体を相手にするならともかく、合計で六体も相手にしては、とても逃げきれるものではない。

「無理よ。死んじゃう」

「ここで黙っていても、二人とも死ぬ」

　蜂の巣にされて殺されるか、ベガーに喰われて殺されるか。

　テルは前者を選べといっているのだろうか。

「わたしとウィルトトがハンターを引きつける。スイレンは助けを呼んで来る」

「無茶よ。テル、あなたが殺されちゃう」

「わたしたちを信じて。ちょっとハンターを混乱させたら、すぐここに逃げ戻る。全力で走って大人たちを連れてきて」

テルは微笑んでいた。薄緑色のウィルトトの身体ごしだから、体調のほどはわからない。だけどぱっと見た限り、久しぶりのシンクで疲労困憊《こんぱい》しているスイレンよりは、よほど元気そうだった。

「怖くないの？」

「へっちゃら」

それは流石《さすが》に嘘だろう。だけどテルは、自信満々で胸を張っている。どんな嘘も、その行動でもって本当にしてしまうつもりなのだ。

「わたしは怖いよ。テル、気づいてると思うけど、わたしのスーツの下……」

「わたしもさっき、ちょっと。トイレいっておいてよかった。……スイレン、もしかして」

「だ、だって、しょうがないじゃない。緊急時の防衛反応よ。身体が普段以上の力を出すために余計な機能をカットしただけで……」

「そうだね、しょうがない。だから気にせずいってきて」

そういうとテルは、にやりと笑った。

「ぐずぐずしてると、クソまみれのケツぶっ叩く」

「ちょ、やめてよ！　ほんとに気持ち悪いんだから！」

　思わず身をのけぞらせて逃げたら、テルは愉快そうな笑い声をたてた。

「本当に、もう……。あーもー、最悪。ほんっと、最悪。さいっあくっ。帰ったら絶対に殴ってやるから」

「スイレン、元気が出てきた。男子には秘密だね」

「女子にも秘密よ！　誰にも話しちゃダメだからね。話したら、絶対に許さないからね」

「わかってる。だから頼んだ」

「そっちこそ、死ぬんじゃないわよ。シンゴくんを悲しませたら許さないから」

「そうだね。みんなに怒られるためにも、ちゃんと帰らないと」

　準備は淡々と進んだ。ヘイライアライは、スイレンよりはまだずっと元気だった。スイレンの方も、テルからだいぶ元気をもらった。

　作戦は、簡単だった。一番真ん中のラインからテルが飛び出す。スイレンは地図をよく見て、チャンスを待つ。勝負は一回だけ。テルが追い詰められても、スイレンは助けない。逆も同じ。どちらが死んでも、恨みっこなし。

　ちょうどハンターたちの配置が変化しようとしていた。全体が中央に集まりつつある。チャンスだった。

「それじゃ、いってくる」

　テルは目ざとく地図上の変化を見抜くと、広間から飛び出した。

スイレンは唇を噛んで携帯端末を見つめた。テルのビーコンが、包囲されつつある。逃げるなら、今しかない。

「いくよ、ヘイライアライ」

スイレンとヘイライアライは、一番隅の通路を駆け出した。一部のハンターが目ざとく彼女を見つけるが、加速に次ぐ加速で引き離す。トップスピードに乗ってしまえば、こちらの方が有利だ。ポーターさえあれば、スイレンとヘイライアライについて来られるハンターはいない。そのはずだ。

そういえば、テルはポーターなしで逃げられるのだろうか。

ふと、そのことに気づいた。

いや。首を振る。今はそんなことを考えるべきじゃない。逃げるのだ。一直線に。

そして助けを呼ぶ。

結果的に、それがテルを救う最良の方法だった。

そのはずなのだ。

・十月七日

シンゴがテルに対する自分の気持ちを理解したのは、彼女に告白されるほんの数時間前だった。

自分一人で気づいたのではない。彼と共に行動していたアンドロイドの女性は、優秀なカウンセラーでもあった。

れんげは精力的に自分につきあってくれるシンゴに、年頃の女の子の気持ちについてアドバイスをくれた。

彼女たちは嫉妬深いのだ。人の心をよく知るアンドロイドは、そういってシンゴを脅した。自分のことを人間ではないと知っているのはシンゴだけだから、シンゴに好意を抱いている相手に嫉妬されているかもしれないと。

「百歳のおばあちゃんとしての忠告ですよう」

いつものように呑気な口調で、れんげはそう語った。

シンゴは最初、テルとはそういう関係ではないと否定した。

「男の子はみんなそういうのです。ですが本当の気持ちに鈍感だと、相手まで不幸にしてしまうのです」

シンゴはなおも反論した。自分はテルにとって保護者のような、あるいは兄か弟のような存在であること。テルにとって一番大切なのはウィルトであろうこと。そもそもテルには、シンクできなくなるような行為に及ぶ気はてんでないであろうこと。

「じゃあ質問を変えますね。彼女が他の男の子の子供を産むところを想像してみるんです。どうでしょう」

不快だった。ひどく不快だった。とてもとても不愉快だった。そんな想像をした自分に腹が立った。

「それがあなたの気持ちですよ、シンゴさん」

シンゴは大きくため息をついた。どうやら自分はのっぴきならないところまで追いつめられていたのだと、いまさらながらに気づいてしまった。

そういうわけで、その夜、テルと二人きりになったとき、シンゴとしてはどうやってテルに気持ちを伝えるか迷っていたのである。迷っているうちに、テルの方から告白された。ちょっと負けた気がして悔しかった。聞けば、スイレンの強い後押しがあったらしい。テルの背後の策士に両手をあげて降参だった。

毛布ごしにテルを抱きしめたとき、全身に震えが走った。温かい。テルはこんなにも温かい。ベガーと繋がっているのとは違う。人間は、そう、こんなにも体温が高いのだ。

彼女のことがたまらなく愛おしくなった。

その翌日は、何をしても手につかなかった。テルの前では冷静を装ったし、その他たいていの人と話していても不審がられなかったけれど、れんげにはあっさりと昨夜のことを見抜かれた。

「わたし、子供相手の専門家ですから！」

残念なのは、そのれんげをベガーに慣れさせるため、この日もまたテルと別行動なことだった。テルはスイレンと共にどこかへいくという。

その話を聞いたとき、まあテルにも女の子同士のつきあいがあるか、程度に思った。残念ではあった。シンゴとしては、テルにれんげのシンクを見てもらいたかった。彼女の場合、直感的にシンクの良い、悪いを判断できる。アドバイスそのものは不可解だけれど、よく聞けば、どこが不味《まず》かったのかを感覚的に理解していることがわかる。そういったテルの言葉を翻訳するのは、シンゴの仕事だった。シンゴならばテルの直感的な言葉をわかりやすく翻訳できる。きっと、れんげのシンクも前進するに違いないのだ。

それになにより、今はテルと一緒にいたかった。彼女を傍においておきたかった。彼女の笑顔を見ていたかった。

とはいえ、あちらにもこちらにも用事があるのでは仕方がない。テルとスイレンとのつきあい、これもゆくゆくは、ベガーと大人たちとの溝を埋めるための仕掛けとなるはずなのだ。巡り巡ってテルに幸いするはずだった。

だから、そのとき覚えた一抹の不安にも気づかないフリをした。

テルなら大丈夫だろう。ましてや、あのしっかり者のスイレンがついているのだ。万が一ということもない、そのはずだった。

夜になってもテルとスイレンは帰って来ず、シンゴはケンやダイスケと共に捜索に出た。二人がどこにいくのか聞いてなかったのが悔やまれた。いくつか心当たりをまわったが、そのどこにも二人が赴いた気配はなかった。

I14ブロックにもいった。何人かの子供たちがポーターを使って遊んでいた。余分なポーターを何本か手に入れ、シンゴたちは帰途についた。いよいよ二人が心配だったが、今となってはもう、自警団に連絡を入れる以外、方法が思いつかなかった。

自警団は困惑した。スイレンの親に訪ねても、何の手がかりもないというのだ。結局、数少ない宇宙服を着た男たちが捜索隊として乗り出したものの、完全にからぶりだった。

そろそろ日付が変わろうかという頃、ぼろぼろになったスイレンがたった一人で帰ってきた。

スイレンはオーセブンのエアロックを出たところでシンクを解除するやいなや、その場にへたりこんだ。それでも疲れきった顔をあげ、自分を取り囲むシンゴたちを相手に、手短に、よどみなく状況を説明した。戻ってくる前に何度も予行演習をしたのだろう。それは、小憎らしくなるほど落ち着いた、危機的状況の完璧な説明だった。

彼女の話を終《しま》いまで聞かず、シンゴは一人、飛び出した。

自警団の人々は、残り少ない宇宙服を着ようとアタフタしていたのである。宇宙服の着用は、シンクよりずっと時間がかかった。移動はなおさらだ。彼らの準備を待っている暇はなかった。とにかく先行するのだ。事態は一刻を争う。だから周囲の制止を振り切り、スイレンの手にしていた携帯端末とポーターを持って駆け出した。

打算も何もなかった。無茶だ、とケンとダイスケが追いかけてきた。ダイスケまでが無謀だというのだから、そうとうに無茶なのだろう。自分は今、冷静ではないのだろう。

だが、知ったことか。

急ぐのだ。テルを助けるのだ。彼女をいかせたのは、自分の失敗だった。テルが苦しんでいる。立ち止まってなんかいられるか。

スイレンはシンゴがエアロックに駆けこむ直前、彼の背中にただひとこと「テルを助けて」と叫んだ。ああ、当然だ。自分が助けなくて、誰がテルを助けるというのだ。シンゴはテルの保護者を自称している。その保護者が彼女のピンチにかけつけなくてどうする。

テルは勝手に、みんなの期待の星になればいい。

シンゴはテルただ一人にとっての守護者であれば、それでいいのだ。たくさんのベガーよりも、ミクメックよりも、シンゴにとってはテルが大事だった。ベガーと大人たちの仲立ちをしようなどと考えたのも、いろいろな人に相談をしたのも、すべてはテルのためだった。テルが生きやすい世界を、テルが泣かないですむ世界を、テルがずっと笑っていられる世界を、シンゴはただそれだけを望んでいたのだ。

欲しかった力は、ただ一人の少女の笑顔のためにあった。

なのに一番肝心なときに、シンゴとテルはこんなにも離れている。

スイレンが余計なことをテルに囁いたのがよくなかったのか。いや、そんなことはない。あんなにぼろぼろになってもテルのために走ってきてくれた彼女を悪く思いたくはない。テルが調子に乗りすぎたのか。そうかもしれない。だとしたらテルの増長を防げなかった自分の責任だ。

そうだ、悪いのはシンゴだ。シンゴ自身の油断こそが諸悪の根元だ。テルのことは放っておけばいいなどと気楽なことを考えていたのが最大のミスだった。

捕まえておこう。

テルの手を捕まえて、もう二度と放さないようにしよう。

あいつが文句をいっても知ったことか。こんな気分になるくらいなら、テルに四六時中かみつかれていた方がずっといい。そうすれば少なくとも、彼女がすぐ隣にいると感じることができる。彼女の腕のぬくもりを、ずっと味わっていることができる。そうじゃないと、シンゴはもう、けっして安心することができない。

だから、テル。

シンゴは祈った。

祈りながら、Ｉ38に続く通路を駆け抜けた。

日付が変わってから、既に三十分以上が経過していた。

I38ブロックに入った途端、テルの声がイヤホンから聞こえてきた。

「スイレンは無事？」

いきなり他人の心配か。シンゴは微笑んだ。

「あいつは大丈夫だ」

「シンゴ、会いたかった」

テルの笑い声。心の底から安堵した。よかった、無事だ。状況はまだ、最悪ではない。何とか間に合うことができた。

「助けに来た。そっちは平気か」

「ウィルトトは元気。こっちの端末だとシンゴの後ろに二人見えるけど、その人たち宇宙服を着ている？」

「いや、ケンとダイスケだ。シンク組が先行した」

「わかった。じゃあ絶対にこっちには来ちゃダメ。そっちの端末にも出てるよね、ハンターが六体、通路を塞いでる」

一刻も早くテルのもとに駆けつけたかったが、彼女のいう通り、テルがいるらしい未確認地区に続く全ての通路をハンターの光点が埋めていた。

　シンゴは低く呻いた。これでは、宇宙服を着た大人たちが追いつかない限り、とうていテルのもとへ辿り着けそうにない。

「テル、酸素は大丈夫か」

「大丈夫。ウィルトトが頑張ってくれてる」

「どこか怪我してないか」

　少し、間が空いた。

「平気だよ」

「どこだ」

「腕を……ちょっと」

「詳しく教えろ！」

「ちょっとこすっただけ」

「本当か？」

「わたしがシンゴに嘘をついたこと、ある？」

「自分の胸に手を当ててよく考えろ」

「んー、どうだっけなー」

　呑気な声だった。シンゴは顔をしかめた。いつも通りのテルだ。気分屋で、いい加減で、それでいて他人に気遣われることを厭う、少々天然気味の呑気な少女。

「……信じるぞ。お前も俺の信頼に答えてくれよ」

「これまでいい加減なことといったこと、ある？」

またこれだ。シンゴはようやく追いついてきたダイスケとケンの二人と顔を見合わせた。

ダイスケがにやりと笑い、ケンが諦め顔で首を振った。

「諦めなよ、シンゴ。テル、いつも自分は正しいと思ってるんだよ」

「ケンの声だ。んにゃろ、後で覚えてろ」

「それだけ元気があるなら充分だよ。でさ、テルが今いる区画、地図にないんだけど、これどういうこと？」

ケンの問いによってテルの困惑した様子が、通話ごしでも伝わってきた。

「わたしが聞きたい。地図のミスか何かじゃない？」

「そこは倉庫か何かなのか」

「ううん、すっごくおっきな扉がある。閉まっていて、どうやっても開かない。これが開けば、向こう側に逃げられるんだけど……」

「隣のブロックもいきどまりになってるね。燃料庫、だって。……軍事機密か何かなのかな。僕たちには公表できないような」

「おいおい、ここでじっとしてても仕方ないぞ」

ダイスケがいった
「じゃあいっそ、その扉を開けられるか試してみようぜ」

「このブロックの主電源を入れれば、何とかなるかもしれないね。いってみよう」

ケンが、さっそく主電源への経路を調べ、全員の携帯端末に転送した。三人は、すぐに移動を開始する。限りなく無重力に近い環境だから、ポーターが役に立った。

「みんな、あんまり無理はしないで。どうせ大人たちが来れば、ハンターはすぐに機能停止。危ないと思ったらすぐ逃げて」

テルののんびりした声。

宇宙服を着ている大人たちなら、ハンターはやすやすと接近を許す。非常用のスイッチひとつで、ハンターは無力化される。シンクしている子供たちにとっては脅威でも、大人たちにかかれば何ということもないのだ。

問題は、本来は救出の先鋒となるべき彼ら大人がもたもたしているということだった。宇宙服は重く、機動性も低い。ベガーとシンクしたシンゴたちとでは、スピードに圧倒的な差が出てしまう。遅れている大人たちを責めるのは筋違いというものだが、気ばかり焦るシンゴとしては忸怩《じくじ》たるものがある。

「やっぱりおかしいなあ。意図的に情報を削っているとしか思えないよ」

移動しながらなおも端末をいじっていたケンが、ため息をついた。

「そもそもこのＩ38にはハンターなんていないはずなんだ。十五年前の情報が間違っていた？　ううん、そんなこと今までなかった。でも、戦後もハンターがいることを隠すなんて、悪意があるとしか思えない。いくら何でも、そんなことをする人がいるとは思えない。……ううん、思いたくないよ」

「しかも六体だろ」

携帯端末の光点を数えて、ダイスケが顔をしかめた。

「多すぎる。三十番台全体で二、三体だっていわれていたのに、こいつは……」

「わたしとスイレンで一体、倒した」

テルが誇らしげに笑った。

「だから最初は七体」

無茶だ。ハンター相手に戦うなんて、無謀もいいところだ。

いや、テルがこういう風にいっているということは、無謀だったのはスイレンということだろうか。どうも彼女をかばっているような気がする。大方、探索に慣れないスイレンが突出したか、逃げ遅れたか、そんな感じだろう。

だとしても一概にスイレンを責めるわけにはいかない。ハンターが一カ所に七体もいるなんて、誰も想像していなかった事態なのである。

「そんなにハンターが固まっていたら、どこかに記録が残っているはずだよな。きっと、情報をどこかで止めていたやつがいるんだ」

ダイスケは顔をしかめた。彼は以前、他の子供たちと一緒の探索中、ハンターとでくわしたことがある。その恐怖も、骨身に染みて承知している。そのときは幸い、宇宙服を着た大人が同行していたから、ことなきを得た。

「ちくしょう、誰のせいか知らないが、覚えてろよ」

主電源を起こすのは、簡単だった。このブロックのハンターたちは全て活性化し、携帯端末で「味方」として把握している。六機のハンターたちにとっての現在の至上の命令は、十五年ぶりに見つけた宿敵たるベガーを追い詰めることだった。

つまりウィルトトだ。

「でも、ほんとにヘンだよね。ハンターたちがテルのいる場所にいかないのってさ」

ケンはテルの目の前に存在するという扉を開けるべく、主電源近くの端末から有線でこのブロックのメインサーバーにアクセスした。こちらの方がてっとり早い、とクラッキングを開始する。

「扉の先が機密扱いの軍事施設だとしたら、ありえるのかな。よくわからないや。……そもそも、本当にそんな扉が存在するのかな。テルのことを信用しないわけじゃないけど……何だろこれ、幽霊みたいだ。区画そのものが存在しない扱いになってる」

「気味が悪いことをいうな、おい」

ダイスケが、ぶるりと身を震わせた。活発な外見に似合わず、彼は怪談の類が大の苦手だった。見えているものは何とでもなるが、幽霊では殴ることもできない。以前、そんなことをいっていた。

「まー、ほどほどに」

一方のテルは呑気だった。少なくとも、イヤホンごしに聞こえてくる声は、疲れてこそいるものの、まだはっきりとしている。

いや、本当にそうだろうか？　シンゴは首をかしげた。いつものテルなら、自分が罠に嵌《は》まった格好なのだ、もっと怒っていてもおかしくはない。ひどい目にあったのだ。スイレンも、あんなぼろぼろの状態で戻ってきた。詳しく追求はしなかったが、彼女のダイブスーツの中がどうなっているか、おぼろげながら想像できる。

ただ疲れているだけか？　だったらいいのだけれど……。

「おい、テル。二人だけのナイショ話だ、いいか」

ダイスケとケンに目配せして、テルとの一対一の回線を開いた。

「俺たち、恋人だよな」

「うん、そうだよ」

「隠しごとはなしだ。いいな」

「……ものによる」

「どれだけ血を失ってる」

「わからない」

「わからないくらい失ってるってことだな」

「そう」

眩暈《めまい》を覚えた。

「ウィルトトが止血してくれた。ちょっとくらくらするけど、まだ平気」

どうする。どうすればいい。テルを隣のブロックに逃がしたとして、そこに空気を入れてシンクをやめさせたとして、治療まではできない。ケンがやっていることはまったくの無駄だ。そう伝えるべきか、と迷ったとき、ケンの「見つけた！」という叫び声がイヤホンから響いた。

「扉を開けられるなら、開けて」

テルが全員に向けた回線でそういった。

「今、やってるよ。これは……どういうことなんだろう、急にテルのいるエリアが見えるようになったよ。僕のクラックのせいじゃない。外部からのアクセス？　いや、そういう風でもないな。ちょっと待って、扉のロックそのものは簡単だ、これなら……」

ぶつぶつ呟きながら、ケンは原始的なキーを叩き続けた。

「おい、テル。扉が開いたらどうするつもりだ」

シンゴはテルと二人だけの回線で詰問した。

「移動しない方がいい。動いて体力を消耗するな。救援を待って……」

「ウィルトトがいっている。呼ばれているって」

「呼ぶ？　何のことだ」

「あ、さっきいい忘れたんだけどね」

テルは悪戯にひっかかったシンゴをからかうように笑った。自分のくわだてが上手くいったことを嬉々として喜んでいる、そんな笑いだ。

「わたし、もうダメだ」

心臓をわし摑みにされたような痛みを覚え、シンゴは呻いた。

「おい、冗談はよせ」

「ハンターに撃たれたとき、ウィルトトもかなりゼリー、持っていかれた。今のウィルトト、食欲が抑えられなくなってる」

血の気が引いた。テルの言葉は、最悪の予想の更に上をいっていた。

ぐっ、と拳をきつく握った。唇を嚙んだ。鉄の味が口の中に広がる。

「怖い顔をしちゃダメ。そこの二人に悟られる。上手く騙して」

テルの言葉は、まるで今のシンゴの姿が見えているかのように的確だった。

「ふざけるな。どうして黙っていた」

「シンゴがこっちに特攻してきたら困る。シンゴは短気でまわりが見えない」

普段ならどの口がいうか、と返すところだが、今回ばかりはテルの意見が正しかった。シンゴは今すぐにテルのもとへ走っていきたい気持ちを必死で堪える。彼女のいう通りなのだ。そんなことをすれば、二重遭難になる。テルの立場としては、これは正しい。全面的に正しい。否応なく正しい。

正しいが、しかし。

「納得できるか！」

「騙される方が悪い」

このごに及んで、テルはそううそぶいた。鼻歌でも歌いだしそうな軽い調子だった。

だが、注意して聞いていれば……。シンゴはようやく気づいた。イヤホンから漏れるテルの息づかいがだいぶ乱れている。時折、不自然に押し黙る。苦痛を堪えているのか？　それとも意識が朦朧としているのか？

「シンゴ、お願い、聞いてくれる？」

「何でも叶えてやる。さっさといえ」

「ウィルトトの命を守りたい。ウィルトトを大人に渡したくない」

二年前、一人の少女がベガーに喰われた。不慮の事故だった。悪いのは、少女の方だった。それでも、少女を喰ったベガーは……。

公式には、何の発表もなかった。そのベガーは消えた。誰も、詳しいことを知らなかった。他のベガーたちも教えてくれなかった。

けど、子供たちは知っていた。そのベガーは大人たちに殺されたのだと、誰もがそう知っていた。

シンクのパートナーを喰ったベガーは、殺される。そんなもの公然の秘密だ。

「わたしの目の前の扉なんだけど……この先には、きっと何かがある。わかるの。ウィルトトがそういってる。何となくそれが感じられる。ううん……わたしも、この先にいる誰かから呼ばれている気がする」

そんなのは妄想だ、と叫びたかった。きっと幻聴を聞いているのだ。今のテルは正気じゃない。扉の先にいる誰かなど存在するはずがない。必死で正気のフリをしているけれど、彼女は今、幻を追っているにすぎない。

「だから扉が開くまで、わたしのことは隠して。隠し通して。いいね、シンゴ」

こんなのはひどい世迷《よま》いごとだ。

でも。

「……わかった」

シンゴは何とかそのひとことを搾り出した。

胃が捻じ切れるような痛みを覚えた。頭がガンガンする。吐き気を覚えた。脂汗が吹き出る。シンゴの変調に気づいたダイスケが、どうした、と声をかけてきた。

「心配ない、疲れているだけだ。普段ならとっくに寝ている時間だろ」

残った意志力の全てを振り絞って、笑ってみせた。

マイクを全員相手に切り替える。

「ケン、扉は開くか？」

「いけそうだよ。何だろうねほんとこれ。もうテルの方からでも操作できると思うけど、こっちでやる？」

「テルは疲れてる。こっちでやってあげよう。ケン、何分かかる？」

「一分もかからないよ」

「だそうだ、テル」

テルからの返答はなかった。

まずい。シンゴは舌打ちを堪えた。おい、何とか返答しろよ。お願いだ。ひとことでいい、しゃべってくれ。

「ん。……つうっ」

イヤホンから、苦痛の声が漏れた。

「おいテル、お前やっぱり怪我してるのか？」

ダイスケが強い口調で訊ねた。テルは答えなかった。たぶん、受信オンリーにしている。幸いなことに、ケンの方は端末の操作に気を取られていた。

「よし、完了。これで開いたはずだよ。……テル、そっちはどう？」

「うん……開いた」

テルの声は、もはや隠しようもないほど弱々しかった。

いや、隠す必要がなくなったということだろう。携帯端末の地図上で、テルを表すビーコンがゆっくりとブロックの端に移動しつつあった。

きっとそちら側に扉があって、それはもう通り抜けられるくらい大きく開いたのだろう。

「間に合った。……よかった」

テルはそういった後、低い呻き声をあげた。続いて肉がきしむような歪な音がイヤホンから響いてきた。

「テル？　ねえ、ちょっと、どうしたの？」

ケンはようやく異常に気づいて、悲鳴のような声をあげた。シンゴの方を見る。シンゴは弱々しく笑った。

「もういい、後はずっとマイクをオンにしていろ、テル」

シンゴは何かいいたげなケンに首を振った。

「少しでも長く、お前の声を聞きたい」

「うん。……ウィルトトが、移動、始めた。隣、いったら……」

「隣のブロックに入ったら、通信が切れるな。それまでだ。いいな、もう絶対にスイッチを切るなよ」

「心配、ない」

テルは力なく笑った。

「できない。腕、もう折れた」

「そうか」

ベガーは肉を食べるとき、まずゼリーを筋肉のように硬くして肉をひねり潰し、押しつぶしてから酸で溶かす。シンゴたちが毎日見ている光景だ。ベガーのゼリーはとても力があって、結構硬い肉でも構わずひき肉にしてしまうほどだ。頑丈な骨だってぽきりと折れる。むしろ骨の中にある成分はとても栄養があるのだと聞いたことがあった。そんなわけで、たまに骨つき肉が出ると、ベガーたちは嬉々として骨をへし折り、中の液体をすする。

「はは……結構痛いよ、これ」

「おい、どうなってる！　シンゴ、てめえ、何か知ってるな！」

「ちょ、ちょっと、ねえ、どうなっているのさ！」

「黙ってくれ、ダイスケ、ケン。……頼む、テルの声を聞かせてくれ」

二人は押し黙って顔を見合わせた。彼らには悪いが、今のシンゴにとって最大の関心は、少しでも多くテルの声を聞くことだった。

獣のような悲鳴が響いた。

シンゴは耳をそばだてて、その声を記憶した。もうひとことたりとも聞き逃すものかと、全神経を集中した。

悲鳴は断続的に、長く長く続いた。

永遠とも思えるような時間だった。シンゴは血が出るほど強く拳を握って、その一瞬、一瞬を記憶に刻み込んだ。

やがて声が途切れた。

「テル？……テル、おい、テル」

荒い吐息が響いてきた。よかった。まだ、息がある。

最後にひとことだけ、伝えよう。

まだ彼女に意識があるかどうかもわからない。耳が聞こえているかどうかもわからない。

それでも、いおう。

「テル、聞いてくれ。……愛してる」

少し、テルの呼吸が乱れた。よかった、聞こえたのだ。シンゴの言葉は、テルに届いた。

もうそれだけで、充分だ。

深い満足感が身体中に広がった。

「わたしも」

なのにテルは、最後の力を振り絞って、おまけまでつけてくれた。

「愛してる、シンゴ。……ずっとだよ」

通信が途切れた。

地図の端についたテルのビーコンが消滅した。

Extra Turn 2

ケンはＩ38の地図に存在しないその広間の中央に立った。テルとスイレンが逃げ込んだ区画だ。今は無力化されたハンターたちが、ここにだけは立ち入ることができなかった。

ケンが見上げているのは、広間で最大のオブジェクトである。大型の荷物用とおぼしき、両開きのスライド式の扉だ。一度は、ケンが開けたはずの扉。そしてケンたちが辿り着いたときには完全に閉じきっていた扉。あれから何をしても開かなかった扉だった。

あれから一ヶ月が経っていた。

あの時、いったい何が起こっていたのだろう。ケンはやはり自分たち以外のファクターの関与を疑っていた。何者かがケンたちの行動を見守っていて、あの決定的な瞬間、介入したのだ。その誰かは、結果的にウィルトトを守った。テルを喰ったウィルトトを守ることは、あの場にいた子供たちでは不可能だった。大人たちは、けっしてウィルトトを許さなかっただろう。それが規律だ、規則だといって、確実に殺したことだろう。

だがテルとウィルトトは、この扉の向こう側に消えた。

そして大人たちがウィルトトを追うことを拒むかのように、扉はこうしてぴったりと閉じてしまった。副船長の権限でも開かなかったというから、よほどのセキュリティなのだろう。

この先に辿り着いたウィルトトは、はたしてどうなったのだろうか。

ベガーとて、食料なしには生きられない。とはいえ死んだとはとうてい思えなかった。わざわざここまでしてウィルトトを守った誰か、あるいは何かだ。きっと彼は、今頃、向こう側にいることだろう。

ケンにとっては喜ばしいことだった。テルが亡くなったのは残念だったが、それでも……ウィルトトだって、ケンの友達だったのだ。テルはウィルトトの血肉となった。それは素晴らしいことだ。

「そうだよ、カイナケイナ。これはきっと、素晴らしいことなんだ」

ケンは自分とシンクしているベガーにそう語った。自分の考えでは、それは人間とベガーが共に生きる中での、その一形態に過ぎないのだと。

きっとテルは、ウィルトトに喰われながら、喜んでいた。あれは歓喜の叫び声だ。最後の通信を思い返して、ケンはそう思う。自分の身を親友に捧げ、彼を生かしたのだ。どうして不満に思うことがあるだろうか。

これで二度目だ。

ケンはかつて慕っていたみっつ上の少女の笑顔を思い出した。

「コトリ姉さんだって、きっと嬉しかったんだよね」

なのに大人たちはわかってくれない。ベガーが人間を喰ったのだと、そういってヒステリックに叫んでいる。ケンはオーシックスの現状を冷めた目で眺めている。ケンに賛同する何人かも同じだ。大人たちの醜い憤《いきどお》りを嘲《あざけ》っている。

今はまだ、その時ではない。だけどいつの日か、自分たちは……。

「おーい、帰ろうぜ、ケン」

ダイスケが周囲の探索から戻ってきた。ここに来ようと提案したのはケンだったが、実際にI38ブロックを隅から隅まで調べたのは彼だった。ハンターがいたら、是非とも自分の手で倒してやりたいのだと、そういきまいていた。

無理だと思う。自分たちではハンターに勝てやしないし、そもそももうこのブロックにはハンターはいない。あの後、大人たちの手によって徹底的な掃討が行なわれ、どこにもこれ以上のハンターがいないことが確認された。

まあそうでなければ、頭の固い大人たちが悲劇のあったこのブロックを安全と判定するはずがない。自分たちがここに来られるはずがない。

「帰ったらシンゴの家に寄ろうぜ。そっとしてやりたいけどさ。あんまり閉じこもっているのもよくないと思うんだ」

「そうだね。ミクメックも元気がない。シンゴが会ってやらないと、ミクメックも辛いと思うんだ」

「お前は相変わらず、ベガーにべったりだな」

ダイスケが笑った。

「テルの後継者になるつもりか」

「そんなの無理だよ」

ケンは首を振った。

「ああ、でも。テルの意思は、受け継ぎたいな」

「意思、ってなんだ?」

「まだわからない。……ゆっくり考える」

ふうん、とダイスケは鼻を鳴らした。よくわかっていないのだろう。当然だ。ケンだって、この胸のうちのもやもやをまだよく理解していない。

じっくりと読み解いていけばいい、と思っていた。時間はまだ、充分にある。

ケンはちらりと携帯端末の日時表示を見た。

そう、まだ六年もある。

この船が目的地に辿り着くまで、あと六年もあるのだった。

第二部　十五歳

・十月一日

シンゴは十五歳の誕生日の朝を自宅のベッドで迎えた。

寝間着を脱ぎ捨てながら、携帯端末で今日の予定を確認する。高いポイントを払って自分専用とした試作携帯端末は、無数のカスタマイズを経てシンゴの生活に欠かせないものになっていた。

携帯端末のスケジュール表には、学校にいる間を除き分刻みの予定が並んでいる。おまけに昼から雨。傘を持っていくのを忘れないようにしなければいけない。

今日は残念ながら、ミクメックのもとへいく時間を取れないだろう。

ちょうど普段着のジャージに着替え終わったタイミングで、携帯端末からメールの着信を告げるチャイムが流れた。

船長からだった。端末が船長のメッセージを声に出して読み上げる。手が空いたら訪ねて来て欲しい、頼みごとがある。無機質な合成音がそういっていた。

「船長の頼みごとか……」

無視するわけにはいかないだろう。

シンゴは少し考えて携帯端末をいじった。予定の優先順位を確認し、他人に任せていいタスクにチェックを入れる。何人かに借りをつくることになるが、何とかなるだろう。

いざとなればダイスケに振ればいい。弟分のケンが一人立ちして以来、彼はどこか、人に頼られることを待ち望んでいるところがある。

ダイスケたちも個人用の携帯端末を持てばいいのに。そうすれば、彼らにメール一発で用事を伝えられる。

二ヶ月前からポイントで個人所有できるようになった携帯端末は、以前からシンク中に使われていた端末のコピー品だった。コピーといっても、内部部品はホロクリスタルを含め倉庫にあったストックをただ組み立てただけである。

プラスチック製の筐体《きょうたい》を成形する工場が、ようやく稼働《かどう》したのだった。

正確にいえば金型《かながた》をつくれるようになった。現在は歩留《ぶど》まりが非常に悪く業務用端末を優先しているため個人向けには先行試作型が少数生産されているだけだが、れんげはじきに大量生産ができるようになるだろう、と自信を持って語っていた。金型を削るマイクロマシンは彼女の手によるものなのだ。

「中の部品は長持ちするんですけど、溶解性プラスチックは十数年でガタがきちゃうんですよねえ。初歩的な金型の技術が失伝するなんて地球の人たちは思ってもみなかったんだと思います」

壊れてしまった携帯端末を前に彼女がそう呟《つぶや》いてから、二年が経つ。さまざまな人に協力を仰《あお》ぎ、れんげはようやくこの事業を完成させたのだった。

「今までは古い端末を騙《だま》し騙し使ってきましたけど、これでもう、端末のパーツがぽろぽろ取れることを心配しなくても大丈夫です。量産体制が整えば、0　6《オーシックス》での生活も、ずっとずっと快適になりますよ」

生命科学のみならず工学全般にも通じていたアンドロイドは、にっこり笑って胸を張った。

彼女のいう通り、シンゴたちは端末のボタンが動かなくなるような故障を何度も経験している。子供心に、そのうちどの端末もダメになるのだろうなと思っていた。緊急の事態と端末の故障が重なるようなことがあったら、大事故が起こっていた可能性すらある。ただでさえ、シンクして赴《おもむ》くような場所は孤立無援なのだ。携帯端末はシンク中の命綱だった。大事故が起こる前に携帯端末の量産体制が整ったのは、実に幸いである。

「本当は、こんなのわたしの専門じゃないんですけどね。いろいろな人と相談して、緊急度の高いものから手当てしているんです」

実際、今までシンゴが知らなかっただけで、十八年前までは当然のようにできていたことができなくなっていることは多かった。戦後生まれの子供はもとより、大人たちすらその状態に慣れてしまっていたから、たいていは問題にならなかったが……。

そう。もはやベガーとの戦争から、十八年が経つのだ。

船の通常の生産活動は、生命維持に必要な部分以外、その多くが停止したまま。保守点検も、技術者の指示のもとシンクできる子供たちが中心になってやっている有様では、いつ致命的なミスが起こるかわかったものではない。

難しいメンテナンスは、なんだかんだで予定が延び延びとなっていた。経年劣化が深刻になっている箇所も多い。そういう場所を見つけて補修の段取りをするだけでも、たいへんな手間がかかる。現場の技術者たちは、シンゴと会う度にそう嘆いていた。

「何とかならないかね、シンゴくん」

そんなことを自分にいわれても、困ってしまう。シンゴは公式には何の権限もないのだ。ただの九年生、第三学校最終学年生の一人にすぎないのである。一応、九年B組の級長ではあるが、級長なんてただの使い走りだ。面倒なことばかりで得なんてほとんどない。

だが、と相手はいう。「君は、船長と親しいじゃないか」と。それからついでに、「れんげさんのラボのメンバーなんだろう」とも。

いつの間にか仲介の仕事がシンゴの専門になっていた。大人たちの誰も、シンゴに頼っている。どうしてこんなことになったのやら、彼自身が首をかしげてしまう。

携帯端末のアラームが鳴って、食堂にいく時間だ、と告げた。

シンゴは手早く荷物をまとめると、三年前から変わらぬ我が家、集合住宅の一室を出た。

第三学校は、三年前まで通っていた第二学校より、少しだけ0 5《オーファイブ》側にある。食堂から学校までの距離があるということだ。そのかわり、畑を貫く狭い道を通らなくてすむ。オーファイブへ向かう大通りの途上に第四学校と並んで建っている二階建ての木造校舎が、第三学校だった。

第三学校と第四学校というふたつの建物の周囲は、竹林に覆《おお》われている。そのせいかは知らないが、シンゴは初めて登校したとき、第二学校までと違ってどこか周囲と隔絶した、別のブロックの中にいるような印象を覚えたものだ。今でも時折、そんな気分に襲われる。第三学校の教師たちが皆、どこか学者然とした雰囲気の人々だからかもしれない。隣の第四学校に通うのは、そのほとんどが技術者や研究者志望の、どちらかというと落ち着いた雰囲気を持つ上級生だけだからかもしれない。

子供はいつから大人になるのだろう。

昔、シンゴはいつも、そんな益体《やくたい》もないことを考えていた。まだテルが生きていた頃の話だ。当時、結婚可能な年齢は十六歳だった。ならば十六歳になった途端、大人になるのだろうか。それとも第三学校の卒業と同時に、大人になるのだろうか。はたまた、子供を産んだときに大人になるのだろうか。

いや、結婚可能な年齢は、二年前に十四歳へと引き下げられた。その後に結婚したクラスメイトたちは、シンゴの目には、とても大人には見えなかった。結婚せずに子供をつくったカップルたちだって、同じだった。一方、第三学校を卒業した先輩たちは、とても大人びて見えた。

そしてシンゴ自身はといえば、未だ自分が大人だという自覚を持てていない。

何か大切なものを探しているような気がするのだ。あのテルが死んだ日から、ずっと。

ひとつだけ確実なことは、シンゴたちも、そしてオーシックスもまた、日々変化し続けているということだった。

「わかった、下水道の検査依頼書と電気工事証明書だな、やっておくよ。やりかたは役所にいって聞けばいいんだろ」

休み時間、今年から同じクラスになったダイスケは、快《こころよ》くシンゴの仕事を引き受けてくれた。れんげから頼まれた書類の類《たぐい》だ。彼女はアンドロイドなのに、書類仕事が大の苦手だった。事務仕事の大半が、ただでさえ忙しいシンゴにまわってくるのである。おかげでシンゴは、れんげの仕事に関する知識がほとんどないにもかかわらず研究所でもっとも必要な人材という、独自の地位を確立していた。

「そのかわり、船長の仕事っていうやつさ、面白そうだったら手伝わせろよ」

ダイスケは最近、ますますオーファイブの海岸に入り浸り、日焼けが濃くなっている。かつてはシンゴより小さかった背も第三学校に入ってからぐんぐん伸び、今やクラスでも五指に入るのっぽの一人だった。その上、スポーツ全般が得意だから、どこにいても目立つ。年下にも年上にも、男性にも女性にも人気があったが、彼自身はといえば、恋愛や結婚より身体を動かすことの方が楽しい様子だった。

だから本来、書類仕事の類はダイスケの領分ではない。それでもシンゴの頼みなら嫌な顔ひとつせず引き受けてくれるのは、彼が心の底からシンゴのことを心配してくれているからだろう。

「船長ねえ。あの人から受けた仕事で面白いものって、あったかなあ」

「厄介《やっかい》だけど、どれもやりがいはあったじゃねえか」

そうかもしれない。れんげの件もそうだし、その後にあったマイクロマシン工場の再稼働、燃料施設の点検などは、どれもそうとうに面倒だったが、同時にシンゴの視野を広げてくれた。後から考えてみれば、物資の流通、倉庫のつながり、人の動かし方など、さまざまな勉強ができた。

「でさ、今年はどうするんだ。そろそろだろう」

何のことだ、と首をかしげて、自分が大切なことを忘れていたのに気づいた。携帯端末を調べ、その日の記入をしていなかったことに愕然《がくぜん》とする。

「……時間はつくるよ」

「やっぱり忘れてやがったか。お前、しっかりしているようで、どこか抜けているよな」

返す言葉もなかった。ため息が出る。どうしてこんな大切なことを失念していたのだろう。

「……六日後か」

十月七日、午前一時九分。

それがテルの最後の言葉を聞いた時間だった。

今日は午前授業だけだったが、すぐに船長の家に赴くというわけにはいかなかった。第三学校の全級長が集まっての会議は、授業が終わった後、校長立ち会いのもとで行なわれる。場所は一階の会議室。級長以外はあまり立ち入らぬこの部屋も、シンゴにとってはおなじみの場所だった。椅子に座った六人の男女が、順番に自分のクラスの出来事を、あまりこの学校には姿を見せない太った校長に報告していく。

議題は、毎度おきまりの結婚、妊娠、出産する生徒の確認。それから学校で起こった諸問題の確認と対策である。

前者については何の問題もなかった。古い人間である校長としては別の意見もあるだろうが、船全体としては人口増加は急務である。昔話に出てくる狸《たぬき》に似た体型の校長は、うんうん頷《うなず》きながら報告を聞いているだけだった。

問題は、その後に行なわれた諸問題に関する検討だった。

問題行動を起こす生徒の話だ。

「うちのクラス……九年A組のゴウタくんは、相変わらず、クラスの人を扇動しようとしています。反ベガー、反副船長の発言が目にあまります。お兄さんに言い含められているのか、以前のような乱暴なものいいは影を潜めましたが、それだけに注意もしにくいですね」

冷静に報告したのは、スイレンだった。第二学校時代からかかさず級長を務めている彼女は、今年もシンゴと並ぶ九年生の級長に選ばれていた。

スイレンの話に、校長は、露骨に顔をしかめた。

「けしからん」

たるんだ頬をぶるぶる震わせる。一応は怒っているのだが、その様子はひどく滑稽《こっけい》だった。

「じつにけしからん。まったく彼は、学校を何だと思っているのかね」

「養豚場だといっています。ベガーに食べさせる餌を育てていると」

スイレンは平然として校長を見上げた。

それから何かいいたげにシンゴの方を見た。

「次は誰をベガーに喰わせるんだ、って煽《あお》るのが、彼のおきまりのパターンです」

彼女は時折、こうしてシンゴにからんでくる。

彼女に嫌悪の情を見せたことは一度もないはずなのだけれど、彼の何かが彼女のカンに障った可能性は充分にある。

だからといって、挑発にシンゴがつきあう義理はなかった。

シンゴはスイレンに微笑《ほほえ》んだ。冷静な彼女が、一瞬、ひるんだように見えた。

「何とかできんのかね」

そんな九年生同士のいさかいに微塵《みじん》も気づかず、校長は声を荒げた。スイレンは顔色を変えず校長に向き直った。

「カウンセラーの仕事だと思いますが」

「そんなもの、お前たちがあいつらを連れてきた日からずっとつけておる！」

大声で叫んだ校長に、下級生がびくりと身を縮こまらせた。己のかんしゃくに気づいた校長が、慌《あわ》てて手を振り、「すまなかった。今のはわたしの本意ではない」と謝る。

「お言葉ですが、彼らを連れてきたのは自警団です。発見したのは……」

また、スイレンがシンゴの方を見た。

「俺は情けなく気絶していたんだよ。遭難者を発見できたのはテルのおかげだ」

そう。毎回のように問題生徒として挙げられているゴウタというのは、三年前、シンゴたちがI14ブロックで発見した遭難者の一人だった。

今やゴウタは、兄のタケルと共に、若い人間の中でもっともベガーへの憎悪を燃やす人間の一人としてオーシックスの有名人だった。

「そうですね。テルの功績です。オーシックスにたくさんの変革をもたらしたれんげさんを救助するきっかけとなったのもテルです。れんげさんがいなければ、移住計画の再検討すら困難だったでしょう」

「そんなことは大人が考えることだ。君たちは大人に従っていればいい」

「では大人の方でゴウタくんとタケルさんを何とかしてください。クラスの中でも、シンクをやめた女子は特に、彼らの言葉に不安を覚えています。ユニオンの集会に通い始めた子もいます」

オーシックス住民のための互助ユニオン。

通称、ユニオン。名前だけ聞いても何のための組織かわからないそれは、ひとことでいってしまえば反ベガー団体であった。

彼らはシンクできる者とできない者の間には差別がある、という。そういった差別をなくすことがよりよいオーシックスの未来には必要なのだと、そう主張する。実際のメンバーは数人だが、不定期に行なわれる集会に足を運ぶ者は年々多くなっていると聞く。

ゴウタたちはそういった活動にも熱心に参加していると、以前、小耳に挟んだことがあった。

「……ユニオンだろうと何だろうと、集会に参加するのは個人の自由だ。そんなことまで報告せんでいい」

校長は苦虫を噛み潰したような顔で吐き捨てた。

「ただし、教室で勧誘をするようなら話は別だが……」

「ゴウタくんは教室でユニオンの勧誘をしたりはしません。あくまでほのめかすだけですので、注意もしづらいんです。でも男子との衝突が絶えないのも事実です。特にケンくんとは……」

「ケンが何かやったのか」

シンゴは思わず口を挟んだ。どうにもシンゴとケンはそういう星のもとに生まれたらしく、第二学校でもこの第三学校でも、一度として同じクラスになれなかった。

しかも最近のシンゴは、自分の仕事で忙しく、なかなか彼と会えない。

ケンは放課後になるとすぐ07《オーセブン》のカイナケイナに会いにいくという。相変わらず、ベガーが大好きなのだ。ベガーと一緒にいるだけで幸せだと、以前から公言していた。そんな穏和な彼がゴウタとぶつかるとは……。

　はたしてスイレンは、大きくため息をついた。

「カイナケイナをバカにされたら、ケンくんが黙っているはずないじゃない」

　なるほど、その光景が目に見えるようだった。

　それにしても、ゴウタ、大きな身体だけが自慢の彼は、いったい何を考えているのだろう。

「大丈夫。大事になる前に、男子が取り押さえたから。うちのクラスの男子は、大多数がケンくんの味方よ。……とにかく、報告は以上です。校長、改めてカウンセラーの派遣をお願いします」

　校長は渋い顔をして頷いた。


　すきっ腹をかかえて会議室から出ると、雨粒が窓ガラスを叩く音が聞こえてきた。廊下の窓から外を覗くと、ちょうど雨が降り出すところだった。

　そういえば今日は昼に雨が降るんだった。確か、かなりの大雨になるはずだ。鞄《かばん》から傘を取り出しふと前を見ると、スイレンが廊下で立ち止まり、苦い顔をしていた。

「傘、忘れたのか」

「間が抜けているわね、わたし」

「食堂だよね。一緒にいこう」

スイレンは哀しそうな寂しそうな、ちょっとシンゴには理解できない表情を浮かべた。それも一瞬。すぐに表情を消し、「ありがとう」とそっけなく礼をいった。

二人は、第三学校から食堂へ続く道を、一本の傘に入って歩いた。そういえば彼女と二人きりになるのは初めてかもしれない。シンゴは自分がスイレンに嫌われていると思っていた。今の提案も、断られることを前提の「いい子」の発言にすぎなかったのである。

「髪、だいぶ伸びたね。前と同じくらいになった」

スイレンはテルの一件があった直後、髪を切った。

理由は知らない。彼女の心境の変化を聞けるほどの勇気を、周囲の誰も持っていなかった。あれ以来、彼女はあまり笑わなくなった。友人と遊んでいるところも、デートしているところもほとんど見かけなくなった。何をしていてもつまらなそうにしていた。それでも学業や級長としての仕事に手を抜いている様子はなかったから、大人たちは現在に至るまでうるさいことをいっていない。

「そうね」

スイレンはふと何かを思いだしたように、昔のように伸びた髪を後ろ手で触った。

「もうすぐ三年になるもの」

「やっぱりあのことが原因なのか」

これを聞く資格があるとしたら、自分だけだろう。シンゴはそう思ったから、あえて一歩、踏み込んだことを訊いた。

はたしてスイレンは、口もとを吊り上げただけで沈黙を守った。

「気を悪くしたならごめん」

「謝らないでよ。悪いのはわたしでしょう」

「不快になるようなことをいったのは、俺の方だよ」

「そっちのことじゃない。これ以上いわせるわけ？」

自虐なのだ。スイレンの態度を観察していて、ようやく気づいた。彼女は罰を受けたがっている。自傷行為のようなものだ。

彼女が時折、シンゴにつっかかってくる原因もそこにあるのかもしれない。シンゴに怒られ、叱《しか》られ、嫌われ、ひょっとしたら暴力を振るわれることで満たされたい想いがあるのかもしれない。

スイレンの気持ちも少しだけわかる。シンゴもまた、三年前のあの日からしばらく、あの日テルを助けられなかった自分をずっと責めていたのだから。

「俺は君を恨んでなんかいない。きっとテルだってそうだ」

「そんなこと、わかっている。……恨んでくれたら楽だったのに」

横を向くと、スイレンはきゅっと唇を噛んで、うつむいていた。今にも泣き出しそうな顔をしている。シンゴはこれ以上は酷だと判断して話を切り上げた。

辛気《しんき》臭い顔をしていてテルが喜ぶはずがないのに。

もっとも、シンゴだって人のことはいえない。きっと自分は、余裕のない表情をしているだろう。もっと笑え、とテルならいうに違いない。笑った方がきっと楽しい、と。

　脳裏をテルの笑顔がよぎって、シンゴはくすりと笑った。

　スイレンが顔をあげ、シンゴを睨《にら》んだ。

「いや、君のことじゃない。ただの思い出し笑いなんだ」

「思い出し笑い？」

「こんな俺たちを見たら、テルが笑うだろうな、って」

「そうね。空気読めない子だったから」

　スイレンは口の端を吊り上げて微笑んだ。シンゴから見るとずいぶん大人びた、達観した表情をしていた。

「頭ではわかっているんだけどね。きっと、わたしを一番強く責めているのがわたしなの。カウンセラーとも話した。でも、わたしが一番楽になれるのは、自分で自分を責めているときなんだ」

　シンゴは無言でいた。彼女はきっと、シンゴの言葉など求めていない。許しも、反論も、何ひとつ求めていない。ただ語りたいのだ。

　こんなことを語れる相手は、きっと自分だけなのだろう。

　自分に思いの丈をぶちまける。その程度のことで心が楽になるのなら、それもいいだろう。

　スイレンはこの三年間、考えたことをぽつり、ぽつりと語った。自分が余計なことをしたせいでテルが死んだとしか思えないということ。シンゴの人生まで狂わせてしまったこと。

ひょっとしたら、この船に乗る全員の運命すら台無しにしてしまったかもしれないと恐れていること。

「今ならわかるの。テルは本当の天才だった。ただシンクが上手《うま》いだけじゃない。あの子が動くと、みんなの目がそっちに動くの。昔の映画で見たわ、ああいうのは、スターっていうのよ。生まれながらに人の目を惹《ひ》きつけて、大きな流れをつくれる人。テルはきっと、そういう存在だった。船の全員を導くような、そんなスターになれる子だった」

大げさすぎる。テルのことを神格化しすぎている。あいつは、ただ無邪気で、人のいうことをてんで聞いていなくて、でも一本筋が通っていて、あとついでにがむしゃらすぎただけなのだ。

ああ、それともうひとつ。彼女は、誰にも負けないほど、己のパートナーであるベガーが好きだった。

「あの子を失ったことを、いつか、オーシックスの全員が後悔する日が来るんじゃないかって思うの。その日のことを想像しただけで、怖くて怖くて仕方がないの。たとえば……人間とベガーが戦争を始めるような、そんな日が……」

「そんな日は、来ないよ」

シンゴは強い口調でスイレンの言葉を否定した。

黙っているつもりだったが、その一点だけは譲れなかった。うつむきながら隣を歩いていた少女は、びっくりして顔をあげた。

シンゴは立ち止まって、スイレンの顔を正面から覗きこんだ。目許に大粒の涙が溜まっていた。

こんちくしょう、ふざけるな。怒りが湧いた。

きっとスイレンにとっては、とても理不尽な怒りだ。だがシンゴにとっては、怒るだけの正当な理由が存在した。

「そんな日は、絶対に来させない。そんなことになったらテルが悲しむ。だから絶対にそんなことはさせない」

あの日からどれだけ、シンゴが働いてきたと思っているのだ。

船長とのコネクションを維持しながら、その名を使って生産部門の各部署をまわり、ベガーとシンクする子供たちがいかに有用で役に立つか説明してまわった。船のメンテナンスのスケジュールに介入し、多くの子供たちを一人前の技術者として教育してもらう手はずを整えた。三年前から本格的に調べ始めた船員養成プログラムについては、れんげと古参船員にお願いして、来年から、第三学校を卒業した生徒対象のゼミを立ち上げてもらう手はずになっていた。シンゴはその第一期生になるつもりだ。

じきに多くの正式な船員が生まれるだろう。そのほとんどは、ベガーとシンクできる今の子供たちだ。年を取って頭の固い人間が何をいっても、何をしても、一度動き出したこの流れは、きっと止まらない。止められない。

これこそが双方にとってよい道だと、シンゴはそう信じていた。

どれほどの努力を重ねて、人間とベガーの双方にとってよい道を捜し求めてきたというのだ。ただそれだけのために、分刻みのスケジュールで動いてきた。誰もが笑顔でいられるような……いや、テルが生きていたらきっと笑えるような、そんな世界のために、シンゴは戦ってきたのである。

なのに、この女は。後ろ向きで、過去ばかり見ていて、自分の不幸に浸っているだけのこのバカは……。

「わたしはそんなに強くなれない」

スイレンは首を振った。

「わたしに何を期待しているの。やめてよ。わたしはあなたやケンくんのような立派な人間じゃない」

「俺は立派な人間なんかじゃ……」

シンゴは続く言葉を呑み込んだ。

スイレンは目もとに大粒の涙を浮かべていた。

「ごめん。わたしはテルが望んだほど強くなれなかった」

それは、彼女なりの決別の言葉なのだろう。

打ちひしがれ、這い上がった経験が人を強くするのだと、船長はいつか、そんなことをいっていた。だからシンゴたちは、いっぱい辛い思いをするべきなのだと。

テルが死んでまだ半年も経っていない頃だ。その頃のシンゴはまだ少ししおれていて、船長が依頼した仕事にも、首を横に振ったほどだった。

船長はやさしく笑って、シンゴをぎゅっと抱きしめてくれた。あなたは重い荷を背負ってしまった。ちょっとだけ疲れて、へたりこんでしまった。今はそれでいい。だけどいつか、あなたはまた立ち上がる。そのときは、この荷物を背負えるくらいになっている。以前よりずっと強いあなたになっている。だから今は、休んでいいのだ。少し疲れたとき、こうしてゆっくりと休むのはいいことなのだ。そういっていた。

だけど、とシンゴは今、気づいた。

それは、二度と立ち上がれないほど重い荷物を背負ってしまった人間にとっては、あまりにも残酷すぎる言葉なのではないだろうかと。

そんな相手に出会ったとき、どんな言葉をかければいいのだろう。シンゴには、わからなかった。船長も、こんなときの対応までは教えてくれなかった。

「さようなら。わたし、先にいくわね」

スイレンは背を向けて傘を飛び出した。

雨に濡れるのも構わず、食堂とは反対側に走っていった。

いやむしろ、ずぶ濡れになることを望んでいるようにすら見えた。

シンゴが食堂につくと、既に一番混雑する時間は終わった後だった。遅れて昼食を取っている大人が数名いるだけだ。

スイレンを追いかけるべきだったただろうか。

たとえ追いついたとしても、シンゴには、かけるべき言葉が見つからなかった。今、彼が何をいったとしても、スイレンを追い詰めることにしかならない。

「シンゴさん、これからですか」

声をかけられ振り向くと、シンゴに続いて食堂に入ってきた第二学校の女生徒が立っていた。どこかテルを思わせる、好奇心に満ちた目を輝かせた、ショートカットの小柄な少女だった。

「キリナか。級長の仕事か、そっちも」

キリナは十二歳、六年生のA組級長である。あの頃のシンゴと同じ年だ。まだ傍《そば》にはいつもテルがいた頃の。

「はい。面倒ですね、級長って。もうお腹、ぺこぺこです」

少女は、快活な笑顔を見せた。彼女は、いつもシンゴに笑いかけてくる。なつかれているようだった。悪い気はしないが、もっと同年代の子供と遊べばいいのにといつも思う。

キリナは自然にシンゴと同じメニューを選び、シンゴの横の席にちょこんと座った。大盛りだ。同級生と比べても小柄な外見に似合わず、彼女はよく食べる。オーシックスで見かけるときはいつも走っているから、カロリーの消費が激しいのかもしれない。ベガーとシンクする時間も同年代の他の子と比べてずいぶん長いから、そこでも体力を消耗しているのかもしれない。

　幸いにして当時のシンゴよりポイントを荒稼ぎしているから、食べるものにはまったく困っていない様子だった。

　この小柄な十二歳の少女は、シンゴと同様、一人暮らしをしている。二年前から、結婚していない十五歳未満の子供が部屋を借りるハードルが上がった。仕事の方でめざましい成果をあげた者のみに与えられる特権となった。にもかかわらず、彼女は与えられた課題を難なくクリアしてしまった。

「君はどうして級長を？」

　そんな彼女にとって、もはや級長としてもらえるポイントなど微々たるものにすぎないはずだ。シンゴはそこまでして彼女が働く理由を知りたかった。

　はたしてキリナは、フォークを動かす手を止めた。ちょっと渋面《じゅうめん》をつくる。それも一瞬、すぐにもとの笑顔に戻った。

「わたし、ほら、家族の印象が悪いですから」

「そうかな」

「シンゴさん、そういうのは、やさしさじゃないです。知らないフリなんていらないですよ」

「ああ、ええと……」

「今日、校長はそっちにいったんですよね。うちの兄の話も出たんじゃないですか」

なるほど、やはり知っているのか。

シンゴは探りを入れたことを素直に詫びた。

キリナは首を振って、気にしてないと答える。しかし彼女のフォークを握る手は小刻みに震えていた。

「タケル兄さんもゴウタ兄さんも、怖いんだと思います。昔からそうでした。怖いことを隠そうとして、気をまぎらわそうとして、暴れるんです」

「何が怖いんだ」

「ベガーです。いいえ、ベガーと親しいわたしたち全員が、でしょうか」

シンゴはこの話題を振ったことを後悔した。罪悪感が募る。

キリナは三年前、シンゴやテルがI14ブロックの離れエリアで見つけた遭難者たちの一人だった。当時九歳だった彼女は、ひどい衰弱状態で自警団に助けられたという。

そしてまっ先に回復し、まっ先に退院し、まっ先にベガーとのシンクを学んだ。

メンテナンスや捜索の仕事を積極的にこなし、もりもりとポイントを溜め始めた。

ほどなくしてエースになった。物心つく頃からシンクを学んでいたはずの同年代の子供たちをあっさり抜き去り、第二学校では図抜けたシンクの成績を誇っている。

とにかく呑み込みが早い。パートナーのベガーとぴったり息の合った動きと、メンテナンスの際の器用な手先、それから素直な態度とものの覚えのよさは、技術者から「この仕事はまた、キリナで頼む」と固定客がつくほどだった。

特にシンク中のベガーとの意思疎通に関しては、当時のテルとウィルトトを知るシンゴが、あのコンビと甲乙つけがたいと思うほどだった。

　キリナが家を出たのは、ここ一年のことだ。

　彼女の母親は二年前、神経も肉体も病んだ末に病院で息を引き取っていた。上二人の兄は反ベガーの急先鋒である。そんな家には居づらかったのだろう。一時はふさぎこんでいたが、一人暮らしの先輩でもあるシンゴのアドバイスもあり、今は生き生きとして毎日、ベガーズ・ケイブに通っている。

「一人暮らしはいいですね。ベガーズ・ケイブに寝泊りしても誰も文句をいってこないって最高です」

　シンゴが黙ってしまったことに気づいてか、キリナは話題を変えた。頬をゆるませ、自らのパートナーであるベガーのことを嬉々として語り始める。

　心の底からベガーが好きなのだ。そんなところもテルに似ている。

「風邪を引くなよ」

「ベガーズ・ケイブに寝袋を置いてあるので、へいきです。最近、友達にはベガーの臭いがするっていわれます」

　それがとても嬉しいことだといって、彼女は笑っていた。ちょっと腐臭に近いベガーの臭いは、特に大人の間では嫌がられがちだ。女生徒でも、シンクしなくなった者はその臭いに敏感になるという。昔と違って初潮を迎えてもシンクをやめない女子は増えたものの、十二歳ともなれば半数近くはパートナー契約を解除しているはずだった。そんな中でキリナは、やはり例外中の例外なのだろう。

「シンゴさん、この前の話、考えてくれましたか」

「そこまで背伸びすることはないと思うけどな」

「背伸びじゃないです。わたしがやりたいんです」

来年から、本格的な船員養成プログラムが始まる。最低でも十五歳、第三学校を卒業した生徒に向けたゼミだ。十二歳の彼女は、そのゼミに自分も参加させてくれと頼み込んできたのである。

「わたし、必要な学力はあります。特に数学は自信があります」

事実だった。もともと利発なのに加え勉強熱心なのもあって、彼女は特に幾何学に長《た》けていた。コンピュータの扱いも上手い。シンゴの携帯端末も、彼女に改造してもらった部分が多かった。話によると、ケンじきじきの手ほどきを受けたのだという。

「ケンさんも太鼓判を押してくれました。わたしなら船員教育を受ける実力がある、って」

「あいつめ、余計なことを。……三年後でも遅くはないと思うけどな」

「遅いです」

キリナは即座に断じた。

「ぜんぜん遅いです。それじゃ間に合いません」

「間に合わない、って……何が」

「船がタカマガハラⅡにつくのが、三年後です。船員が必要なのは、そのときです」

彼女のいう通りだった。

あとたった三年で、船は目的の星についてしまう。そうなれば、こうした今の船の中の仕組みも、変わっていかざるを得ないだろう。

限られた資源、限られた土地、そしてすべてがつくられたものである世界。

そうであるがゆえに成り立っているこのオーシックスという小宇宙は、あとたった三年でその前提が崩壊するのだ。

「到着してすぐにタカマガハラⅡに降りるわけじゃないよ。まずは調査だし、準備に数年はかかる」

「確かに十年後も、船員は必要かもしれません。でも、一番必要なのは、三年後です。わたし間違ってますか」

シンゴは苦笑いした。彼女の言葉は正しい。だからこそ、強行軍でつくられたゼミが、慌しく来年からスタートするのだ。

とはいえ、そのゼミの参加資格はあくまで第三学校の卒業生だった。シンゴがそう決めた。彼女だけを特例に扱うのは、自分で決めたルールを自分で破ってしまうことになる。

それは贔屓《ひいき》ではないか。固いといわれようが、シンゴはそう考えていた。

「ケンさんがいってました。これから生まれる新世代の船員になるために必要なのは、数学と体力、それからベガーとシンクする技術だって。体力はがんばります。将来を期待してください。でも他には自信があります。他の人に負けません」

ケンのやつ、何を吹き込んだ？　何を考えている？

シンゴはキリナの積極性の背後にいる親友の思惑について考え込んだ。

ただ面白半分、というわけではないだろう。ケンは確かに愉快な人物だが、悪趣味ではない。十二歳の少女に何を吹き込むとしても、こんな彼女の人生を変えかねないことをけしかけているのだ。それなりの思惑があるはずだった。

とはいえ……いくら考えても、思いつかない。やはり一度、ケンとじかに会って話を聞いてみるべきだろうか。

「わかった、ひとまずれんげさんと話してみるよ。でも、いい返事は期待しないでくれ」

「お願いします。わたし、本当に船員になりたいんです」

シンゴはキリナの顔をじっと見つめた。彼女の言葉に嘘はない、とシンゴは思う。船員になりたいというのは本当だろう。本当に真剣に、ただ一途《いちず》に、何かを求めている。

「ところでさ、キリナ、君は……気になる人とかいないのかな、同年代に」

「興味ないです」

キリナは首を振った。

「同年代じゃなければ、別ですけど」

以前、シンゴはキリナに求婚されたことがある。

「君はまだ、子供を産む準備が整っていないよ」

とやんわり断ると、

「子供は、欲しくありません」

キリナはそういって首を振った。

ではなぜ、結婚しようなどというのか。そう問いただしたところ、ちょっと苦い顔で笑って、「シンゴさんと結婚すれば、ベガーとシンクすることに文句いわれませんから」と返してきた。

そんなところまでテルと同じだ、と苦笑いしたものだ。

「俺はまだしばらく結婚のことを考える気はないよ」

「残念です」

キリナは肩を落とした。もう何度かやったやりとりだった。お互い、慣れたものである。

が、今日のキリナは何に気づいたか、もう一度顔をあげた。

「でもシンゴさん、恋人、いませんよね」

「……それは、まあ、忙しいから」

忙しいのは事実だった。今日はこれから船長の家にいくため時間を空けてあるけれど、普段だったらこうして会話している時間も惜しいくらいなのだ。

「それって理由になってませんよね」

じろりと睨まれ、シンゴはそっと視線を外した。

「ほら、そうやって逃げる」

「いいだろ、人のことなんて」

「シンゴさんから振ってきた話題です」

やぶへびだ。シンゴは舌打ちをこらえた。情けないことに、三年経った今でも、こういう話題は苦手だった。

「……テルさんに義理立てしているんですか」

テルとシンゴの関係は有名だったし、いまさら、隠す理由もなかった。

とはいえ、テルのことが頭の片隅をかすめないかといわれると、嘘になる。どうしても目の前にいる女性とテルのことを比べてしまう。そんなこんなで、三年が過ぎてしまった。

クラスメイト四十人のうち、結婚しているのが六人。結婚を前提につきあっているカップルや子供を産んだ者も含めれば、半数近くが数え上げられる。そんな状況にもかかわらず、シンゴは特定の相手とひと月以上、長続きしたためしがなかった。

「シンゴさんが奥手なのは知ってますから、気が向いたらいつでもいってくださいね。あんまりわたしからアプローチすると、うるさがられるっていわれたので」

「いわれたって、誰にだ？　ケンじゃないよな」

「ダイスケさんです」

ブルータス、お前もか。シンゴは親友の相次ぐ裏切りに顔をしかめた。

「そんな顔、しないでください。ケンさんもダイスケさんも、シンゴさんのことを心配しているんですよ」

「そりゃわかっているけどさ。だいたいダイスケのやつは、あいつだって特定のパートナーを持っていないだろ」

「つきあってる人を頻繁に変えているのと、まったく手を出さないのは別だそうです」

なるほど、気分屋のダイスケらしい理屈だった。女性からすれば、妊娠して子供を産んでしまえば、それだけで多くのポイントをもらえる。育児はたいへんだが支援制度は豊富で、赤ん坊をオーシックス全体で育てるという空気があるから子育てはできる。

悪くいってしまえば、男は種馬、とみなしている女性も多くいるのだ。ダイスケの行動も、さして問題があるとはいえない。

ケンの方は、去年、ひとつ下の相手と婚約している。ただ、ベガーズ・ケイブに入り浸っているケンの場合、いつ相手がキレて破局になるかわかったものではなかった。何せシンゴは、ここ数ヶ月、学校と食堂とベガーズ・ケイブ以外でケンを見かけたことが一度もないのである。

「そういやケンのやつは最近、どうなんだ」

「どう、って……何ですか？」

シンゴはさきほど報告会でスイレンがいっていたことを思いだした。

ケンは目の前の少女の兄であるゴウタと口論になったという。ベガーへの入れ込みようは、シンゴより彼の方がよほど上かもしれなかった。

「この前、いってただろ。ケンのやつ、友達が増えたって」

「友達というか……あれは、部下、ですかね」

「部下……ねえ。あのケンがねえ」

「シンゴさん、あまりケンさんと会ってないんですよね。特にここのところは」

何か含みがあるものいいだった。

シンゴはこの少女の観察眼を信頼していた。頭脳の明晰さでは同年代でも抜きん出ている。彼女に何か思うところがあるというのなら、それは拝聴するべきだろう。続きを促すと、意外なことを言い出した。

「古典の授業でやった、宗教みたいです」

キリナはそんなことを言い出したのである。

「シンゴさんの前でこんなことをいうのは嫌なんですけど……テルさんは自分の意思でベガーに身を捧げて、わたしたちの罪を払ったんですって。だからわたしたちは、ベガーとシンクすることでより正しい人間になることができるって……」

何だそれは。シンゴはぽかんと口を開けた。意味がわからない。

「その反応、わかります。わたしも、最初に聞いたとき、意味わからなかったです。でも……ケンさんのとりまきの人たちは、真剣なんです。もう二十人くらいが……信奉者っていえばいいのかな、そういう人がいます。今のところ、みんなで集まって勉強会みたいなことをしているくらいなんですけど……」

キリナがためらった。シンゴは率直にいってくれ、と頼み込んだ。

「ちょっとだけ、気味が悪いです」

まったく同感だった。


船長の家に赴くと、彼女は裏庭の菜園にいた。

「最近はね。よくここで土いじりをしているの」

そういって、しわくちゃの顔を更にしわくちゃにして笑った。

三年前と変わりなく、元気だった。いや、シンゴが会いに来る度、若返っているような気配すらあった。

「待っていてね。これからお湯を沸かすから、ティータイムにしましょう」

「お構いなく。ついさっき、昼食を取ったばかりですから」

「あらあら、ずいぶん遅いお昼なのねえ」

ご飯はちゃんと食べなきゃダメよ。昔から、男たちときたら夢中になるとすぐご飯を抜いちゃうんだから。カロリーが足りないと考えもまとまらないし、いいことなんてひとつもないのにねえ。そんな呑気なことをいいながら、老女はキッチンに籠《こも》って両手の泥を洗い落とし、そのついでにティータイムの準備を整えた。

相変わらずのマイペースだった。ここに来ると、場違いな気がして、眩暈《めまい》を覚える。船長のことは好きだったし、彼女の独特の言葉には考えさせられるものが多かったが、シンゴはこの老人に多少の苦手意識を持っていた。

あれよあれよという間にお茶菓子の用意が整えられ、紅茶が淹《い》れられ、シンゴは居間のソファーに船長と対面で座らせられた。

「れんげに頼んで、ここの土でも栽培できるようなお茶の葉をつくってもらったの。第一号なんだけど、お口に合うかしら」

彼女がそういって淹れてくれた紅茶は、以前に飲んだものよりずっと薫り高く、一口飲んだだけで深い渋みが口の中に広がった。

「おいしいです。すごく」

「あら、よかった。ちょっと疲れていたみたいだから、目が醒めるように濃いめにしてみたのよ」

「俺、疲れて見えますか」

「働き盛りの営業マンが過労死寸前まで仕事を抱えているみたいだわ」

営業マンとは何だろう。営業とはものを売るということだから、お店の店員さんのことだろうか。

「そうねえ。この船の中だと、営業なんて職はいらないものねえ。ま、それはいいわ。実はね、今日はお願いがあって来てもらったの」

船長はこの家を出ない。

いや、出られないのだと、以前に聞いた。自分が外に出ていくと、副船長以外の人間に迂《う》闊《かつ》に言質《げんち》を取られかねないと。だから、よほどのことがない限り、特定の数人を除いて屋敷に立ち入らせないのだ。

「わがままなおばあちゃんでしょう」

現在、シンゴが知る限りでは、この屋敷に足を運ぶのは自分とれんげの二人だけだ。話によると、他に大工や農場を経営している人が訪れるらしいけれど、おそらくそれくらいで全員なのだろう。寂しい生活だと思う。とはいえ……。

「その前にひとつ、いいですか」

「どうしたの？　相談があるなら、遠慮しないでいつでもいいなさいな」

「相談とか、そうじゃないんですけど。……あの、失礼ですけど、ひとつだけ確認したいことがあって」

「何かしら。わたしに答えられることなら、何でもどうぞ」

シンゴはなおも迷った。

彼の中では、おおむね結論が出ていることだった。とはいえ、それをぶしつけに彼女に語っていいものかどうか。それはあまりにも失礼ではないか。

船長の顔色をうかがった。刻み込まれた深い皺《しわ》を更にしわくちゃにして、老女はにこにこと微笑んでいる。

まあ、いい。腹をくくったシンゴは、単刀直入に本題を切り出すことにした。

「船長はアンドロイドですよね」

「はい、そうよ」

老女は、シンゴが拍子抜けするほどあっさりと頷いた。

目を覗きこむ。黒い双眸《そうぼう》は、みずみずしく輝いていた。何だか、わくわくしているようにすら見えた。

この相手の反応は、どういうことなのだろう。どう取ればいいのだろう。シンゴはまだ確信が持てないまま、次のステップに進むことにした。

「確認します。船長はれんげさんと同じ目的で地球でつくられたアンドロイドですね」

「少し違うわ」

「どう違うのでしょう」

船長はシンゴの質問に答えなかった。

なるほど、やはりそういうことか。シンゴは頷いた。ようやく、相手の態度の意味を理解できたと思った。

「確認します。船長は自分に関するいくつかの事項を、自分からは語れないのですね」

「ええ、そうよ」

「れんげさんを観察していて、思ったんです。彼女、時々、困ったように笑う仕草をするんです。そのうち、いいたくてもいえないことがあるんだなって気づきました。思い返してみると、船長もときどき、そんな仕草をしていました。それってつまり、二人とも、同じような状況に陥って同じような反応を返すってことで……後は、船長に関する噂でした。古い人に聞くと、あなたは昔から老人だったそうですね。今はみんなの前に姿を現さないから気づかれていないだけで、本当は船長がアンドロイドだってこと、昔は別に秘密でも何でもなかったんじゃないでしょうか」

「わたしから話しちゃいけないことだったの。ごめんなさいね、騙していたような格好になって」

「構いません。アンドロイドが人間より人間らしい……っていうのもヘンだな。とにかくれんげさんも船長も、とびきり優秀なAIの持ち主で、俺たちやベガーと同じように豊かな心を持っているというのは知ってますから。その船長がいえないことなら、仕方がないことなんでしょう」

「そうね。あなたのいう通りよ」

シンゴはふと首をかしげた。何か違和感を覚える。

何だろう、とつかの間、考えた。

わからなかった。今の会話のどこにも不自然なところはない。まあ、いい。違和感は心の隅に留め置き、話を先に進める。

「確認します。船長の役割は、俺たちに命令して地球からタカマガハラⅡに移住することですね」

「違うわ」

「確認します。船長の役割は、俺たちこの船の乗員が、地球からタカマガハラⅡに移住する間、その象徴として見守ることですね。ただの人間には、百年という時間は長すぎる。だからこの移民計画を立案した人たちは、百年間ずっと乗員の心をひとつにまとめるための存在を必要とした。それがあなただ」

「そうよ。わたしはシンボルなの。こんなこと、よくわかったわね」

「大きな計画、偉大な事業には象徴がつきものだって、歴史の授業で習いました。大切なのはみんなの心がひとつになることだって。それはものごとにかかる時間が長ければ長いほど、必要なことだって。だからあなたは、本来、人間のトップである副船長を支える立場だった。それが戦後、何があったかわからないけど、あなたの地位が妙に大きくなってしまって、それを厄介に思ったあなたはこうしてこの屋敷に隠れることに……」

いや、違うか。シンゴは首を振った。

「訂正します。あなたの地位が大きくなったんじゃない。たぶん、ですけど……副船長の権威が弱くなってしまったんだ。だから相対的に、あなたの存在が大きく見えてしまった」

「正解よ。あなたはいい生徒だわ。……わたしが副船長の邪魔をするわけにはいかないの。彼はよくやっているわ。だからね、できるだけ邪魔にならないようにしていたいの。あなたに頼みごとをするのも、副船長へのサポートのひとつなのよ」

「というより、船の正常な運航に必要不可欠なことを、俺を使って指示していますよね。本来、副船長というのは船員の間での投票によって決められる存在だった。これは船員養成プログラムについて調べている時に気づいたんですけど、例外事項があります。船員の人数が定数の半分以下になった場合、養成プログラムを達成しなかった者も船員としてよい、とあります。船員の定数は、実は三千人です。戦前も常時定数以下でした。これは普段なら問題なかったんですけど、十八年前、問題になるような事態が起こってしまった。結果……今の状態です」

シンゴは伺うように船長を見つめた。アンドロイドの老女は、先を促すよう微笑んだ。

「確認します。今、副船長を投票で決めている人たちは、つまり十八歳以上の成人は、船の管理上ではみんな船員として扱われているんですね」

「その通りよ、シンゴ。だから制度上、わたしは自分からは船員養成プログラムの再起動を要請できなかったの。あなたが自分からそれをいいだしてくれて、嬉しく思ったわ」

「何で副船長は、俺がいいだす前に正式な船員を訓練しなかったんですか」

船長は無言だった。しまった、これも話せないことか。

シンゴは首をひねった。考えろ。ヒントは全て手にしているはずだ。副船長は賢明な人だ。彼は正しいことをしている。隠していたということは、その正しいことを自分を選んだ人たち、つまり大人たちに知られたくなかったからだ。

つまり……。

「そんなことをしたら、そうして新しく生まれた船員は、エリートになってしまうからですね。ベガーに関することにも決定権が生じてしまう。もし十八年前の戦いの記憶に凝り固まった人がそうしてエリートになってしまったら……そうだ、あなたも副船長も、ベガーを守りたかったんだ。いや、ベガーの存在が必要不可欠であるこのオーシックスのバランスそのものを守りたかった」

「正解だわ、シンゴ。この社会の仕組みによく気づいたわね」

「これまでは船員養成プログラムを認めなかったのに、この前、俺が提案したときには認めてくれました。違いは何だろう。そう考えたら、あなたたちが守りたかったことがわかった気がしたんです」

「タイミングもよかったのよ。これから熟練の技術者がたくさん必要になるから。船を減速する準備をしなくてはならないわ。ある程度は自動で行なわれるけれど、万が一にも間違えるわけにはいかないの。とても神経を使う仕事になる。だからあなたを呼んだのよ」

「俺が呼ばれた理由、ですか」

そうだった。シンゴは今日、船長に呼ばれてこの屋敷に赴いたのだった。

ここ数ヶ月の間にずっと考えていた、船長に対する疑問、違和感、そういったものを先に吐き出してしまったせいで、肝心の用件を聞くことをすっかり忘れていた。

「お願いします」

「簡単に説明するわね。航宙士を起こして欲しいの。彼女もアンドロイドで、絶対に失敗できない減速という任務のために眠っているの。そろそろ起床時間なんだけど……ほら、船がこんな状態でしょう。だから、あなたが彼女のベッドにいって、起きぬけのねぼすけさんの頭を叩いて、状況を説明してあげて」

ねぼすけさんで、頭を叩く、といわれ、シンゴは思わずれんげを連想した。彼女は何というか、専門分野以外だとひどく間が抜けた人物だ。その航宙士のアンドロイドというのも、やはり間抜けな人格なのだろうか。

いや、そうとも限らない。何せ目の前の船長もアンドロイドなのだ。彼女はれんげと違って、抜け目なく油断もならない人物である。やはり予断は禁物だろう。

「わかりました。彼女の名前を教えていただけますか」

「さくら、よ」

その名前は三年前にもれんげの口から聞いたことがある。

「ところで、わたしの本当の名前はね、すみれ、っていうの。この名前で呼ぶ必要はないけど、覚えておいてね」

さくら、すみれ、それかられんげ。

それが草花の名前だということは知っていた。

だけど、どんな花なのか、荒廃した船で生まれ育ったシンゴにはまったく想像もつかなかった。

・十月二日

いくらシンゴが忙しいとはいっても、最低でも一日おきにベガーズ・ケイブへ赴き、三日に一度はシンクしている。

そもそもれんげのラボがあるI14ブロックまでの通路には、未だ空気が通っていない。ラボに用事があればシンクするしかないのである。

やろうと思えば数ブロックに渡って空気を通すことは可能だった。それをしない理由はいくつかあるが、その最たるものはメンテナンスの手間である。空気を充満させてその状態を維持するには、間断ないチェックと補強が必要だ。今のオーシックスに複数ブロックにまたがった空気注入を受け入れるほどの余裕はない、とれんげは判断した。

シンゴも当時は納得していた。

最近はいっそ空気を入れてもいいんじゃないかと考えている。結局、れんげは上手くシンクができず、宇宙服を利用してオーシックスとI14ブロックをいき来していた。六着しかない貴重な通常型宇宙服の一着をれんげ専用として自警団から借り受けることができたのは、彼女の能力があまりに貴重で有用だからだ。しかしそのおかげで補修・点検作業を監督する技術者に充分な宇宙服がいき渡らなくなり、シンクして仕事をする子供たちが危険に晒《さら》されている。

自警団の方でも宇宙服の数が足りず、緊急時に充分な支援を行なうことができないと嘆いていた。

既に数件、あわや大惨事という事故が起きていた。かろうじて死者が出なかったのは、結果論にすぎない。

まだまだ未熟な第三学校の生徒に、本来船員がやるべき仕事を任せているのだ。現状がいびつなことは誰もが認識していた。

このままでは、いつかたいへんな事故が起こる。シンゴだけでなく技術者たちは皆、そう確信していた。致命的な事態に陥るまでに対策を立てておきたい。そのひとつとして一部のブロックに空気を入れるのもひとつの手だとシンゴは考えたのだ。

もっともその考えを技術者の一部に伝えたところ、やはりメンテナンスの手間を理由に首を横に振られてしまった。まもなく減速の準備で手一杯になるだろう、とも。

思わずため息が出てしまう。

やはりこの船は、今、ギリギリの状態なのだ。

何とか船を無事、目的の星に辿り着かせること。その間、内部の人間たちを生かすこと。

それだけで本当に精一杯なのであった。

この日、シンゴは朝の簡単な仲介を終えた後、ずっとジュンペイを探し続けていた。

ようやく彼を発見できたのは、お昼の少し前になってからである。林に囲まれた公園の片隅で、ジュンペイは第一学校の子供たちに囲まれていた。水の入ったバケツを使った、重力と遠心力の実験をやっていたようだ。

「大切なことはね。どうしてそうなるのか考えることなんだ。なぜ？　と常に思うこと。君たちは恵まれている。重力が軽いブロックと重いブロックをいき来することで、いろいろな物理法則をじかに体験できる。いろいろなことを試してみなさい。重力のないブロックでボールを投げたらどうなるのか。それは、このオーシックスでやった場合とどう違うのか。まだシンクできない子は、頭の中で想像してみよう。考えただけの子も、実際にやってみた子も、その様子を絵日記に書いてこよう。それが来週までの宿題だ」

さあ、解散だよ。後の時間はこのまわりで遊んでいなさい。

ジュンペイはそういって生徒たちを公園に放った。子供たちが歓声をあげて散っていく。

ジュンペイは彼らを笑顔で見送った後、道路の脇から観察していたシンゴに振り返った。気づいていたのか。シンゴは軽く頭を下げて彼に歩み寄った。

「お邪魔しちゃって、すみません。自警団にちょっと頼みたいことがあるんです」

「僕に直接ということは、宇宙服の貸し出しですか？」

ジュンペイは教師になった後、正式に自警団の一員となった。以前、れんげ専用に宇宙服を借り受けるときも、彼にかなり無理をしてもらったのである。

「船長からの頼まれごとなんです。これから一着、借りられませんか。今日中に返します」

「何をするのでしょう。船長からの依頼ですか？　秘密事項でしたら内緒ということでも構いませんが……」

「秘密というわけじゃないんですけど」

新しい人間がオーシックスに加われば、否応なく目立つ。隠しておく意味はないだろう。

「停止状態のアンドロイドを一人、起こしにいくんです。船が地球を出発したときから一度も起動していないので、船の現状も知らないはずですし、何の準備もできていないでしょう。彼女をオーシックスに連れ帰るには、宇宙服が必要なんです」

彼女の役割について簡潔に説明する。さくらという名のその人物は、航宙士であること。これから減速するこの船にとって絶対必要な人材であること。

「わかりました。そういうことでしたら、僕もついていきましょう。道中の危険も考えた方がいいでしょうし」

「ルート上にハンターの危険はないはずです。あ、でも来ていただければ安心できますし、助かりますけど……いいんですか」

シンゴは公園の中を駆け回るジュンペイの生徒たちを見た。

「今日は本来、休日ですからね。これは特別授業、補習のようなものです。自由参加なのに、なぜかこんなにたくさん集まってくれましたが……」

確かに、まるまるひとクラス分の生徒がいるようだった。慕われているな、とシンゴは微笑んだ。休日にこんな講義をするなんて、ユニークだ。

「子供たちを食堂に連れていって、それで今日の僕の仕事は終わりですから。午後はゆっくり教材の研究でもしようと思っていました」

「それも仕事じゃないですか」

「趣味なんですよ、これが」

とことんまで教師という仕事が肌に合っているようだった。

天職だよな、とシンゴは思う。こういう人が教師になってくれてよかった。

いやはやお恥ずかしい、とジュンペイは後ろ頭を掻《か》いた。

「そんな偉いものじゃないです」

「この船が教えてくれるんです。僕は子供たちを導くべきだって。僕は彼女のいう通りにして失敗したことがないんです」

シンゴは首をかしげた。ああ、詩的ないいまわしなのか、と納得する。

理系科目や社会、歴史といった教科は得意だったが、文学についてだけはどうにもなじめなかった。感覚的なものは苦手なのだ。

「ではジュンペイさん、お昼の後、合流しましょう。こちらから自警団の詰め所に伺いましょうか」

「いえ、宇宙服の準備はこちらでやっておきます。数の関係もありますので僕はパワーアーム型を着ていきます。オーセブンのエアロックで待っていてください」

船で現在使われている宇宙服は、れんげによれば旧式も旧式、ほとんど骨董品のようなシロモノなのだという。そんなものが使われている理由は簡単で、複雑な機構を持つものは、そのほとんどがこの十八年間で壊れてしまったからだった。

充分なメンテナンスができなかったのだ。

特に専用のマイクロマシンを使うものは、マシンの工場が閉鎖された関係で、もっとも早期にお蔵入りとなった。れんげが再開させた工場でも、コストの関係でそれらの再使用の目処《めど》は立っていない。

もっと高級なタイプもあるにはあるらしいが、それらの使用には特別な船員コードが必要だということだった。それはごく一部のエリートだけの専用コードで、現在はそれがどんなものなのか、どこにあるのかすらわからなくなっているのだという。

「ところでその人、航宙士なんですよね。もしかしたらエリアス型の宇宙服のコードも、その人なら知っているかもしれませんね」

エリアス型というのが、れんげがいっていたその高級宇宙服だろうか。シンゴが曖昧《あいまい》に頷くと、ジュンペイは「まあ、実際に会ったときに聞いてみましょう」と微笑んだ。

「修理用の部品も底を尽きかけているんですよ」

「宇宙服のですか」

「はい。現在使われているタイプは、地球から持ってきたものではなく、十八年前に船の中でつくられたものですからね。耐久性に欠けているのです」

十八年前の戦いで必要に迫られ、多くの宇宙服が急造されたという。今、自警団で使っているのはその残りなのだと。

ならば寿命が来るのも当然かもしれない。今の段階で宇宙服がまったくなくなってしまうのは困る。まだまだ技術力のある大人の力は必要だし、れんげのこともあるし、何よりベガーとシンクした人間だけでは、いざまたハンターが現れたとき対処が難しい。下手《へた》をしたら、テルに次ぐ犠牲者を出してしまう可能性だってあるのだった。

かといって、あまり宇宙服が増えるのもまた困る。それではベガーとシンクする必要性が下がってしまうではないか。

シンゴはちょっと考えた末、「とりあえず今日は彼女をこちらに連れてきて、それ以外のことは後ほど考えましょう」と問題を先送りすることにした。


先に食事を取ってしまおうと食堂へ向かうと、今日もまたキリナと遭遇した。彼女はシンゴを見つけるや否や駆け寄ってきて、息せき切って挨拶すると、わざわざ彼の手を引き、自分の座っていたテーブルに案内した。

テーブルに先に座っていたのはダイスケだった。わが親友は困惑しているシンゴを見てにやりと笑い、次いでキリナに「よく捕まえた！」と親指を立てた。

「な、いっただろ。ここで張っていれば、先に飯を食いに来るって」

「すごいです、ダイスケさん。本当にシンゴさんの専門家なんですね」

「予定が詰まっているから、混雑する前に飯を食おうって、おおかたそんなところだろう？」

「いやまあ、ダイスケのいう通りなんだけどね」

シンゴは肩をすくめた。問題は彼らに捕まったということではない。彼らの魂胆だ。シンゴを張っていたということは……。

「船長からの頼まれごと、あるんだろ。俺たちもひとつ嚙ませろ」

「そうです。面白そうなこと、ひとりじめはずるいです」

話を聞くと、キリナは今朝、あっちこっちをうろうろしているシンゴを見つけたのだという。何かあるなと思った彼女は、実に賢明なことに直接シンゴには声をかけず、ダイスケに相談した。

ダイスケは昨日、シンゴが船長の家にいったことを知っていた。二人の知識を総合した結果、シンゴが今日中に何かするという推測ができたのだという。

「ほれほれ、ネタはあがってんだ。観念してポイントは山分けしようぜ」

「ポイントなんて、どうせたいした額じゃないぞ」

「けど面白そうなことなんだろ」

「面白いかどうかは、まだわからない。それに……」

シンゴはちらりとキリナの方を見た。キリナは頰をふくらませた。

「わたし、子供じゃありません。秘密任務だったら、ちゃんと秘密を守ります！」

シンゴはため息をついた。こうなった以上、二人ともうるさくつきまとって来るだろう。

「本当に、たいした仕事じゃないんだ。重要は重要だけど、やることそのものは実に単純なんだよ」

そう前置きし、シンゴはジュンペイにしたのと同じ説明を繰り返した。

当然のようにダイスケもキリナも、「面白そう！」と参加の意を表明した。

断ることはできそうになかった。


パワーアーム型の宇宙服は、ちょっといかつい外見をしている。肩幅が広く、背面の各種装備もあって、ダルマに手足が生えたような格好になってしまっている。もはや宇宙服というよりちょっとした重機だった。

四百キロ以上の機材を一G下でも軽々と持ち上げるだけの腕力が売り物だ。しかしそのハイパワーに応じた電力消費のため、連続稼働時間が短いという致命的な弱点があった。フルパワーを出すと実に三十分、パワーをセーブしても五時間が限度なのである。長時間の作業時は有線で電力を供給してもらう、そんな使い勝手の悪いシロモノだ。

とはいえ、シンクなしでベガーと同等のパワーを得られる装備は、これの他に存在しない。二着しかないそのうちの一着を装着して、ジュンペイはオーセブンのエレベーターに現れた。ヘルメットはまだかぶらず、肩にはスマートタイプの宇宙服をかついでいる。

「待たせましたね。そちらは三人ですか」

　ジュンペイはシンゴの横に立つダイスケとキリナを見て微笑んだ。ダイスケは一時期、ジュンペイの塾に通っていたことがある。キリナは級長の仕事で、第一学校の教師であるジュンペイと顔なじみらしい。

「面白そうだからついてくる、っていってきかないんです。うるさいかもしれませんが、生意気なようだったら勝手に叱ってください」

「叱るなんてとんでもありません」

　ジュンペイはにやりとした。

「ちょうどいいです。ダイスケくんはこの前のテスト、微積で赤点でしたね。第三学校の先生に相談を受けましたよ。補講といきましょうか」

　ダイスケは慌てふためいた。

「ま、待ってください！　今は、ほら、俺たち仕事なんだし！」

「移動中は暇でしょう。要点を教えてあげます。さあ携帯端末を出してください。ちょうど来年から第三学校で使う教科書のデータを持っているんです。今の教科書よりわかりやすいと思いますよ。転送してあげましょう」

　ダイスケはげんなりした顔でシンゴの方を見た。

　シンゴは「がんばれ」と心からの声援を送った。何となく、こうなるのではないかと思っていたのだ。

「キリナさん、君はどこか、わからないところはありませんか」

「え、えーと、はい、ないです！　大丈夫です！　ばっちりです！」

「そうですか、それはよかったです」

よかった、といいつつジュンペイはとても残念そうだった。心の底から、人にものを教えるのが好きなのである。

「ジュンペイさんって、こういう人だったんですか」

キリナはシンゴの耳元で囁《ささや》いた。

「うん、こういう人だよ。そうか、君は教師になった後の彼しか知らないものね」

「はい。わたしがオーシックスに来た年に第三学校を卒業して、そのまま第一学校の先生になったんですよね」

「その前から勝手に塾を開いていたんだ。教師が天職のような人だよ」

もしテルが生きていたら、そしてもしこの場にテルがいたら、彼女もきっとダイスケと一緒に特別講習だろうな。悲鳴をあげて逃げ惑っただろう。思わずそんなことを考えて、シンゴは苦笑いした。

「どうしたんですか、シンゴさん」

「いや、ジュンペイさんはすごいなって」

装備品のチェックは既に終わっていた。シンゴたちの傍にミクメックたちベガーが寄ってくる。少年たちはシンクを始めた。

エアロックをくぐり、エレベーターに乗ってシンゴたち四人は真空の通路に出た。目的のブロックはオーセブンからちょっと離れたところにある。距離としては船の中心部であるブリッジに近いものの、ルートがひどく限定されていて、かなりの遠回りを強いられるのだ。

道中、戦争時につくられたバリケードやら何やらで障害物が多いらしいということで、ジュンペイのパワーアーム型はそういったものの排除に活躍してくれそうだった。

問題もある。パワーアーム型の宇宙服は、ずんぐりむっくりした外見の通り、若干、動きが鈍いのである。真空の通路の移動には、いつも以上に時間がかかった。

普段なら退屈な時間は、しかしそのままダイスケの学習時間に当てられた。メーヴェレウの中で携帯端末に表示された課題を解きながらうんうん唸《うな》っているダイスケにとっては、たまったものではないだろう。

キリナはというと、体重が半分程度のブロックに入った途端、まるで水を得た魚のように通路を自在に飛びまわり、跳ねまわり、無邪気にシンクを楽しんでいた。

幸いにしてこのあたりのブロックは、薄暗いながらも通路に照明がついている。見通しもいい。安全に遊ぶにはもってこいの場所だった。

シンゴは自分が十二歳の頃を思いだした。あの頃はダイスケもケンも、それから当然テルも、ああしてただシンクしているだけで楽しかった。ベガーと共にいるだけで満足だった。

なつかしかった。もうけっして戻ってこないあの日々。でも忘れることができない、テルの笑顔。三年前のあの日、不思議な扉の向こうに消えてしまった少女の無邪気な笑顔。

「見ていてください、シンゴさん！」

少し前方でしゃがんだキリナは、ポーターを逆手に構えた。

何をするのかと思った途端、彼女のパートナーのベガーであるレウルウが、ゴムボールを両手で押しつぶしたときのようにぎゅうと縮んだ。

次の瞬間、バネが弾かれるようにベガーが起き上がった。中のキリナはタイミングを合わせ、身体を伸ばす。

レウルウが勢いよく跳ね飛んだ。

「クイックか！」

ベガーの運動と中の人間の動きを完全に一致させた機動である。

三年前、十二歳の時点でクイックができたのは、テルだけだった。そのテルだって、第一学校に上がる前からベガーと親しみ、さんざん練習してやっとことさものにしたのである。

対してキリナはベガーと出会ってから、まだたったの三年足らずにすぎない。

とはいえ、キリナのクイックはまだ未完成のようだった。身体が泳いで、回転してしまっている。

天井にレウルウが衝突したとき、キリナの身体は半回転し、足がちょうど天井の側を向いていた。

いや、違う。シンゴは気づいた。彼女はわざと半回転したのだ。

「それっ」

キリナはかん高いかけ声と共にポーターを天井に向け、スイッチを押し込んだ。天井とキリナの身体が反発する。レウルウのゼリーがゴム鞠《まり》のように弾かれた。磁力が加わって、ベガーは更に速度を増す。

次は地面。やはりちょうど、半回転。更に加速。次は、天井。半回転。加速。

あっという間に通路を曲がり、キリナの姿は見えなくなった。通路を曲がるときには回転をずらし、横の壁を蹴る余裕もあったようだ。完全にクイックとポーターの連携テクニックを我がものとしている。

「すごいな……あいつ」

シンゴは茫然《ぼうぜん》と呟いた。

その呟きを聞いて、ダイスケが携帯端末から顔をあげた。

「ああ、知らなかったのか。テルより上手いぜ。ケンがあいつに目をつけるのもわかるよ」

「ケンが？」

やべ、とダイスケは口をつぐんだ。

ちらりとこちらを見る目は、「後で話す」といっていた。

シンゴは肩をすくめた。ジュンペイの方を見ると、キリナの動きに心底びっくりしていた様子で、今のダイスケの言葉も耳に届いていなかった。

「最近の子は……すごいですね」

彼もまた、キリナの美技に啞然《あぜん》としていた。

「いや、あいつが特別なんです。俺だってあそこまではできねぇもん」

テル亡き後、ダイスケはシンゴの世代のエースだった。その彼をしてこういわしめるのだから、本当にたいしたものなのだ。

「そ、そうですか……。いや、シンクして三年の子があそこまでいけるなら、僕の生徒もできるのかな、と一瞬、考えてしまいました」

「キリナは特別ですって。あいつと比べちゃ、他の子供がかわいそうだ」

「えー、なんですかそれっ。わたし除け者ですか」

まるで無重力下のように壁から壁へと跳ね飛んで戻ってきたキリナは、無線で交わされた会話を聞いて頰をふくらませた。

「褒めてんだよ。お前はほんとすげぇってさ。シンゴだってびっくりしてたろ」

「おー、もっと褒めていいですよ。わたしは褒め言葉と愛に飢えています」

少女は、快活に笑った。今までずっと、顔だちは似ていないなと思っていたが……無邪気な笑顔はどこかテルを思い出させた。

通路をいく途中、シンゴとダイスケはマイクを切ってベガー同士をくっつけ、少しだけ話をした。

「気をつけろ。ケンのやつ、キリナにテルのかわりをさせようとしているみたいだ」

テルのかわり？　シンゴは首をかしげた。

「俺も上手くはいえないんだが……あいつはシンボルだっていってた」

「キリナが？　よくわからないけど、まだ十二歳だぞ」

「テルだって十二だった」

確かにシンゴはあの当時、テルに未来の子供たちとベガーたちにとっての象徴を見たような気がした。それが当然だとすら思っていた。

もっとも実際にそういったことをいっていたのは、スイレンであり、ケンだったような気もするけれど……。

そう、ケンだ。彼はまだ、ベガー側の人間にシンボルが必要だと考えているのだろうか。だとしてもなぜ、キリナなのだろう。確かに彼女は、人目を惹く。明るいし、シンクは抜群に上手いし、華のある人間だ。彼女自身もベガーが大好きなのはよく知っている。

時にその印象は、どきりとするほどテルと重なる。

だけど、テルと彼女とは違うタイプの人間だ。何かが決定的に違う気がするのだ。

それはキリナが悪いとか、テルがいいとか、そういうことではない。何といえばいいのだろう。言葉にしにくい、その概念は、それでもあえて口にするなら……。

「テルはさ。狂っていた気がする」

シンゴはそういって、ダイスケを見た。

怒られるかと思ったが、意外にもダイスケは、「そうだな」と同意した。

「ああ、俺はケンと違う意見だからな。それに……テルの中に狂気があったのは、俺だって気づいてた。お前の方がよく知っていたと思うけどさ」

その通りだった。シンゴはテルの中の狂気じみた妄執《もうしゅう》のようなものに何度か触れたことがある。

それはあえて言葉にするなら、ベガーに対するいきすぎた愛情だ。無邪気に、そしてひたむきに、彼女は狂っていった。自分でそれを当然のように受け止めていた。

シンゴはそんなテルだからこそ、愛していた。

そうして狂っていくことが正しいのだと、シンゴはそう信じていた。今でもテルに関してはその意見は変わらない。彼女は狂っていって幸せだった。最後の瞬間まで、それでよかったのだ。

「でもさ、キリナはそうあって欲しくないな」

「それは先輩としてか？　目上の人間からのおしつけか？」

「わからない。自分でもよくわからないんだ」

「じゃあ、まだ黙って見ておけ」

ダイスケはそっけなくそういって、ベガーを離した。マイクをつけて、ジュンペイを呼び、この先のルートについて相談を始めた。

「キリナは……普通の人間なんだ」

シンゴはぼそりと呟いた。呟きを聞いたのは、ミクメックだけだった。ミクメックは返事の代わりにコアをシンゴの頬につけ、慰撫するようにぷるぷる震えた。

くすぐったかった。シンゴはやさしくミクメックのコアを抱いた。

「ありがとう、ミクメック」

ベガーと一緒にいるのは、楽しい。嬉しい。

いつもベガーと共にいたい。いつまでもベガーと共に生きたい。

シンゴはそんな未来を望み、そのための活動に全身全霊を捧げている。

それを正常だと思う自分も、一部の大人から見れば狂っているのだろうか。


目的のユニットは、完全に無重力のエリアに存在した。

ブロック内でも更に隔絶され、独立した回路を持っているようだった。かたく閉ざされたドアを船長からもらったパスワードで解除する。エアロックを抜けた先では、既に空気が注入されていた。学校の教室ひとつ分くらいの広さの、卵を横に転がしたような部屋の奥に、鋼鉄の棺《ひつぎ》と思わしきものが鎮座していた。

シンゴはシンクを解くと、皆とベガーたちをエアロック近くに残して棺に近寄った。

このユニットの管理システムのＡＩが、音声でシンゴにいくつか質問をしてきた。シンゴは船長からもらったマニュアルに従い、返答していく。やがて、棺のロックを解除する旨が通知された。

「しばらくお待ちください。現在、生体ユニットを解凍中です」

「解凍って……どれくらいかかるんですか」

「残り七千百九十一秒です」

即座に計算できなかった。ジュンペイの顔を見る。

「二時間ほどです」

「だいぶ待ちますね。こんなの船長に聞いてなかった」

「かといって一度戻るわけにもいかない、微妙な時間ですね。仕方がありません、みんなシンクを解除してください。休憩しましょう。ベガーに携帯食料と珊瑚《さんご》の化石を食べさせておくといいでしょう」

ジュンペイは皆に指示をした後、ダイスケに向き直る。

「さあ、特別講義の続きを始めましょう」

ダイスケはげんなりした表情で肩を落とした。


ジュンペイの講義の邪魔をしないよう、シンゴとキリナは部屋の隅でベガーに食事を与えながら、いろいろな話をした。

キリナはテルのことを聞きたがった。

何でもケンや彼の友人たちは、ことあるごとにキリナをテルと比べるのだという。やれあの部分はテルの方がまだ上だ、やれここはキリナの方が上だ、やれあと一年もすれば……。

「失礼しちゃいますよね。テルって人は、わたしのことをあの狭い部屋から救ってくれた一人です。彼女のことは尊敬してますし、好きですし、目標ですけど、でもわたしはわたしです」

もっともな話だった。ケンの無神経さに腹が立つ。後で釘を刺しておく必要があるだろう。シンゴはさりげなく話をキリナ自身の方に誘導した。彼女が普段、ベガーと何をしているのか。ベガーズ・ケイブで仲のいい友人はいるのか。

そしてケンは今、あそこでいったい何を行なっているのか。あるいは行なおうとしているのか。

「よくわからないんです。ケンさんはわたしに、好きにやっていいっていいます。でも何か、あの人がいう『好きにやっていい』は、ケンさんの中にある理想のわたしがやるべきこと、って感じで……」

「押しつけられていると感じる？」

「そういうわけじゃないんですけど……でもケンさんは、いろいろな人に慕われていますし、ベガーのこともよく知っていますし、難しいこともたくさん教えてくれるんです。これからわたしたちは、ベガーとどうやって暮らすのかとか、ええと、その……」

キリナが口ごもって、シンゴたちに背を向け、熱心にダイスケへ講義しているジュンペイの方を見た。

シンゴはさりげなくキリナの顔に耳を寄せた。

「大人といつ戦争するのか、とか……」

シンゴは声を殺して喘いだ。

ケン、君は何を考えている。これでは扇動だ。

いまさらながら、忙しさにかまけてベガーズ・ケイブの子供たちの集まりから足を洗ったことを悔いた。ミクメックと仲良くする以外の時間を持つのは難しかったとはいえ、怠慢《たいまん》だったことは事実だ。

「でも、みんな半信半疑です」

キリナはシンゴの様子から怒りの感情を見てとったか、慌ててそうつけ加えた。

「第三学校を卒業しちゃった人たちは、あんまりケンさんの言葉に耳を貸していません。わたしたちより下の子たちも、あんまりよくわかっていないみたいです」

「何人くらい？　その、ケンのとりまき、っていうのかな、そういう人は……」

「正確なところはよくわからないですけど、たぶん二十人くらいだと思います」

多いな。シンゴは唇を噛んだ。今の段階では全員がまだ子供だけれど、三年後にはケンを始め、その多くが成人するだろう。

そもそもオーシックスの自警団からして三十人がいいところだ。ケンがその二十人を核として本気で兵隊を育成するなら……。

十八年前の再来だ。しかも今度は、ベガーとシンクした人間が、同じ人間と戦うのである。

狂気の沙汰だ。

いや、待て。そもそも、ケンはどういう理由で、戦争などといっているのだろう。

確かに大人には、未だ保守派というか、十八年前の戦争やそれ以前の生活を引きずって、ベガーを嫌悪している者は多い。

だけど彼らだって、今の生活にベガーの力が必要不可欠であることを知っている。ベガーと殺しあっても、彼らには何の得もない。である以上、ケンの話は、妄想の域を出ないのではないだろうか。

「ケンは大人がベガーズ・ケイブに攻めてくるっていっているの？」

「はい。ベガーを殺しに来るって。だからその前に団結して、自分たちに力があることを示すべきだって」

「そこがよくわからないんだよね。俺は今のオーシックスにそんな余裕があると思えない」

「わたしそういうの、よくわかりません」

そうだろうな、とシンゴは苦笑いした。自分は十二歳の少女に何をいっているのだ。確かに三年前のシンゴは今から考えてもずいぶん達観していたけれど、それでも、こんな大局的な見方ができるほどではなかった。

きっかり二時間が経過した後、棺の蓋《ふた》が開いた。まわりにいたシンゴたちは、中から溢《あふ》れた冷たい空気に触れ、一歩、後ずさった。

二十代の前半に見える裸の若い女性が、ゆっくりと身体を起こした。

起きたばかりで体温が低いせいか肌は真っ白で、美術の時間に写真で見た蝋《ろう》人形のようだった。栗色の髪を腰まで垂らしている。鼻筋が高く、いかにも理想化された美人、といった顔つきだ。

シンゴは食い入るように彼女の裸身を見つめた。何せ船長は老人で、れんげは愛嬌《あいきょう》のある顔こそしているもののちょっと理想的とはいいがたいふるまいが目につくため、こういったいかにも物語の中に出てきそうなアンドロイドというものは想定していなかったのである。

身を起こした彼女は周囲を見渡し、シンゴたちを発見すると、こくりと頷いた。起き上がろうとして、よろけた。まだ身体に力が入らないのだろうか。身体が宙に漂う。慌ててジュンペイとシンゴが駆け寄り、左右から支えた。

ひんやりとしていた。びっくりするほど冷たい肌をしている。

アンドロイドは口を開こうとした。が、顎《あご》にも力が入らないようで、上手く言葉にならない。ひとまず彼女を棺おけの外に出し、壁を背にして座らせた。

「服が必要ですね。しまった、当然それくらい予期しておくべきだった」

なるべく彼女の裸身から目をそらし、シンゴは部屋の中を見渡した。一見して棚の類は見当たらない。

「とりあえず宇宙服のインナーを着てもらいましょう。キリナさん、申し訳ないですが手伝ってください」

　ジュンペイとキリナの二人で、未だほとんど動けないアンドロイドに服を着せていく。無重力なのが幸いして、着つけはそう難しくなさそうだった。

　やれやれとシンゴは頭を掻いた。船長はこんなこととひとこともいってなかった。動けない彼女を背負って運んでいくとなると、ジュンペイやダイスケたちがいなければ本当に厳しい仕事になっていた。

「な、俺たちがいてよかっただろう」

「だいたい、女の人を起こすのに男性だけでいくのがおかしいです！　シンゴさんは最初からわたしを誘うべきでした！」

「うん、アンドロイドとはいえ女性だからね。俺の考えが浅かった」

　ようやくインナーを着せることに成功したジュンペイが、彼女の裸身をあちこち触ったことに関して、申し訳なさそうにアンドロイドの女性に謝罪していた。彼女の方はようやく口が動くようになったのか、「問題ありません」といって首を振る。

「えーと、さくらさん、ですよね」

　服を着たといっても、身体のラインが出るぴっちりした黒いインナーだ。あまり正面から直視するのも失礼に当たるかと、シンゴは少し横を向きながら確認した。

　アンドロイドの女性は、「いかにも、さくらと申します」と答え、壁によりかかって半分宙に浮いただらしない状態のまま、「しばらくこの格好で失礼します」とつけ加えた。

「現状の説明をお願いします」

さくらはちらりとベガーの方を見た。

ゲル状の生命体たちは既に食事を終えていた。分泌した酸性の水泡はキリナの持つ吸引機で丁寧に掃除されている。今の彼らはまったく無害だ。怖がる必要は何もないと、シンゴたちは承知している。

だがなるほど彼女にすれば、そもそもベガーについてまったくの無知なのである。子牛くらいもある丸いゼリーが浮いているのをいきなり見たら、何とも判断に悩むところだろう。

シンゴとジュンペイによる説明は、三十分以上かかった。その間、さくらはほとんど口を挟まなかった。話が飛躍したときだけ、冷静な「詳しくお願いします」という言葉が飛んだ。

船長ともれんげとも違うタイプのアンドロイドだ。三人とも理知的なところだけは共通しているが、さくらと名づけられたこのアンドロイドは、どちらかというと口数の少ない冷静なタイプのようだ。

「なるほど、宇宙服の不足を、そこにいる……ベガーと名づけられた方々と共生……シンクすることで補って……」

さくらはなにごとか考え込むように言葉を切った。

十秒ほど後、一同を見渡し、訊ねる。

「みなさんにとってベガーという存在は、ペットのようなものでしょうか」

「友達だな！」

まっさきに答えたのはダイスケだった。

「ペットというのは、主従関係を表しているんですよね。俺たちとベガーは対等なんです。お互いがお互いを必要としています」

シンゴが補足した。

「了解しました。以後、彼らをそのように扱います」

「ところで、さくらさん、でしたね」

話が途切れたところで、ジュンペイが割り込んだ。

「今日はなんとかこうして宇宙服を調達できましたが、現在のオーシックスでは、宇宙服の不足が本当に深刻です。あなたの役職は航宙士とシンゴくんに聞いて考えたのですが、あなたはエリアス型の宇宙服のコードを知っているのではありませんか。もしよろしければ、そのコードを我々に教えていただきたいのですが」

「わかりました。船員資格を確認。コードを解放します。エリアス型宇宙服の倉庫の場所はご存知ですか」

「ええと……確か自警団の方でチェックしてあったはずです。持ってくるのは難しくありません」

「では、あなたの携帯端末にコードを送信しておきます。ひとまず二十着でよろしいでしょうか」

待って、それはまずい、といいかけて、シンゴは口ごもった。今、それを止めるしかるべき理由を思いつかなかった。

まずい、というのは、オーシックスにおける力関係の問題だ。宇宙服の数の不足が、大人たちまでもがベガーに頼るという現状を生み出している。だとすれば、さくらの行動は、その前提を覆してしまう可能性がある。

しかし、そのようなことを今、さくらに説明できるだろうか。しかもジュンペイは、シンゴたちに心を開いてくれているとはいえ、一応は自警団側、大人側の人間である。彼の前でそういう力関係の話をするのは適切ではないと思われた。

仕方がない。シンゴは肩をすくめた。

なるようになるだろう。後のことは、後で考えるしかない。さくらには後日、状況を説明して理解を求めよう。

それにしても、と昨日の船長との会話を振り返る。

船長は今の大人たちは、臨時にとはいえ船員の資格を与えられているといった。あのときはたいしたことではないと思っていた。だが今、それが故にさくらはジュンペイのエリアス型宇宙服のコードをくれという要請に対し、容易に許可を出した。

ジュンペイ自身は自分がそんな資格を保有していたことなどまったく気づいていなかっただろう。成人した自分は船員という特権階級にいて、この場にいる他の三人はそうではないということなどまったく理解していないはずだ。

すべては偶然だった。

この場でジュンペイだけが十八歳以上だったこと。

宇宙服のことが今日、たまたま問題になっていたこと。

今日、ジュンペィがついてきていたこと。

そしてさくらが起動したばかりで、船の内情に詳しくないこと。

どれひとつが違っても、この事態は起こらなかったはずだ。

だが起こってしまった。結果はもはや覆すことができない。

「ようやく身体が動くようになりました。宇宙服を着ます。オーシックスへ向かいましょう」

さくらが宣言した。

シンゴは苦い思いを抱えて、百年近くさくらが眠っていたユニットを後にした。


オーシックスに戻ると夕方だった。

シンゴは仲間と別れ、さくら一人を連れて船長の家に赴いた。出迎えてくれたのはれんげである。普段はI14ブロックの研究室に常駐していて三日に一度しかオーシックスに戻って来ない彼女は、本来なら明日、帰ってくる予定だったはずだ。

「さくらちゃん、お久しぶりぃ。百年ぶりだねえ」

相変わらずの呑気な口調で、れんげはさくらに駆け寄った。抱きつく。さくらはぎゅうっと抱きしめられても顔色ひとつ変えず、されるがままになっていた。

「うう、さくらちゃん、錆っぽい臭いがする……」

「まだ身体を洗浄していません。れんげ、あなたからはレモンとリンゴの匂いがします。お菓子をつくっていましたね」

「うん！　さくらちゃんが大好きなパイ、いっぱいつくっていたんだよ」

れんげはさくらの手を取ってぴょんぴょん飛び跳ねた。ほとんどの時間を無重力の空間で過ごすと骨がもろくなるというけれど、アンドロイドの強化された骨格と筋肉はそういう心配がないのだと以前に聞いた。さくらが百年間、無重力のブロックで眠っていたのにこうして平然と一Gの環境下で歩いているのも、同じことなのだろう。

便利でうらやましいことだ。れんげの部下の研究生たちは、一日交代で勤務しているというのに。

れんげによれば、人間にはやはり、一Gの環境で継続的に暮らすことが大切なのだという。無論、投薬やナノマシンを使ってある程度の補助はできるが、軽い重力のもとで過ごす時間は短いほどいいのだと。

だからこそこの船は、目的の星に辿り着かなくてはいけない。

タカマガハラII。ほとんど地球と同じ気象条件を持ち、緑豊かな理想郷。

はるかな昔。無数に、それこそ星の数ほどたくさんの無人探査船が、地球を旅立った。多くの探査船が地球に送信した内容は、その星系が人類の生存に不適格だという内容だった。

が、いくつかの星は違った。特にタカマガハラ星系の第二惑星は、人類が移住するのにあまりにも適していた。その時から本格的な人類移住計画が始まったという。

「さくらちゃん、相変わらず色白だよねえ。うらやましいなあ。わたしもさくらちゃんみたいに美人さんにつくってもらいたかったなあ」

「れんげは母性的なデザインを重視されて生まれてきたのです。機能性の違いに過ぎません。そもそもわたしの場合、容姿端麗である必然性を理解できませんが」

「きっとそれは製作者のサービスよう」

そういってれんげは、シンゴの方を向いた。

「ね、シンゴくん。一緒にお仕事する人は、美人さんの方がいいよねぇ」

「うーん、まあ、そうですねえ。嬉しくないかどうか、っていわれると、嬉しいですけど」

「でしょ、でしょ。さくらちゃん、お化粧しなくてもすっごい綺麗なんだもん。ほんとうらやましいよ」

その日、シンゴは夕食を船長の家でとった。

シンゴが見たこともない、豪華な夕食だった。たくさんの野菜が、ほとんど加工されない状態でサラダとして出てきた。船長がつくったパスタも、れんげがつくったパイも、目が飛び出るほどおいしかった。

「十八年前までは、毎日、こんないいものを食べていたんですか」

「これはさすがに、特別ですよう。でもレストランでお金を払えば、いつでも食べられましたねえ」

「知ってます。食堂にたくさん献立があったってことですよね」

「えーと、まあ、そうかなあ」

れんげはタカマガハラIIに降り立ってしばらくすれば、全員がこんな料理を食べられる日が来ると断言した。その頃にはシンゴはだいぶ年を食ってしまうだろうけれど、でも彼の歯が充分に健康なうちには、きっと。

「この船の樹木は、やっぱり生きがよくないんです。土の中の微生物に、地球ほどの多様性がないんですね。そもそも植物の根というのは、いろいろな菌類と共生し、繁茂《はんも》します。現在は薬物やナノマシンでそれを擬似的に再現しているにすぎません。……本物の大地は、全然違うものなんですよ。もっとずっと生き生きとしていて、力強いんです。そこで取れたトマトは、きゅうりは、ナスは、大根は、とってもとってもおいしいんです」

れんげの力説はシンゴには実感の湧かないものだった。

結論の部分だけは理解できる。タカマガハラIIに辿り着けば、これよりもっとおいしい料理が食べられるのだ。それはとても素晴らしいことのように思えた。

とはいえ、と苦笑いした。この料理のおいしさを知っているのは、今のところ自分だけだ。食材を贅沢に使って、手間暇をたっぷりかけて、そうしてやっとつくった四人分の一食。この味を知らない人に対して説得するのは、難しいだろう。

ましてや高齢の人々は、この味をタカマガハラIIで再現できる頃にはどうなっているだろうか。彼らにとっては、このオーシックスの土こそが、彼らが生まれ育ち、そして死んでいく唯一の大地なのだ。

「そんな日が早く来るといいですね」

だからシンゴは、ただそのひとことをいうに留めた。

・十月三日　Side A

キリナは二人の兄が決して嫌いではない。

みっつ上のゴウタも、五つ上のタケルも、頼もしく、たくましい兄だった。タフにキリナのことを守ろうとしてくれていた。

三年前までは。

そう、三年前まで、彼女の世界はひどく狭かった。精神的な意味でも物質的な意味でも。たった二部屋、エアロック付近の通路まで全部合わせても学校の教室ふたつ分程度の広さしかない狭いユニットが、キリナたちにとって世界の全てだったのである。

長い間、その狭い世界に幽閉されていた母は、特に父が消えてからの彼女は、今にしてみれば静かに狂っていたのではないかと思う。

すぐに癇癪《かんしゃく》を起こした。始終、ぶつぶつと聞き取れないような言葉を呟いていた。

二人の兄も、すぐ互いに喧嘩した。時にはキリナや弟や妹を殴った。それでも母がキリナに暴力を奮おうとすると、必死で守ってくれた。悲しいとき、泣いているとき、落ち込んでいるときには、懸命に励ましてくれた。

もう一人の母とも呼ぶべきれんげは、育児に家事にと忙しかった。またアンドロイドである彼女は、人間を傷つける、力ずくで行動を止めるという類の行為に強い制限がかかっていた。結果として、母の暴力を止めることができる者は、兄たちしかいなかったのだ。

上の兄であるタケルも、下の兄であるゴウタも、いくぶん粗暴ではあったが、当時のキリナにとっては英雄だった。

二人がいたから、キリナは正気を保っていられた。今でもそう信じている。肉親であるということを越えて、二人には多大な恩義があると思っている。

だから今でも二人の行動を注意深く観察していた。


朝、家を出るとき、キリナはドアに紙のメモが挟まっていることに気づいた。

兄たちと共に住んでいる、ふたつ下の妹からの伝言だった。走り書きで、「二人、宇宙服、もらった」とあった。

何か兄たちに異変があれば教えるようにといっておいたのだが、どうやらきちんと役目を果たしてくれたようだった。

「宇宙服、ですか」

キリナはため息をついた。昨日、自警団が入手した二十着のエリアス型宇宙服のことだろう。

だがしかし、自警団の一員でもないタケルとゴウタがどうして宇宙服を入手できたのだろうか。経緯が不可解だ。自警団に二人の協力者がいるのか、それとも何らかの取り引きがあったのか。ひょっとしたらユニオン経由だろうか。

あの二人は以前から宇宙服を欲しがっていた。ベガーとシンクすることを拒否している以上、宇宙服を着なければ、ロクにポイントを稼げる仕事がない。とはいえ個人所有の宇宙服など、このオーシックスで許されているのはれんげただ一人だった。

気になるのは、最近の二人の言動が先鋭化してきていたことである。ベガーを殺せ、と叫ぶことに何のためらいもなくなっていた。そんな彼らが宇宙服を手に入れたとき、何をしでかすのか……。

胸騒ぎがする。キリナは個人用の携帯端末を取り出して、シンゴにメールを送った。


数時間後、キリナは欠伸《あくび》をかみ殺して午前中最後の授業を聞いていた。

学校の授業は退屈だった。教科書の内容なんて一度読めば覚えてしまうし、数学と物理学は船員養成プログラムにすべり込むために九年生までの大部分を独学してしまっている。

努力することは簡単だった。このオーシックスには自由がある。キリナは自分一人で過ごす時間を簡単に得られるのだ。狭い部屋の中で母や兄たちの癇癪に注意を払う必要はない。

三年前まで、キリナの周囲の世界は、いつもギスギスしていた。怒られないよう、殴られないよう、常に緊張していた。そんな終始神経を研ぎ澄ます日々に比べれば、どんなことだってとても簡単に思えた。

授業の終了を告げるチャイムが木造校舎に鳴り響く。中年の教師は、残念そうに教科書を閉じ、生徒の一礼を受けた後、教室を出ていった。

給食班の生徒が教師の後を追うように飛び出していく。キリナもお腹がぺこぺこだった。今日の給食はなんだろう。オーシックスはいい。だって凝固した非常食や再生食以外の食事が、新鮮でホカホカのご飯が出てくるのだから。

「ねえねえキリナ、一緒に食べよう」

友人たちが集まってきた。キリナは快く受け入れ、木机と木机をくっつけて即席の食卓をつくった。

なるべくあたりさわりのない関係を多くの同級生と築いている。二人の兄の粗暴さ、社会性のなさは有名だったから、累が自分に及ばぬようにと慎重な交友関係を築いてきた。

「ねえ、キリナ、お願い。午後の宿題、やってきてないの。写させて」

「数学は自分で解かないと覚えられないですよ」

「わかってる、わかってる。今度だけだから」

「もう、仕方ないですね」

キリナはため息をつきつつも友人の頼みを承諾した。

なるべく人畜無害を装って、こざかしく立ちまわっている。

笑顔でいなさい。

それはずっとずっと昔、母に叱られ兄たちに殴られ泣いていたとき、れんげにいわれた言葉だった。

笑顔でいなさい。どんなに辛くても、悲しくても、笑っていなさい。

れんげはアンドロイドだった。多くの知識を持っているけれど、人間を傷つけることができないのだと彼女はいった。だから自分にできるのは、あなたに生きる術を身につけさせることだけなのだと。

「こんなことしかいえない、情けないアンドロイドでごめんね」

れんげはそういって、キリナの頭を撫でた。殴ったり暴れたりする母の手と違ってれんげの手はいつもやわらかく、優しく、温かい。れんげに撫でられると、キリナの心も少しだけ暖かくなるような気がした。

いわれた通りキリナが笑顔でいると兄たちも喜んだ。母も時々は落ち着いてくれた。そうでないときは殴られたけれど、そんな時は兄たちが死にもの狂いで守ってくれるようになった。

ああ、これでいいのだと思った。

無害に笑っていること。それが自分を守ることに繋《つな》がるのだと。だからキリナはあの狭い悪夢のような部屋を出た後も、笑顔のコミュニケーションを磨き続けた。更には周囲の空気を読んで、こざかしく立ちまわる術《すべ》を覚えた。

自分はこの先もオーシックスというこの広い世界で生きていくのだ。病気の弟を助けるために死んだ父の分まで、狂って死んだ母の分まで、そして病で落命したその弟の分まで生き抜いてやるのだ。

そのためにベガーとシンクした。二人の兄と同様、最初はベガーの姿に恐れを抱いていた。父や母から、ベガーのことを恐怖の権化だと教えられてきたからである。それでもキリナはシンクの練習をした。ベガーに触って、ベガーの中に身を投げて、心と身体を繋げる練習を懸命に続けた。

本当に恐れたのは、あの狭い世界に再び戻ることだった。オーシックスから弾き出され、せっかく得た自由を失うことだった。その恐怖に比べれば、ベガーの異様さなど何ほどのこともない。

いいたいことがあっても我慢した。ただひたすらにいい子を演じ続けた。

その反動だろうか。最近、シンゴと話をしていると、ひょろっと本音を語ってしまい、そんな自分にどきりとしてしまう。たぶん彼の中に、理想の兄を見ているのではないかと自己分析している。

危険なことだった。迂闊なことをいってシンゴに嫌われたくなかった。彼の前ではなおさらいい子でいたかった。

たぶん自分は、彼に思慕《しぼ》の情を抱いていると思う。結婚して欲しい、といったときの気持ちは本当だ。

ただ子供をつくるのは怖かった。

虐待されて育った子は、長じて我が子を虐待すると、そんなことをクラスメイトがいっていた。

相手にしてみれば、何気ない言葉だったのだろう。育児の環境が整い、人口増加が急務のオーシックスでは、周囲がよく子供に目を配っている。精神的に追い詰められるほどの虐待は、まず起こらない。

だけどキリナは、違う。彼女が生まれ育った環境はそんな贅沢を許さなかった。

キリナは自分の心が急に信じられなくなった。あの母のようになるのかと思うと、遠い昔に葬《ほうむ》り去ったはずの、たった二部屋が世界の全てだったあの頃の悪夢のような光景が脳裏に蘇《よみがえ》る。

だから、ちょっとだけシンゴに嘘をついた。ベガーとシンクすることを優先したいのだといって、「結婚したら」の後のことをごまかした。シンゴに嫌われるかと思ったけれど、意外にも彼は、「テルと同じことをいうな」といって笑った。

どうやら、かの有名な少女は、そんなことを大真面目にいっていたらしい。ついでに、とシンゴは冗談まじりに、I14ブロックに赴いた理由を教えてくれた。男になりたい、といいだしたテルが医療施設を探すためだったと。

そんなとんでもない理由で、自分たちは救われたのだ。キリナは笑い出さずにはいられなかった。

狂ってる。

テルという少女も、それを許容したシンゴという少年も、ひどく狂っている。

その和《なご》やかな狂気を、キリナは愉快と感じた。

彼らの心の自由さが羨ましかった。

シンゴの傍にいれば、自分もそんな風になれるのだろうか。自分もまた、愉快な狂気を得ることができるのか。だったらずっと彼に寄り添っていたかった。

素行がよかったから、シンゴからの頼まれごとだ、といえば、放課後の級長の役目を友人に代わってもらうのは容易だった。シンゴが船長の仕事を引き受けているのは、今やオーシックスの誰もが知っている。キリナがシンゴと仲がいいこともだ。今回はそれを利用させてもらった。

そうして向かったのは、第三学校ではあったけど、シンゴのもとではなかった。そもそも彼は、今日はさくらのお供をしてあちこちをまわっているはずだ。

キリナは下の兄のゴウタが校舎を出たことを確認した後、なにくわぬ顔で九年生の教室の一方へ赴いた。九年A組。そこの級長であるスイレンに頭を下げ、話があると告げる。

スイレンは怪訝《けげん》な顔をしたが、結局、承諾した。キリナはスイレンをひと気のない林の中に連れ出すことに成功した。

「単刀直入に聞きます。兄のゴウタは、今日、何かいっていませんでしたか」

「どういうことかしら」

「ケンさんが兄とモメたと聞いて、不安だったので……」

ひと芝居打つことにする。昨日、シンゴにカマをかけたら、会議の話題にゴウタが出たとあっさり白状した。ゴウタがベガー関連の話題を出したなら、あのケンが黙っているはずがない。そう考えれば勝算は高い。

　果たしてスイレンは肩をすくめ、首を振った。

「安心して。ゴウタくんもケンくんも、クラスの中で暴力を持ち出すような人間ではないわ」

　暗に揉め事があったと認めていた。

　キリナは哀しそうな表情をつくり、うつむいた。尊敬する先輩であるケンと粗暴な兄の両方を心配する健気《けなげ》な少女を演じることにした。その方が相手も話しやすいだろう。

　事実、どちらのことも警戒していた。そのニュアンスは、スイレンが思うようなものとは少し違うはずだけれど。

「でも……最近、兄がどんどん怒りっぽくなっている気がして……。あの、兄は今日、どんな具合でした？　怒りっぽくなかったですか」

「どんな、といわれてもね。いえ、むしろ、妙に機嫌がよかった気がする。何かいいことがあったのかしら」

「ケンさんはどうでした？」

「彼は何だか不機嫌そうだったと思う。でも別に、ゴウタくんのことがどうってわけじゃなかった気がするわ。それどころか、彼のことなんて眼中にないって感じで……ベガーズ・ケイブで何かあったのかしら。あなた、知らない？」

「ごめんなさい。わたし昨日はいろいろあって、ケイブの奥には顔を出してないんです」

「ああ、そういえば、さくらさん、だっけ。アンドロイドの女性を目覚めさせて、連れてきたとか。あなたもいってたのよね」

「はい。シンゴさんに無理矢理、くっついていきました！」

昨日のことを思い出して、キリナは思わず笑顔になった。

キリナとレウルウは、道中、とっておきの玄人《くろうと》好みの機動を見せたのだ。シンゴは目を丸くしていた。彼に感嘆されてしまった。テル以上だとシンゴに認めてもらえた。それがたまらなく嬉しかった。

「シンゴくんの様子は……その、どうだった？　最近、疲れているような感じはなかった？」

「えっと……そういうことはなかったと思います」

そういえば、シンゴにはケンのことをいろいろ聞かれた。

ケンがベガーズ・ケイブで彼と同じ考えの人を集めているのを、シンゴはあまり快く思っていないようだった。とはいえ、そのことはスイレンには黙っていた方がいいだろう。

さて……

兄はやはり、宇宙服を手に入れたということだろうか。そしてケンは、自警団が二十着の宇宙服を入手したことを知っていた。

ケンがゴウタに興味がなかったということは、ゴウタが宇宙服を手に入れたことは知らないのだろう。

ケンの情報の入手ルートについては気にしても仕方がない。あの場にはダイスケもシンゴもいた。自警団経由で情報が入った可能性だってあるし、宇宙服を二十着も搬送していれば、目立つのは間違いないのだ。

問題は一点。ケンが知らなかった、ゴウタが宇宙服を入手するまでのルート。

これがまったく思いつかない。そもそもゴウタは……いや、ゴウタの兄であるタケルまで含めても、どういう経緯でもって宇宙服をもらうことができたのだろう。

「あのさ、キリナちゃん」

はっ、と顔をあげると、スイレンが苦笑いしていた。どうやら自分は、物思いにふけるあまり、集中しすぎていたらしい。失態だ。動揺し、あわあわと両手を振った。

「な、何でもない、何でもないです、すみませんっ」

「何でもないわけないじゃない。……まったく、もう」

呆れ顔のスイレンに、こつんと軽く頭を叩かれた。

「ひゃっ。え、えと、あの……」

「策士っぽい顔してる」

「え？　な、なな、何ですか」

「悪巧みしているときのケンくんやシンゴくんっぽい顔している、っていってるの。何かこう、人にいえないことがあって、でもやらなきゃいけないことがあるって顔」

「わ、わたしはそんな……」

「わたしのことを信用できないのはいいわ。わたし、負け犬だもの。落第してるのは自覚してる。でもシンゴくんやダイスケくんは違う。二人とも、とても強い人間よ。彼らになら相談できるんじゃない？」

キリナは沈黙した。スイレンはキリナの本性にどこまで気づいているのだろう。ずるくてこざかしい女の本性に。

「男の子に関する悩み？　だったらわたしが相談に乗ってもいいけど、違うわよね」

「シンゴさんを落とす方法でしたらいつでも募集中です」

「彼、難易度も倍率もすごく高いよ。討ち死に多数なんだから。テルに義理立てしてるのかしらね。本人は違うっていってたけど」

「決まった相手がいないなら、可能性はあります」

「で、どうなのかしら？　彼らにも相談できないこと？」

キリナは唇をきゅっと結んで考え込んだ。彼女のことは、シンゴとダイスケ、それにケン、それぞれの口から聞いていた。テルとの関わりを含めてだ。

信用できる人柄だと思った。特にテルを死に追いやった理由が自分にあると思い悩み、未だに跡を引きずっているというのがいい。

素直で誠実だということだ。その上、いざとなれば上手に傷口をえぐることで思うように利用できる可能性まである。

自分はひどい人間だな、と苦笑いした。つくづくこんなところは、シンゴには見せられない。

「あなたを信用して、お話します。手を貸してください。しばらく時間を頂いてよろしいですか」

スイレンの返事は、予期した通りイエスだった。

「まず話だけは聞くわ。協力するかどうかは……期待しないで。でもアドバイスくらいはできるかもしれない」

「充分です。すごく助かります」

キリナは話を始めた。昨日のさくらを起こしにいった一件から、二人の兄がエリアス型宇宙服を手に入れたらしいことまで、ことのあらましをざっと語った。

スイレンはキリナが話し終えてからしばし黙考した。

「あの、どうでしょう」

「結論からいうと、わたしはあなたに協力できると思う。わたしが手伝っていいかしら」

「ぜひ！　とっても助かります。シンゴさんにもメールします」

「あ、待って。シンゴくんには黙っていて欲しいの」

「どうしてですか」

「ちょっと前にシンゴくんに叱られたから。いまさら、彼を手伝うなんていうの、恥ずかしいじゃない」

「よくわからないですけど、スイレンさんがそれでいいなら、了解です」

彼女とシンゴの間で何があったのか、キリナは少し興味があった。だがそれをほじくり返すのは、今じゃなくていい。

「話が前後するけど、それであなたは何を目標とするの」

「目標……ですか」

「勝利条件の設定は大切よ。ゴウタくんたちが何をしようとしているのか知るのが目的か、それともゴウタくんたちが宇宙服を入手……しているとして、その経路を探し出すのが目的か」

なるほど、目的達成後、新しい目的ができる可能性はある。さて、どちらを目的とするかといわれれば……。

「わたしは兄たちが何をしているのか知りたいです」

「ではそちらを優先しましょう。ゴウタくんの居場所については、わたしが調べてみる。彼がまだ提出していないレポートがあるの。放っておくつもりだったけど、餌としてはちょうどいいかもね。早くレポートを出せってせっつくのを口実にすれば、自然に彼の居場所を聞きだせると思う」

なるほど合理的な方法だ。彼女に話してよかった。

「ところでわたしの方から、あなたに失礼な質問、していいかな」

「はい、何ですか？」

「あなたのパートナーのベガーとシンゴくん、どっちが好き？」

「シンゴさんです。……それって、失礼なんですか」

「何でもないの。忘れて」

キリナはきょとんとして小首をかしげた。


キリナがシンゴのことを意識したのは、彼女がオーシックスに来て半年ほど後、退院してから一ヶ月も経っていない頃だった。

彼女はシンクの練習をしていた。

キリナとその頃のパートナーだったベガーとは、互いに遠慮するようなところがあった。今にして思えば、それが原因でシンクが上手くいかなかったのだと思う。同じ年頃の男女が軽々とシンクしていく中、キリナ一人、大広間の片隅で戸惑《とまど》っていた。

そんなところに年上の少年が現れた。

シンゴだった。彼はキリナと彼女の相方のベガーにいくつかアドバイスをして去っていった。もっともその年上の少年が誰だか、その時のキリナはまったく知らなかった。彼女は当時から年の割に小柄だったので、シンゴの方でも七歳かそこらのちょっとどんくさい少女にしか思っていなかっただろう。それくらいならまだシンクが上手くいかない子もそこそこ存在したのである。

それで急にシンクが上手くなったわけではない。だが次の日もシンゴはやってきて、キリナのシンクを見てくれた。その次の日も。

練習の合間の会話で、ようやくキリナは彼が自分たちを発見してくれた四人のうちの一人だと知った。シンゴの方はキリナが九歳だといった時、失礼にもたいへん驚いていた。まだ第一学校にあがりたてだと思っていたのだと、正直にそう語った。

シンクの練習を始めてまだ半月程度だとキリナがいうと、もっと驚いていた。半月でそこまでできるならたいしたものだと、そういって頭を撫でてくれた。

そんな風に褒められたのは初めてだった。嬉しかった。自分を認めてくれる人がいる。自分のことを褒めてくれる人がいる。そんな経験はキリナの人生で初めてのことだった。

「わたしの師匠になってくれませんか」

顔を真っ赤にしてそうお願いした。シンゴはちょっと考えた後、承諾してくれた。

今にして思えば、当時のシンゴには、テルを失ったときの傷痕がまだ深く残っていた。ベガーとじゃれあい、楽しそうに笑うキリナを見ては、時折、哀しそうに笑っていた。

師匠のそんな顔が見たくなくて、キリナはもっと笑った。

れんげはいった。自分が笑っていれば、相手も笑ってくれるのだ。

「わたしがシンゴさんを笑顔にします」

だからキリナは、ベガーズ・ケイブの大広間で、今となっては赤面もののそんな言葉を堂々と口にした。

無知とは、無謀とは、しかし時に大きな武器になる。力になる。

キリナががんばってがんばって笑顔を見せるうち、シンゴも自然な笑顔を浮かべるようになった。ケンやダイスケにいわせると、以前はもっと笑っていたのだという。それでも一時期に比べればだいぶ笑うようになったと。

キリナのおかげだ。シンゴの親友である二人は、そう断言してくれた。

嬉しかった。

こんな自分でも、誰かを喜ばせることができる。笑顔にさせることができる。

この人をわたしが幸せにしたい。本気でそう願った。


スイレンはまだ教室に残っていた生徒に話を聞き、二十分ほどでキリナのもとへ戻ってきた。ゴウタは放課後、オーファイブの下水処理場に赴き、そこで働いてポイントを稼いでいるのだという。

「よく考えたら当然よね。シンクできないなら、他の方法でポイントを稼ぐ必要があるもの。あなたの家庭は両親がいないから補助が出るとはいっても、それだけじゃ厳しいし」

「妹と弟はシンクしてます。それなりに稼いでますよ」

「それが余計、彼らには我慢できないんでしょう」

「兄のプライドってやつですよね。兄さんたちにしてみれば、自分たちが保護者のつもりなんです」

実際、かつてはタケルとゴウタの二人が保護者だった。ここに来てからキリナがシンクを覚えるまでは。母はずっと入院していたし、たとえ退院したとしても、精神に異常をきたしていた彼女と共に暮らすのは難しかっただろう。

当時は事情が事情ということで役所からかなり多くの補助をもらっていたから、生活に困った覚えはない。

それでも家族として、兄二人に頼る場面は多かった。二人とも張り切っていた。自分たちがキリナたち年下の三人を守るのだと、充分すぎるほどに気合を入れていた。

「兄たちがああなったのは、わたしのせいでもあります。わたしがポイントを稼ぎすぎたのが、あの人たちのプライドを刺激したんです」

「自信過剰なのね、あなた」

「事実です」

キリナは首を振った。

「兄たちは、ベガーの恐怖を父や母から聞かされすぎていました。ベガーはあの人たちにとって人間の天敵で、気味の悪い化け物でした。ファーストコンタクトも最悪だったんです。わたしたちを守ろうとした母を、シンクしたテルさんが蹴っ飛ばして……あのときわたしたちは、母がベガーに襲われたと思いました。もうダメだ、自分たちはベガーに喰われるんだって。二人の兄は、それでも粗末な棒を握って、必死になってベガーに、わたしたちを襲ってきたように見えたテルさんに飛びかかろうとしました」

「そうね。その時の様子は聞いてる。……でもごめん、テルの悪口はやめて」

「ごめんなさい。そういう意味でいったんじゃないんです」

「わかっている。でも……ううん、わたしが狭量《きょうりょう》すぎるね」

スイレンは首を振って、ため息をついた。

「何いってるんだろ、わたし。ごめん、キリナ。今のは忘れて」

キリナはじっとスイレンの表情を観察した。

今まで彼女のことを、知的で、クールな女性だと思っていた。違うのだろうか。キリナが見る限り、スイレンというみっつも年上のこの女性は、あまりにもテルのことを引きずりすぎている。テルのことを信仰すらしているのではないだろうか。

「テルさんとあなたのことは聞いています。わたしが無神経でした。あの、話を戻していいですか」

「ええ、お願い」

「オーファイブにいっても、無駄足だと思います」

「わたしもそう思う。宇宙服が手に入ったなら、わざわざ少しのポイントのために下水処理場で働く必要なんてないものね」

「同じ理由で、タケル兄さんの仕事場にいっても無駄だと思います。他に心当たりの場所、聞きだせましたか」

「Ｉ08のスクラップ広場じゃないかって。よくユニオンの仲間と一緒にいってるんですって」

なるほど、内殻ブロックの中でも、Ｉ08だけは特別に空気が入っている。オーシックスからエレベーター一本でいけるという位置関係のよさゆえ、簡易な物置き兼ゴミ捨て場として多くの大人たちに利用されているのだ。再利用ができない部品の多いもの、かといって船外に廃棄するのも勿体《もったい》ないものをとりあえずスクラップ広場に放り込んでおくのである。

「隠れ家としてはぴったりですね」

「エレベーターのログを見れば、一発でバレるわ。そんなところを隠れ家だなんて、バカみたい」

「大人に見つからない場所でこっそり悪いことをするのって、わくわくします」

「知識としては知っている。昔のムービーでよく、悪ガキが隠れ家でたむろしているの。でもたいてい、そういう悪ガキたちって一番最初に殺されるのよ」

「こっ、殺される、ですか」

「ええ。近くの森に現れた異星人とか、ゾンビとか、実験でできた化け物とか、そういうやつに」

「スイレンさんって面白い趣味があるんですね」

「父が好きなの、古い映画。横で一緒に見ていただけ」

スイレンはちいさく肩をすくめた。ほんの少し顔が赤い気がする。照れているのだろうか。ちょっとかわいい人だな、とみっつも年上の女性を相手にキリナはそんな生意気な感想を抱いた。

「話を戻すわ。エレベーターのログを確認できたら、わたし一人でスクラップ広場にいってみる。あなたはオーシックスで待っていて」

「わたしも一緒じゃダメですか」

「それじゃレポートの催促って理由にならないわ。傍で隠れていてもダメ。エレベーターのログは彼らだって見ることができるのよ」

「そうでした。でもスイレンさん、その、一人で大丈夫ですか」

「殺されやしないわよ。それこそ映画じゃないんだから」

それもそうだ。いや、だったら……。

「同じブロックなら携帯端末で通信できますよね。わたしの端末、持っていきませんか」

「あなたはどうするの？」

「オーセブンの貸し出し用を使います。シンクして、他のブロックを通ってエアロックからI08に入るんです。I08のエアロック付近なんて普段から誰もいないし、絶対バレないと思うんですけど」

「相手が宇宙服を着ていたら、エアロックを使う可能性もあるんじゃない？」

「そのときは本人に正面から聞いてみます。大丈夫です。邪険《じゃけん》にされるかもしれませんけど、上手く切り抜けます。レウルウと一緒なら宇宙服よりずっと素早く動けます。逃げるのも簡単です」

頭の中でざっと行程を描く。スイレンが正面のエレベーターから、キリナが背後のエアロックからI08ブロックに侵入し、彼女と兄たちとの会話を盗み聞きできるだろう。

同じように自分の携帯端末のマイクもオンにしておく。スイレンにはシンクに使うイヤホンをつけてもらう。耳は帽子でもかぶって隠してもらえばいい。

「わたしの方、ちょっと時間がかかります。スイレンさんをちょっとお待たせすることになりますけど……」

「構わないわよ。お互いに保険をかけるというのが気に入ったわ。それでいきましょう」

スイレンは皮肉に笑った。

「どうしてあなたがテルに似ているなんていわれるのか、わたしには全然わからない」

「普段、猫かぶっていますから」

「化けるのが上手いのね。……褒めてるのよ」

「わかってます。要領がいいってことですよね。かわいらしさは女の子の武器です」

キリナは相好《そうごう》を崩した。自分にとって会心の笑顔だ。

スイレンはやれやれとばかりに肩をすくめてみせた。

「こりゃ、騙されるわ。特にシンゴくんとか、イチコロなんじゃない？」

「それがなかなかガードが固くて。やっぱり、おっぱいですかね」

あとはいっこうに伸びない背丈とか、背丈とか、背丈とか。

「そんなんじゃないわよ。あいつ、バカだから、バカだから……」

スイレンは言葉を切って首を振った。

バカだから、何なのだろう。充分にありうることだけど、それはとても寂しいことだ。

「ま、そっちに関してはがんばってみなさい。応援するわ」

「はい、がんばります」

この一件が片づいたら、もう一度、シンゴにアタックしてみよう。

そう誓った。


キリナがレウルウと出会ってから、既に二年あまりが経つ。

レウルウはキリナが最初に触ったベガーでも、最初にシンクしたベガーでもない。彼との間に劇的なことは何もなかった。いろいろなベガーとのシンクを試すうち、一番気が合ったのがレウルウだったというだけだ。

ゼリーの身体は半透明の黄緑色。どちらかというと標準的な色彩で、あまり目立たない方だ。これといった特技があるわけでもない。ただキリナとの相性だけは抜群によかった。

　レウルウの性格をひとことでいえば、泰然自若《たいぜんじじやく》。キリナをやさしく包み込んでくれる。父のようだ、と思うこともある。

　彼の感情は、揺れない。静かで鷹揚《おうよう》で、キリナをやさしく包み込んでくれる。父のようだ、と思うこともある。

　父はキリナが六歳のとき、宇宙服を着て薬を探しに出かけ、二度と帰って来なかった。彼がいなくなってから、全ての歯車が狂った。母は狂気に侵され、二人の兄はピリピリするようになった。

　父がいた頃はまだ、そんなこともなかったのである。母は時折ヒステリックになるものの、父に抑えられていた。二人の兄が暴れても、父がすぐ止めて、叱ってくれた。

　だから父親というのは、キリナにとって平穏の象徴だった。

　そんな頼もしい存在をレウルウに重ねている。

　レウルウはキリナが感情を内に溜め込むことを知っていた。彼の前でだけは、キリナはおおいに怒り、おおいに悲しんだ。

　キリナが怒っているときは、宥《なだ》めるようにその身を震わせる。

　キリナが落ち込んでいるときは、じっと傍にいてくれる。

　共に歩こう。レウルウは、そういっているような気がした。急がず、遅れず、ただ悠然とあるようにあれ。シンクするときコアから流れてくる、そんな感情のようなものを、キリナは時折感じるのである。

　ベガーには個性がある。

人間と同じだ。当然のように、ベガーは一体ずつみんな違う。

その中でもレウルウは、特に風変わりだと思っていた。そんな彼をひとりじめできるのは、ちょっとだけ嬉しかった。

将来のことなんてわからないけれど、レウルウと一緒に、歩けるところまで歩いていこう。キリナはそう思っている。


I08ブロックのエアロックに外から辿り着いたのは、食堂が夕食を取る人々で賑わっているような時間だった。

幸いなことに、兄たちはこのところ夕食を食べる時間がひどく遅い。妹たちの報告によると、いつも食堂が閉まるギリギリになって食事するらしい。どうしてなのかまでは知らなかったが、今にして思えば、I08ブロックからエレベーターで降りてくるところを見られたくなかったのかもしれない。

ともあれ人が食堂に集まっているというのは、キリナたちにとっても好都合だった。

エアロックを抜けたところでシンクを解除し、レウルウの外に出る。

通路にはひと気がなかった。しんと静まり返っている。このあたりは立ち入る者もろくにいないのだから当然だろう。スクラップ広場と呼ばれている区画は、ここの反対側、オーシックスへのエレベーターがある方角なのだから。

錆の臭いがする。メンテナンスされていない鋼鉄の壁は、ところどころ腐食が進んでいるようだった。ならばスクラップ広場だけ隔離して、ブロックの他の部分は酸素を抜けばいいと思うのだけれど……。

それではスクラップ広場で事故が起こった際、救出が困難になるではないか。シンクできず宇宙服も使えない大人たちは、そう大反対したと聞く。

「レウルゥ。あなたはここで待っていてください」

この先、万が一にも見つかったとき、ベガーがいては相手を刺激しかねない。

通路を風が吹き抜け、キリナはぶるりとその身を震わせた。さすがに少し肌寒い。エアロックの近くには必ず配置されているロッカー室へ赴き、ロッカーをいくつか空けてみる。ビニールの黒い合羽が埃《ほこり》をかぶっていた。ありがたく使わせてもらうことにして、ダイブスーツの上から羽織る。

「よし、完璧です」

さて、ではここからスイレンと通信が繋がるだろうか。

キリナはぺたんと廊下に座り込んだ。お尻が冷たいが、我慢する。携帯端末を調整して、スイレンの持つ本来キリナの端末とコンタクトした。

「スイレンさん、聞こえますか。やっと到着しました。そちらの様子はどうですか」

小声で訊ねた。万が一、彼女の近くに誰かいたとしても気づかれないくらいの声量だ。

だがイヤホンから返ってきたのは、悲鳴にも似たスイレンの叫び声だった。

「キリナ、逃げて！　今すぐ！」

どういうことだ？　キリナは首をかしげた。

そのとき、きゅうっ、とレウルウが鳴いた。緊急時の声だった。

頭上が暗くなった。

顔をあげると、小山のような大男がいつの間にか目の前に立っていた。天井の光が巨体で遮られ、逆光となって顔が見えない。

「ゴウタ、そいつを捕まえろ！」

背中から上の兄であるタケルの鋭い声が飛んだ。

それでようやく、キリナは目の前の屈強な男が下の兄のゴウタだということに気づいた。

慌てて身を捻《よじ》るが、その腕をゴウタの太い手にむんずと摑《つか》まれた。

キリナの身体は腕一本で持ち上げられた。足をばたばたさせるが、ゴウタはびくともしなかった。

「こんなところで何をしていた、ちび」

しまった、兄さん、わたしだって気づいてない。キリナは内心で舌打ちした。ダイブスーツで全身をすっぽり包み、その上から黒い合羽をかぶっているのだから、彼らにしてみればただの不審者にしか見えないだろう。

やめて、と声に出そうとした。

「おい、こっちにベガーがいるぞ！」

そのときタケルの声が通路に響いた。彼の方に振り向くと、大きな銃を両手で構えたタケルが、へっぴり腰でレウルウに銃口を向けようとしていた。

「レウルウ、逃げて！」

咄嗟《とっさ》に叫んだ。

だがレウルウからすれば、キリナが二人の男に乱暴に捕まったように見えたのだろう。キリナのパートナーのベガーは日頃の悠然とした態度からは見られないほど勇猛果敢《かかん》に地面を蹴った。

キリナを拘束するゴウタとすぐ傍のタケルに向けて突進してくる。

タケルは悲鳴をあげ、トリガーを引いた。

「ダメっ！　お願い、やめて！」

キリナは悲鳴をあげた。

銃口が火を噴いた。弾が連続的に飛び出し、雨のようにレウルウに降り注いだ。

キリナは声を限りに叫んだ。やめて、許して、助けてと。

タケルは聞いていないようだった。

レウルウのゼリーが、あちこち弾け飛んだ。

キリナは絶叫した。レウルウの名前を何度も叫んだ。しかしキリナの叫びは銃声にかき消され、兄とレウルウのもとには届いていなかった。

全身をずたずたに引き裂かれ、それでもなお、ベガーは突進してくる。大きな身体で床を蹴り、跳ね飛ぶ。そのコアは、ただキリナだけを見ていた。

タケルは大声で吼えた。突進してくるベガーを睨み、やみくもに引き金を引き続けていた。

ゼリーが弾ける、弾ける、弾ける。

そしてついに、銃口から飛び出した太い弾丸の一発が、レウルウのコアを砕いた。


キリナの下の兄であるゴウタは、がっしりした体格の持ち主だ。

上の兄であるタケルよりも二歳年下だが、ひょろりとしたタケルよりずっと力が強い。

「俺にもっと力があれば、お前が母さんに殴られないようにしてやれるのにな」

三年前のあの日まで、ずっとそういっていた。オーシックスに来てからはその身体を鍛え上げ、同年代でも随一の腕っ節を誇るようになった。

誰よりも強くなりたいと、彼はそう望んでいたのだ。

それは最初のうち、キリナたちを守るためだった。やがて目的と手段は逆転し、強くあることで己の自尊心を満たすようになった。粗暴な振る舞いが目立つようになり、キリナがベガーとシンクできるようになると、ゴウタはいっそう荒れた。

力を求めて身体を鍛えるより、知識を求めて学校で勉強するより、ベガーと上手くシンクできる方がずっとポイントを稼げるというのが、今のオーシックスという世界だった。

それはゴウタには、途方もなく理不尽な制度に映ったに違いない。

キリナは知っている。彼はベガーが怖いのだ。父と母が幼かった彼に吹き込んだベガーに関する話は、オーシックスに来てからも呪いとなって彼を縛った。シンクするどころかベガーに触れることすらできなかった。

だからゴウタはベガーを憎んだのだろう。


タケルは十七歳で、兄弟の最年長だった。

細身の外見で、昔から本を読むのが好きだった。ライブラリのデータを片っ端から読みふけっているうち、視力が低下し、目を細めてものを見る習慣ができた。オーシックスに来て目の手術を受け、視力が回復した後も、そのクセは残った。おかげで目つきが悪いといわれることもある。

面長の、少しのっぺりした顔をしている。人によってはユーモラスな顔だというだろう。

キリナは知っている。タケルが熱心に本を読むのは、三年前まで彼らにとっての牢獄だったあの部屋から逃げ出す方法を探すためだった。弟妹を連れて、未知の楽園を探す旅に出る。母が見ていないとき、タケルはそんな夢物語をキリナに語った。そこで平和に、兄弟仲良くいつまでもいつまでも暮らすのだと。

その脱出劇において、タケルは英雄だった。皆を救い、リーダーとなって率い、知恵と勇気でもって困難を乗り越える、そんなとても格好いい存在だった。

結局、キリナたちはテルたちによって発見され、自警団によって救助された。タケルは英雄になれなかった。無様《ぶざま》だ、無力だと彼は落胆した。

タケルもまた、ベガーとはシンクできなかった。父と母の幼少期からの刷り込みは、彼らが意図したよりもずっと強烈だったのだ。年齢がゴウタより上の分、より拒否反応も強かったかもしれない。

一番年上だったがゆえに一番最初に第三学校を卒業した彼は、ベガーとシンクしない同年代の若者と共に農場で生産管理の仕事についた。

退屈だ、といつも愚痴《ぐち》っていた。幼少よりれんげに勉強を教えられていたから、知識面での不足はなかった。しかしやはり、シンクできない若者の仕事など、退屈で代わり映えのしない、ポイントのあまりもらえないものしか存在しなかったのだ。

生きていくには、それでも困らなかった。オーシックスでは衣食住において最低限のレベルは無償で提供される。しかしキリナが学校の勉強の片手間にあっさりとタケル以上のポイントを稼いでしまうと、流石《さすが》に冷静ではいられないだろう。

タケルは頭がよかった。頭がいいことを誇りにしていたと、キリナは思っている。

頭がよければ何とかなる。そう思っていたのだろう。どんなことがあっても、この頭脳で家族を守れると。

ゴウタには鍛えられた肉体と力があった。

力があれば何とでもなる。たぶんそう思っていたのだろう。どんなことがあっても、この力で家族を守れると。

彼らのその想いは、プライドは、しかしキリナによって微塵に踏みにじられた。

キリナは無邪気に、ただひたむきに家族のためにポイントを稼いだつもりだった。ちょっとベガーとシンクし、ちょっと技術者のいう通りに配線のチェックをして、写真を撮って、携帯端末でデータを送信して……ただそれだけで得たポイントだった。

このポイントで少しだけの贅沢をしよう。一家みんなで幸せを分かち合おう。そう兄たちに提案した。

そのときの二人の兄の顔を、キリナは一生、忘れないだろう。

それは困惑ではけしてなかった。怒りと悲しみが入り混じった、むしろ絶望といえるような表情だった。

その時、彼女は知った。自分とこの二人との関係は、壊れてしまったのだ。

いや、キリナの浅慮《せんりょ》こそが彼ら二人を破壊してしまったのだと、そう悟った。

だからこれは因果応報なのだ。

キリナは兄たちによってダイブスーツの上から宇宙服を着せられ、真空のブロックを彼らに引きずられながら、ぼんやりとそう思った。

これはキリナに与えられた罰なのだ。

キリナは大好きだった兄たちを、壊してしまった。

その報いとして、レウルウは死んだ。

愚かなキリナ。ただ無邪気に好意を向け、その好意ゆえに相手を破壊してしまったキリナ。それでも彼らが気になって、気になって、調べているうち、遂には大切な親友、ベガーのパートナーまで失ったキリナ。

そう、愚鈍こそが彼女の罪なのだ。

「どうするんだ、兄さん。キリナまで連れてきちゃってさ」

「バカ、あそこに放っておくわけにもいかないだろう。こうなったら最後までつき合わせるさ」

「で、でもよ」

「こいつ、放っておいたらベガーズ・ケイブにいくぞ。そっちの方がよっぽど危ないだろ」

兄たちの話によれば、キリナの弟と妹は、今日は兄のいいつけに大人しく従い、家で留守番をしているはずだった。今日は絶対に外に出てはいけないと、二人は弟たちにそう告げたのだという。

何をするつもりにせよ、どうでもよかった。

タケル兄さんはわたしを買いかぶっている。今のわたしには、自分の意思で身体を動かすほどの気力もない。いっそ、このまま寝てしまいたかった。エリアス型宇宙服は、最高級というだけあってほとんど重さも感じず、小柄なキリナの身体に合わせてリサイズされ、顔を包むヘルメットはまるでゴムのようにぷよぷよしていた。指先で突っついたら弾けてしまいそうだ。

そうだ、ヘルメットがなくなれば、ここは真空だ。ならばいっそ、やってみようか。

キリナはゆっくりと腕を動かした。指先が透明なヘルメットに触れた。ひと思いに指先を突き刺した。

指先が、ぐんにゃりとヘルメットに埋まった。驚いたことに、キリナの顔に指先の冷たい感触が届いた。

いや、無論、じかに触れているわけではない。それだけヘルメットが柔らかいのだ。ベガーの弾力のあるゼリーとも違う、実に不思議な素材だった。

「心配するな、キリナ」

何を思ったか、タケルがキリナに声をかけてきた。

「その宇宙服は、銃弾だって弾く。ベガーに襲われたって平気だ。……もっとも、あの巨体でのしかかられたら潰れちまうかもしれないけどな」

タケルはそれからしばらく、ベガーの悪口をぶつぶつ呟いていた。

キリナは聞いていなかった。いっそ耳を塞《ふさ》げたら、イヤホンを外せたらよかったのに。兄の声なんて聞きたくなかった。ひとりきりにして欲しかった。

「とにかくそいつを着ている限り、お前は死なない。安心しろ。俺たちがお前を守る。絶対に守ってやる」

そんなこと望んでいなかった。

自分は今、自殺しようとしていたのに。

余計なことをしないで欲しかった。これからベガーズ・ケイブにいけば死ねるというなら、ああ、這いずってでもそこにいこうか。

「おいおい、暴れるなよ」

キリナの身体を引きずるゴウタが、苦笑いした。

「これから重力の低いところに上がるからな。それまでは勘弁してくれ。真空を移動するのって初めてだから、勝手がわからなくてさ」

ベガーとシンクしない子供は、真空に出た経験すらないのだ。

当たり前の話だった。もっともキリナたちは、I14ブロックからオーシックスに運ばれる際、一度だけ宇宙服を着せられているのだけれど。

「悪かったな、キリナ。お前のペットを殺しちまって」

タケルが宥めすかすようなやさしい声でいった。

「ペットのことは諦めてくれ。どっちみち、早いか遅いかの違いだけなんだ。心配するな。これから先、あんなやつらは必要ない。もう必要ないんだ」

ペット？　何のことだろう。キリナは首をかしげた。

兄の言葉の意味がよくわからない。キリナはペットなんて知らない。

友達ならさっき死んだ。兄たちに穴ぼこだらけにされて、殺された。

おかしいな。ああ、へんだな。兄はいったい何をいっているんだろう。

「そうだ、あんなやつらがいるから、俺たちのキリナが困ったことになったんだ。あいつらがキリナを惑わしたんだ。薄汚いゼリーどもめ、俺たちは騙されねえぞ。許さねえ。絶対に許さねえ」

いや、理解したくなかったのかもしれない。どちらでもよかった。心をカラにすればいい。静かに、眠ってしまえばいい。そうすれば、この苦しさも、哀しさも、その他あらゆる感情も消えてなくなっていることだろう。

全て夢なのだ。

ひどい夢だ。こんなこと、あるわけがない。キリナのせいでみんなが不幸になるなんて、こんな物語はできそこないだ。

悪夢から目を醒ましたら、ああ何てろくでもない夢だったのだろうと思いきり笑おう。それから夢が夢だったことを確認するため、ベガーズ・ケイブにいこう。ついでにお菓子も持っていって、レウルウと一緒に仲良く食べよう。その後は兄たちの家へ。きっとタケル兄さんもゴウタ兄さんも、笑顔でキリナを迎えてくれる。妹と弟と五人兄弟が久しぶりに揃って、みんなで仲良くいろいろな話をしよう。これまでのこと、これからのこと。今まではいっぱい辛いことがあったけれど、このオーシックスで兄弟が力を合わせれば、この先にはたくさんの幸せが待っているに違いなかった。たくさんたくさん、希望の話をしよう。いっぱいいっぱい、楽しいことを想像しよう。みんなが力を合わせればどんなことだってできる。キリナはとびっきりに幸せになるのだ。レウルウとシンクし、兄たちと共同し、そしてシンゴと結婚して……。

涙の雫が頬を伝った。

もうとうに枯れ果てたと思ったのに、まだ涙は尽き果てていないようだった。

「ごめんなさい、シンゴさん」

キリナは呟いた。

キリナが大切なものは、全て壊れてしまう。

父も、母も、上の弟も、タケルも、ゴウタも、レウルウも粉々に壊れてしまった。

「せめてあなただけは、壊れないで……」

忘れよう。

キリナは決意した。

シンゴの幸せを祈るなら、キリナが彼に近づいてはいけない。自分が好意を抱いた相手は、ことごとく不幸になるのだ。だったらせめて、彼のことだけは……。

大粒の涙がヘルメットの下部に水溜りをつくった。

・十月三日　Side B

朝、自宅を出るときになってキリナからメールが届いた。キリナの兄たちが宇宙服を手に入れたらしい、という情報だった。情報源はキリナの妹だという。

メールには少し調べてみると書かれていたので、危険なことはするなと返信した。

『そんなに心配してくれるなんて、シンゴさんの愛を感じます。胸がいっぱいで張り裂けそうです』

そんな半分ふざけたメールが返ってきたので、再度、憶測で動かないよう、へんな噂を立てぬよう、そして絶対に危ないことはしないよう注意する文章を送った。どれだけ効果があるかは疑問だったが、四六時中彼女を見張るわけにもいかないのだから、これ以上のことはできない。

残念なことに、今日のシンゴには外せない仕事がある。

「わたしたちには力があります。知識と権限という力です。本来わたしたちは、それを正しく行使するための判断力を与えられているはずですが……」

昨夜、船長の家での食事の後、れんげはそういって口ごもった。ちらりとさくらの方を見る。これ以上はさくらを侮辱することになる、と考えたのかもしれない。

　さくらは顔色を変えず首を振った。

「エリアス型宇宙服の譲渡についてわたしの意見とすみれの意見が異なるということは、わたしにはまだ知るべきことが多くあるということです。覚醒時の一件で、わたしが学ぶべきことは多岐にわたると判明しました。以後、当分の間は観察を主として行動しましょう。れんげもすみれも、それでよろしいですね」

「さくらちゃん、そんな生真面目にならなくてもいいんだよ。さくらちゃんは、もっと肩の力を抜いた方がいいと思うなあ」

「わたしは自然体です。意識して極力、自然体であろうとしています」

「そういうところが……ねえ」

　ともあれそういうわけで、宇宙服の一件のようなことが二度とないよう、今日のシンゴは学校を休み、さくらを連れてあちこちまわることになったのである。

「わたしたちは、極論してしまえば、人間の身体を得た特級のＡＩです。人間と同様、いろいろなことを経験して知識を記憶に変え、維持、拡張していくのが、わたしたちの一番の強みなんですよう」

「素朴な疑問なんだけどさ。だったら、れんげさんたちみたいなアンドロイドをもっといっぱい製造して、船に乗せればよかったんじゃないかな。いっそ、船の全員をアンドロイドにしてしまえば……」

「そんなことしたら地球の経済が傾いちゃいます」

よくわからない表現だったが、とにかく大変なことなのはニュアンスで理解した。

「わたしたち、とにかく高価なんです。貨幣経済ってわかりますよね。ポイントみたいなものですけど、ええと……わたし一人で、地球近傍に浮かぶ居住用コロニーをひとつ買えるくらいしたそうです」

「すごいのはわかった、かな」

「船の管理AIだって、わたしたちほど優秀じゃありません。この船に乗った特級AIは、全部で五人。そのうち生き残っているのは、どうやらわたしたち三人だけみたいです。でもそれ自体は、出発前にある程度、想定されていました。百年は長いです。何が起こるかわかりません。だからわたしたちのうち船長を除く四人は、自分の専門分野以外に互いの専門分野についてもある程度の知識と経験を持っているんです」

なるほど。現在、れんげが科学技術分野全般の指揮を執《と》っているのも、そういう理由で広範囲に渡る技術の知識を保有しているから、ということだ。

「特にさくらちゃんは、とびきり優秀なんです。器用で、頭がよくて、どんなことでもすぐできちゃうので、一番の切り札として今まで眠っていてもらったんです」

れんげは我がことのように自慢げに笑った。

「でもさくらちゃんは、ちょっとだけ真面目すぎて、相手の要求を全て満たしてしまおうとします。そういうところが悪い方に出たのが、エリアス型宇宙服の一件です。だから、あまりそのことでさくらちゃんを責めないでくださいね」

いわれなくても、シンゴに責めるつもりはなかった。


朝、船長の家の前で合流したさくらは、まずベガーの生態について把握したい、といった。何でも早朝に副船長の家に押しかけ、オーシックスの現状について最低限の知識は得た後なのだという。同時に副船長の考え、今後の方針についても聞いてきたとのことだった。

行動が早い。何とも頼もしいことだった。

そして次にベガーを知りたいというのも、もっともな話だった。


ベガーズ・ケイブには人の気配がほとんどなかった。当然だ。子供たちは皆、学校にいってる時間なのだから。十六歳以上で第四学校にいかなかった少数の若者が、ベガーの世話係として常駐しているだけだった。

シンゴとさくらがケイブの一番大きな入口に顔を出すと、ベガーたちの食事の後のゴミを片づけていたひとつ上のいかつい体格をした先輩が作業の手を止め、駆け寄ってきた。

さくらの身体をじろりと眺め、顔をしかめる。

「そっちの女の人が、宇宙服を渡しちまったアンドロイドか」

シンゴは慌てて、体格のいい先輩とさくらの間に割って入った。

「ちょっと待ってください。さくらさんは何も知らなかったんです。あの場で唯一、ジュンペイさんだけが成人していたから、彼に従うしかなかったんですよ」

どうやら昨日のうちにあまりよくない方向に話が広がっていたようだった。

シンゴはさくらに黙っていてくれと目配せして、船のコンピュータ内で船員扱いとなる条件についてほんの少しだけ説明した。ただし幾分、虚偽を交える。

「俺とダイスケとキリナとジュンペイさんを予備知識なしにぱっと見て、誰がリーダーかなんて一目瞭然じゃないですか。ジュンペイさんも自警団で管理とかしていて、いつも宇宙服の不足を嘆いていたでしょう。それでついジュンペイさんが宇宙服について聞いたら、さくらさんの方でも自然に船全体での需要だと受け取っちゃったんです」

「それはわかるけどよ。でもさ、少しはこっちに相談してくれても……」

「ですから、さくらさんにオーシックスの現状を知ってもらおうと思ったんです。そういうわけで、今日はまっさきにベガーズ・ケイブに来てもらったんですよ」

「なるほどな」

ひとつ上の先輩は、腕組みして頷いた。

よし、いける。ここは畳みかけよう。

「実は彼女、長い眠りから目覚めたばかりで、まだちょっと身体が重いそうなんです。本当は三日くらいゆっくり休むべきみたいです。でも俺がちょっと無理をいって、わざわざ来てもらって……。さくらさん、宇宙服の件では船長と副船長にいっぱい叱られたんです。さっきも副船長の家でさんざんに謝ってきたって、落ち込んでいました。ですので……もうこれくらいで勘弁してもらえませんか」

　これだけまとめて叩きつければ、相手としては更に責めるようなこともいいづらい。それにさくらは、控え目に見ても美人だ。そんな女性が申し訳なさそうに黙っているというだけでも、若い男としてはあまり文句がいいにくい状況だろう。

「わかったよ。存分にこの中でベガーのことを見て、触って、知ってくれ。今の俺たちの生活にはベガーが必要不可欠なだけじゃない。俺たちはベガーと一緒に生きていきたいんだ。そのために宇宙服はこれ以上あっちゃいけないんだってこと、きっちり理解していってくれよ」

　シンゴが目で合図した。さくらはちいさく頷いた。

「今後このようなことがないよう、よく勉強させていただきます」

　深くお辞儀をする。相手が思わずのけぞって、そこまでしなくていい、と慌てるほど丁寧なお辞儀だった。


　先輩と別れ、洞窟の中に入ってからしばらく進む。

「こんなものでよかったでしょうか」

　誰も聞いてないことを確認した上で、さくらは訊ねてきた。

「充分だよ。ありがとう、話を合わせてくれて」

「およそ百年前、すみれやれんげから、空気を読むという技術を習いました。これは円滑な人間関係を維持する上で絶対に必要だからと、船に乗る前にずいぶん時間をかけたのです。その成果があったようで嬉しく思います」

なるほど、空気を読むのか。さすが特級ＡＩだ。

「シンゴ、あなたは交渉が上手なのですね」

「こんなの交渉のうちにも入らないよ。利害の調整は慣れてるしね」

この三年間、シンゴはさまざまな人々の間に入り、意見をすりあわせてきた。ベガーとシンクする人々の利害を代表し、シンクしない大人たちにベガーの必要性や子供たちとベガーの絆《きずな》を知ってもらうために始めたことだったが、今や何だかんだで船内のあらゆるものごとに関わってしまっている。

「ところで人間とは、あそこまで嘘をついてもよいものなのでしょうか」

「さくらさんは嘘がつけないの？」

「わたしか人間の命が危険に晒されるような状況であれば、他者の思考を誘導することは、人間を傷つけないという原則の範囲で可能です」

「今回みたいな人間関係を円滑にするための方便はダメってことか。不便だね」

「歴史を学んだのでしたらご存知だと思いますが、かつては一度、高度なＡＩの生産が法律で禁止されたこともありました」

「第二次飽和危機だね。百七十年前の」

「わたしが製造されたのは、百二十七年前です。第二次飽和危機による混乱から立ち直り、法律的にもようやく特級ＡＩの生産が可能となったとき、れんげやすみれと共につくられたＪシリーズ七体のうちの一体がわたしです。そのうちの五体は、後にこの船に乗ることが決まり、その際にさまざまなカスタマイズが施《ほどこ》されました。すみれからシンゴにはこのことを話していいといわれています。実はわたしの場合、限定的な状況では人間を欺《あざむ》き、危害を加えることができます」

「人を殺すことも？」

「可能です」

「限定的な状況って、どういう状況？」

「船の運航及び惑星タカマガハラⅡへの入植を著《いちじる》しく阻害する恐れがある場合、です」

「それは……頼もしいかな」

「アンドロイドが人に危害を加えることができるというのは、人間にとって恐ろしいことです。皆がシンゴのように『頼もしい』と考えられるわけではありません。このことはくれぐれも内密に。誰にも話さないでください」

「そのつもりだよ。俺だって、それが考えようによっては恐ろしいことだってのはわかる。特にオーシックスには、人間じゃない存在が人間を傷つけるってことをひどく恐れる人たちがいるから」

「ベガーを怖がる人々ですね」

「うん。トラウマなんだ。たぶんこの世界に住む、あの時代を経験した全員の」

「あなたは違うという主張ですね」

「そのつもりだよ。人間もアンドロイドもベガーも、みんなが一緒に暮らすべきだと俺は思っている。お互いにいろいろな違いはあるけど、でもそれは、乗り越えられないような障害じゃない」

さくらは少し首をかしげた。何か思い当たることがあるようだった。

「質問します。シンゴはミクメックと見知らぬオーシックスの人間のどちらか片方しか命を助けられないとしたら、どちらを助けますか」

「嫌な質問をするね」

「すみません。下劣な問いだということは理解しています。ですがどうしても確かめておきたいのです」

「ミクメックだよ」

「ミクメックと副船長では？」

「それは……うぅん、ごめん、ちょっとわからない。答えにくいよ」

「では名も知らぬベガーと名も知らぬ人間では？」

「それも難しいよ。どっちも助けたいけど……」

「ありがとうございます。これは何が正解というわけではありませんので、気になさらないでください」

「わかってる。でも、俺以外にそういう質問は……」

「しません。今のシンゴの答え方で、他の方の答えもおおよそ把握できました」

「何でそんなことまでわかるの」

「今、聞きたかったのは、シンゴ自身の答えではありませんでした。シンゴの中での常識です。端的にいえば、シンゴ、あなたの周囲では、完全に人間とベガーの地位が同じなのですね」

「当たり前だよ。ああ、さくらさんがいいたいことはわかる。俺だって大人の前では違う答えをするよ」

「ええ。実感としてそれを確認したかったのです」

なるほど。体験して学習するのが特級ＡＩの最大の持ち味、か。

シンゴは今の一連のやりとりで、昨夜れんげがいっていた言葉の意味を本当の意味で理解したように思った。

彼女たちは疑うことができるのだ。

相手の態度が、相手の口にしていることが、相手の隠していることが何の意味を持つのか。それを推《お》し量《はか》り、状況判断の道具として活用することができるのだ。

「申し訳ありませんが、最後にもうひとつ、質問してよろしいでしょうか。今度は、ベガーとは何の関係もありませんが」

「構わないよ。俺は実験台のつもりで、何でもいってくれ」

「わたしの身体に欲情しますか」

「からかっているよね」

「ありがとうございます」

さくらは口もとを吊り上げた。

どうやら、笑っているようだった。本当に冗談をいったのだ。何とも高級なＡＩだった。


大広間で、さくらは何体かのベガーと交流した。

最初は少し警戒気味だったさくらは、しげしげとゼリーの身体を眺め、臭いを嗅ぎ、それからそっと体表に手を触れ「なるほど」と頷いた。その後は、ベガーの側がびっくりするほど無警戒にゼリーの内側へ手を突っ込んで、遠慮なくコアを撫で回した。

「ちょ、ちょっと、さくらさん、相手に失礼だよ」

「そうなのですか」

小首をかしげてコアから手を離し、それでも名残惜しそうにゼリーの内部で手を動かした。

「だいたい理解しました」

さくらがゼリーから手を引き抜いた後、ベガーはぴょんぴょんと飛び跳ねて逃げてしまった。どうやらさくらに異質なものを嗅ぎとったらしい。他のベガーも、このアンドロイドを遠巻きにして見ていた。

「さくらさん、物怖じしないね」

「怖がる必要を感じません。シンゴたちがベガーの中で遊泳しているのを見ていますので、危険はないと判断しました。彼らがわたしの不作法を嫌がるというのは想定外でしたが、そういう文化が熟成したというのも興味深いことです」

シンゴはあれ、と首をかしげた。

「さくらさん、ひょっとして、ベガーのこと何か知ってるんですか」

さくらは黙った。無表情にシンゴを見つめ返す。

シンゴはこんな表情を見たことがあった。二日前、船長に、彼女がアンドロイドではないかと確かめたときのことを、そしてアンドロイドである彼女がどういう役割を果たしているのかについて訊ねたときの反応だ。

「話せないんだね」

さくらはイエスともノーともいわなかった。

どうやら今回のプロテクトは、船長のときよりもっと強力なようだ。

「一応、訊ねるよ。さくらさん、あなたは地球でベガーと会ったことがあるの？」

さくらはやはり無反応を貫いた。

「ベガーはあなたがつくった人工生命なんですか」

これも無反応だった。どうやら突拍子もないことをいっても、同じようにプロテクトが発動するらしい。更に二、三、ベガーに関してでたらめな質問をしたところ、同様にまったく反応してもらえなかった。

「さくらさん、あなたの胸の大きさについて教えて」

「その質問がこの時代における一般的マナーと照らして妥当かどうか、まずその点を教えていただけませんか」

「よかった、フリーズしたのかと思った。で、他にベガーについて知りたいことがある？」

「彼らの生殖行為を見せてください」

「知ってる限りのことは教えられるけど、でも実のところよくわからないことの方が多いんだ。彼らにとっても、生命というのは神秘的なものなのかもしれない。この大広間より奥には入れてくれないんだ」

「有性生殖なのかどうか、それだけでも知りたいところですが」

「性別もわからない。俺たちはベガーのことはみんな、彼、って呼んでいるけど、本当は女性かもしれない。ひょっとしたら性がみっつ以上あるかもしれないし」

「人間にベガーの研究者はいないのですか」

「そういえば、いないなあ。大人はだいたい、ベガーをすごく怖がっているからってのもあるけど。昔の記憶が蘇るらしくって、触ることすらできない人がいっぱいいる」

「しかし、もう十八年も前のことでしょう」

「うん、だから研究者が出るとしたらこれからだね。ただそんな熱心な人材は、先に船員としての教育を受けてもらうことになりそうだけど」

「そうですね。喫緊《きっきん》の課題です」

昨日の話し合いによれば、さくらには、船員養成プログラムの講師としての役割も期待されているとのことだった。本来、その役目を負うはずだったアンドロイドは十八年前に死亡し、バックアップ・チップも行方不明だった。おそらくは破損し、致命的な損傷を受けているだろう。船長とれんげは回収が絶望的だと話していた。

「現状の把握を続けましょう。ベガーの排泄物を拝見したいのですが、これは失礼に当たりますか」

「いやまあ、いいと思うけどね」

物好きだなあ。いや、こういう態度こそが、本来の研究者の姿勢なのだろうか。シンゴはオーシックスの中で本当の研究というものに従事している人間をほとんど知らなかった。これまで何らかの専門家はいても、持続的、継続的にものごとを観察、調査している人間を維持するだけの余裕がなかったのである。

これからはそうもいっていられない。船がタカマガハラⅡにつけば、さまざまなことを研究し、分析し、対処方法を捜し当てる必要が出てくる。そういうわけで五、六年前から研究者の養成が第四学校で始まっていた。そうして学校を出た先輩たちが、ようやく手探りで膨大な資料を漁《あさ》り始めたばかりだった。

「気がすむまでつきあうよ」

「もとより、わたしが必要なだけシンゴをつきあわせるつもりです」

さくらは平然としていた。

さくらはベガーの身体の仕組みについて、組成について、生態について、行動について、感情について、それから人間とのかかわりについてさまざまな質問を投げつけてきた。シンゴは自分にわかることはすべて答えたが、結局、わからないことの方が多いということを認める結果になっただけだった。

特にベガーの身体がどうしてゲル状なのか、どうして中に人間が入れるほどやわらかくなったり、中の生き物を潰せるほどの圧力を持ったりできるのか、その仕組みについてはまったく答えられなかった。子供の頃からそういうものとして納得していたのだ。誰も理由まで説明してくれなかったし、理由を知る必要もなかった。

「珊瑚の化石を食べさせるのは、石灰岩を分解して酸素にする過程でゼリーがやわらかくなるからなのですね」

その質問には、イエスと答えられる。しかし、

「二酸化炭素を吸収し酸素を吐き出すシステムは藻や植物の光合成に似ています。であればゼリーは、コアと共生する菌類の相似体と考えることもできますが、ではコアはどうやってゼリーに命令を伝えているのでしょう」

という質問にはまったく答えられなかった。そもそもコアとゼリー部分が別の生き物だなんて、この人はなんて突飛なことを考えるのだろうと感嘆するだけだった。

「共生そのものは難しい考え方ではありません。異なる生物同士が互いの欠点を補いあって生きるというのは、自然界においてはごく自然なことです。たとえば珊瑚礁というものは、

珊瑚をはじめとする多くの生物の共生形態です。植物の根には多くの菌類が住み着き、有益なやりとりをしていることが知られています。言葉の範囲を広げれば、あなたがたは現在、ベガーと共生しているということもできるでしょう」

「となると、遠くから見れば、俺たちとベガーは合わせてひとつの生物に見えるかもしれないのかな」

「たとえばハンターは、そう認識しているのでしょう」

なるほど、ハンターはベガーの中にいる人間なんてお構いなしでシンクしたベガーを攻撃してくる。ハンターにとっては、シンクした人間などベガーの共生生物、つまり仲間にしか見えないのだろう。

「実際に俺たちとベガーは仲間なわけだけどね」

「つまりハンターがシンクしているあなたがたを見分けられないように、ただ我々に知識がないことによってベガーの生態を大きく誤解している可能性はある、と申し上げているだけです」

「考え方としては面白いと思うけど、どうしてそんなことを俺に？」

「あなたはわたしが知る限り、もっともベガーの近くにいる人間だからです。これは経験的な意味です」

「わかるよ。俺よりずっと経験豊かな人はたくさんいるけど、そういうことを考えている人はたぶんいないかな。でも理由はそれだけ？」

さくらは沈黙した。

「話したくないってことかな。ひょっとして俺は試されているのかな」

「どうしてそう考えるのでしょうか」

「何となくだよ。違うならいいし、合っているなら、その理由は……どうせ話してくれないんだろうなあ」

彼女がシンゴを試す理由などあるのだろうか。思いつかなかった。試すということは、シンゴに何かを期待しているということだ。しかしシンゴは、ただ船長からさくらの案内を頼まれただけなのである。

「俺は船員になるけど、さくらさんについてまわるような技術者にはならないよ。たぶんだけど」

「あなたの将来を決めるのは、あなた自身です。それにわたしは、そのようなことを要望した記憶がありません」

まあいい、とシンゴは首を振った。

本当に必要なことなら、もっと露骨な行動を取って来るだろう。あるいは、時期が来れば説明してくれるかもしれない。何となくだけど、今回のさくらの沈黙は、船長のそれとは意味合いが違うような気がした。

「次は牧場へまいりましょう」

そのさくらはといえば、いろいろ考えるシンゴのことなど気にもしていないという様子だった。

それからも、さくらの質問責めは続いた。

牧場では毎日どれだけのミルクが絞られ、どれだけの肉が生産されるかを説明させられた。このあたりは幸い、学校で習うことだったので最低限のところは説明できた。

するとさくらは質問の方向を変え、この仕事で得られるポイントと仕事の難易度についてどう思うかと訊いてきた。シンゴは正直に割に合わない仕事だと答えた。であればどうして割に合わない仕事に従事する者がいるのか、とさくらは再度、質問した。

「ベガーとシンクできない人には、そんな仕事しかないもの」

シンゴはこれにも正直に答えた。特に学生のうちは、学業第一だ。就労時間は限られてくる。そうなると短い時間だけ働けばいいこの牧場の仕事のように、労力と対価が割に合わないものしか残らなくなる。

「フルタイムで働くなら０９《オーナイン》の農場って手があるけどね。実際、若くてシンクしない第三学校卒業生は、だいたいオーナインへいくよ」

もっともそのオーナインの牧場だって、シンクしてこなす仕事に比べたらたいしたポイントにならない。

「どうしてそのようなシステムなのでしょう」

「ベガーとシンクできる人が有利になるように、じゃないのかな」

「であれば、最低限の衣食住を保証する必要はないはずです」

「……ごめん、わからないや。副船長に訊いてよ」

シンゴの答えに、さくらは少し不満そうに頷いた。

何だろう。シンゴは首をかしげた。やはり彼女は、自分に何かを期待している気がする。試されている気がする。多くの問いかけの中に、そのヒントがあっただろうか。

「次はオーナインに案内していただけますか」

「だったら急いだ方がいいね。電車は一時間に一本だから」

さくらとシンゴは夕食の時間まで精力的にあちこちをまわった。


まだ夕食には少し早い時間だったからか、食堂は閑散としていた。シフト制で働く労働者と、はらぺこの子供が数名、ぽつりぽつりとテーブルについている。

その中に珍しい顔があった。ケンだ。相変わらずまるまると太ったこの親友は、シンゴの顔を見るとご飯つぶを頬につけたまま駆け寄ってきた。

「やっぱり、少し早めにここに来たね。夕食を取りながら待ってたよ」

シンゴはダイスケやキリナの話を思い出し、ケンの顔つきを観察した。以前と同じ愛嬌のある笑顔の裏に、彼はいったい何を隠しているのだろう。

「メールをくれればよかったのに」

「前にいっただろ。僕、メールが苦手でね」

ケンもシンゴも同時期に携帯端末を購入している。アドレスもそのときに交換していた。

「仕事の邪魔しちゃ悪いと思ってさ。さくらさん、ですよね。初めまして。シンゴと同い年のケンっていいます。もう視察は終わりですか」

「今日はこれくらいで終わりにしようと考えています。よければ、ケン、あなたの話も聞きたいのですが」

「僕の話？　いいですけど。ああ、それと今朝は、うちの先輩がごめんなさい」

今朝とは、エリアス型宇宙服のことでさくらが責められた件だろう。

ケンがいうには、昨夜、二十着ものエリアス型宇宙服が自警団の手に渡ったという事件によって、ベガーズ・ケイブは大騒ぎだったらしい。気の早い者は、これによってベガーが殺される、大人たちが攻めてくると言い出した。ケンは浮き足立った者たちを落ち着かせるのに先ほどまで奔走《ほんそう》していたというのだ。

ケンと共にテーブルにつき、シンゴたちは情報を交換した。

久しぶりに会うケンは、昔と変わらぬ、ちょっと気弱で、人のいい笑顔を浮かべる少年だった。さかんにシンゴやさくらにも気を遣い、同時にベガーズ・ケイブの先輩たちにも、ベガーたちにも配慮を見せていた。

「経緯についてはダイスケから聞いたよ。何というか……災難だった、としかいいようがないね。タイミングが悪かった。あのメンバーで唯一の船員資格持ちがジュンペイさんだったしね」

シンゴは驚いた。ケンが臨時船員資格のことを知っていたとは思わなかったからだ。

「そりゃ知ってるよ。調べたもの。誰も読まないだけで、船の規則は公開情報だからね。テルが望んだような世界をつくるには、ベガーたちを守るには、まずこの船を知ることが必要だと思ったんだ。だから僕は僕で、ずっと基本的な情報から調べていた」

「ケンがそんなことまでしていたなんて、ぜんぜん知らなかったよ」

「その口振りからすると、シンゴも自分で調べたみたいだね」

それからケンは声を潜めた。シンゴとさくらにしか聞こえないくらいの声になる。

「船長がアンドロイドだってこと、知っているんだろ」

「そんなことまでか」

「やっぱり知っていたか。ことがことだけに、話せないよね。わかるよ。こんな大切なことがなにげなくデータベースに書いてあったのはびっくりだ。でも知ってみればそういうものかなって。記述があったのもデータベースの奥深くだったし、シンゴたちがそれで困っているようだったら話そうかなとも考えたけど、その必要もなかったみたいだしね」

シンゴは微笑んだ。やっぱり昔から変わらないケンだ。シンゴよりよっぽど聡明で思慮深い。それでいて、そんなことはちっとも誇らず、他人をじっと観察して、どうしてもというときだけ手を差し伸べてくれる、頼りになる少年。

「それで、さくらさんの現状の認識は終わったのかな」

「外殻の5、6、7、9ブロックについては概《おおむ》ね理解しました。結論ですが、わたしはこれ以上の宇宙服の提供等、人間とベガーの共同生活に支障を及ぼす可能性がある行為を慎むことにします。すみれ……船長にロックをかけてもらうことも検討しています」

「そういってくれると、今日一日、骨を折った甲斐があったよ」

「たいへんだったみたいだね」

ケンは笑った。

「ところでさ。今日はずっと二人だけで行動していたの？」

「そうだけど」

「そうか。じゃあ、キリナとスイレンさんが一緒にいたのは、あれは君の指示じゃないのか」

「キリナが？　彼女はそういえば……」

シンゴは今朝のメールのことを思い出した。彼女は、二人の兄がエリアス型宇宙服を手に入れた可能性がある、といっていたはずだ。調べてみる、とも。

メールの内容をケンに話すと、彼は顔をしかめた。

「君はもうちょっと、あの二人のことを……いや、スイレンさんについては預かり知らないとしても、キリナのことくらいはちゃんと把握しておくべきだよ」

「どういうことさ」

「わかっているはずだけどな。彼女は君に認められたくて必死なんだよ。がんばりすぎる可能性がある。シンゴはそれがわかっていて、でも現実を認めたくないだけだよね」

シンゴは苦い顔をした。温厚で気弱なケンにしては、キツい指摘だ。しかも図星である。なるべくキリナのことは考えないようにしてきたのだ。彼女には、気をつけろと警告しておけばそれで大丈夫だと、そう自分にいいきかせてきた。

「シンゴ。いい加減に認めようよ。キリナは本気で君のことが好きなんだ。真剣に向き合ってあげてくれないかな」

「ケンやダイスケがキリナをそそのかしているんだろ」

「本気でいってるの？　いくら僕でも、ベガーのこと以外で怒ることがあるんだよ」

普段は温厚なケンに睨まれ、シンゴは視線をそらした。なるべく逃げていたい。他人の好意なんか認めたくない。考えるのが嫌だというのが、本音だった。

果たして、ケンは大きくため息をついた。

「テルだって、今の君の態度を見たら失望するよ」

相変わらずこの親友は、キツいことをさらりという。シンゴは苦笑いした。

「わかってる」

怖いのだ。大切なものを手に入れた瞬間、摑んだ瞬間、それが掌《てのひら》から零《こぼ》れ落ちてしまうのではないか。

そんなはずはない、と理性ではわかっていた。なのにテルの笑顔が脳裏をよぎるのである。

「シンゴはこれ以上、大切な何かを失うのが恐いんだね。だったら大切なものを手に入れなければいい、そう考えている。子供っぽいとは思うけど、理解はできるよ。でもさ……」

「差し支えなければ説明を頂きたいと思います」

さくらが割って入った。ケンはシンゴに「僕が話すよ、いいね」と断った後、簡単に三年前の出来事を説明した。

「そのようなことがあったのですね。部外者が立ち入ったことを聞いて申し訳ありませんでした」

さくらはシンゴに頭を下げた後、「ですが」と続ける。

「それでキリナは納得するのでしょうか」

ああ、そういえば彼女は、目覚めたときにキリナにも会っているのだな、とシンゴはいまさらのように気づいた。

ならばキリナが自分に向ける視線の意味も、聡明なこのアンドロイドのことだ、充分に理解していたのだろう。

「シンゴ、キリナという少女は、少々叱られたくらいで自分の意見を曲げる人間でしょうか。わたしにはそうは思えませんでした。あのタイプの人間は、不満そうに口はつぐんでも、頭の中では次こそ見返してやろう、といっそう張りきるのです。ですからああいう人物を相手にするときは、小手先でごまかしたり、逃げたりするのは愚策と考えます。わたしの意見は間違っていますか？」

「この人、すごいね。昨日、キリナと少し会っただけなんでしょう」

シンゴは天井を仰いだ。降参だった。確かにそうだ。キリナはシンゴに一言や二言いわれたくらいで諦めるような人間ではない。こう、と決めたらとことんまでやり抜くのだ。

あのときもそうだった。シンゴが初めてキリナと出会った、あのベガーズ・ケイブの大広間でも。

テルを失って、半年。シンゴは未だそのショックから立ち直っていなかった。どこを見ても、風景が色あせて見えた。何をしても楽しくなかった。毎日、夢の中でテルに会った。彼女が笑っていると、涙が出た。

それでもミクメックに会うために、時折ベガーズ・ケイブに赴いた。ミクメックが彼を心配してくれているのは充分すぎるほどわかっていたし、ミクメックだってウィルトトを失って悲しんでいた。親友の傍にいると、少しは心が休まった。

そんなある日、ふと久しぶりに大広間に立ち寄ったのだ。

夜だった。夕食のためにほとんどの子供が大広間から立ち去った、そんな時間。一人の小柄な少女が、ベガーと共に大広間の片隅にいた。

それがキリナだった。

キリナはシンクの練習をしていた。ひどくへたくそだった。後で聞いた話だと、まだシンクの練習を始めてから半月も経っていなかったのだから、それも当然だった。

だがキリナは諦めなかった。ベガーのゼリーに顔を埋め、口をいっぱいに開いてもがもがと呻《うめ》いた。脚をばたばたさせ、両手で水を掻くようにゼリーをかきわけ、シンクしようとしていた。

明らかに無駄な努力だった。そんな風にしてもベガーは困惑するだけだ。相手に突進するのではなく、相手を受け入れるのが大切なのだ。だが彼女は諦めていなかった。体力が尽きるまで、ベガーが彼女の身体を心配して自ら引き剝《は》がすまで、無我夢中で延々と突撃し続けた。

見るに見かねて、シンゴはキリナに声をかけた。いくつかアドバイスを与えた。キリナはありがとうといって笑顔を見せた。そこだけ花が咲いたような、満面の笑顔だった。

翌日も、彼女のことが気になって大広間を覗いた。キリナは飽きもせずシンクの練習をしていた。シンゴはまた、ほんの少しアドバイスを送った。

いつの間にか、毎日、大広間に通うことになっていた。

いつしか彼女の笑顔を見るのが楽しくて、大広間に通っていた。

後にキリナがＩ14ブロックでテルたちと共に発見したあのときの子供だということを知って、いまさらのように船長と交わした「あの子たちとベガーとの架け橋になってあげて」という約束を思い出したが、その頃にはもう、約束のことよりキリナのことの方がずっと大切になっていた。

彼女の成長を見るのが、彼女の笑顔を見るのが本当に楽しかったのだ。

キリナは頑固だった。いちどこう、と決めたらとことんまでやり抜こうとする。そんな性質は、当時のシンゴにとってこの上もなく頼もしく、そして好ましいものに思えた。

「そうだな、あいつは意地っ張りだ。こうと決めたらてこでも動かない」

「彼女のことが心配ですか」

「心配だ」

「では今からでも遅くありません。彼女に連絡を取るべきです」

シンゴはケンの方を見た。

ケンは笑って頷いた。

「もし今、ここでキリナにメールを飛ばさなかったら、僕は君と友達の縁を切るから」

ふとっちょの親友は、にっこり笑ってそういった。

キリナに送ったメールは、返って来なかった。シンゴたちは手分けしてキリナを捜索した。

しばらくの後、キリナの携帯端末からスイレンのメールが届いた。

スイレンからのメールが届いたのは、もう食堂が閉まるような時間だった。

メールには、ただひとこと、スクラップ広場、と書かれていた。

すぐさまＩ08のスクラップ広場に赴いたシンゴとケン、それからさくらは、機材置き場の陰でロープによって両手両脚を拘束されたスイレンを発見した。

スイレンは後ろ手に縛られた状態で手さぐりでキリナの携帯端末をいじり、何とかメールを発信したのである。

そうとうな時間がかかってしまった、とスイレンは苦々しげにいった。無理もない。キリナの端末は改造されすぎている。使い勝手がわからず、しかも正面から画面を覗けないのでは……。

シンゴによって拘束から解放されたスイレンは、よろめきながらもエアロックの方へ走っていった。

スイレンの後を追いかけたシンゴたちは、エアロック付近のロッカーの傍でようやく彼女に追いついた。

その一帯はめちゃくちゃに荒らされていた。銃弾で壁が穴ぼこだらけになっている。床にベガーの死体があった。ゼリーは力を失いもはや黒ずんだ水のようになり、コアは潰れて緑の肉片が散乱している。銃弾の様子からして、対ベガー用の短機関銃だろう。ベガーのゼリーやコアは破壊できるが、船内の壁は貫通しない、そんな「ちょうどいい」威力を持つ十八年前に大量生産された品である。

「レウルウよ」

スイレンは唇をきつく噛んだ。

それから、ぽつり、ぽつりと、何があったのか説明してくれた。

本書は書き下ろし作品です。

日本ＳＦ大賞受賞作

上弦の月を喰べる獅子 上下
夢枕　獏
ベストセラー作家が仏教の宇宙観をもとに進化と宇宙の謎を解き明かした空前絶後の物語。

傀《く》儡《ぐつ》后《こう》
牧野　修
ドラッグや奇病がもたらす意識と世界の変容を醜悪かつ美麗に描いたゴシックＳＦ大作。

マルドゥック・スクランブル〔完全版〕（全3巻）
冲方　丁
自らの存在証明を賭けて、少女バロットとネズミ型万能兵器ウフコックの闘いが始まる！

象《かたど》られた力
飛　浩隆
Ｔ・チャンの論理とＧ・イーガンの衝撃――表題作ほか完全改稿の初期作を収めた傑作集

ハーモニー
伊藤計劃
急逝した『虐殺器官』の著者によるユートピアの臨界点を活写した最後のオリジナル作品

ハヤカワ文庫

星雲賞受賞作

ハイブリッド・チャイルド
大原まり子
軍を脱走し変形をくりかえしながら逃亡する宇宙戦闘用生体機械を描く幻想的ハードSF

永遠の森 博物館惑星
菅 浩江
地球衛星軌道上に浮ぶ博物館。学芸員たちが鑑定するのは、美術品に残された人々の想い

太陽の簒《さん》奪《だつ》者《しゃ》
野尻抱介
太陽をとりまくリングは人類滅亡の予兆か？星雲賞を受賞した新世紀ハードSFの金字塔

老ヴォールの惑星
小川一水
SFマガジン読者賞受賞の表題作、星雲賞受賞の「漂った男」など、全四篇収録の作品集

沈黙のフライバイ
野尻抱介
名作『太陽の簒奪者』の原点ともいえる表題作ほか、野尻宇宙SFの真髄五篇を収録する

ハヤカワ文庫

著者略歴　作家　著書『琥珀の心臓』『クジラのソラ』『白夢』『円環のパラダイム』『くいなパスファインダー』他

HM=Hayakawa Mystery
SF=Science Fiction
JA=Japanese Author
NV=Novel
NF=Nonfiction
FT=Fantasy

約束《やくそく》の方舟《はこぶね》

〔上〕

〈JA1040〉

二〇一一年七月二十日　印刷
二〇一一年七月二十五日　発行
（定価はカバーに表示してあります）

著者　瀬《せ》尾《お》つかさ

発行者　早川　浩
印刷者　矢部一憲
発行所　株式会社　早川書房
郵便番号　一〇一‐〇〇四六
東京都千代田区神田多町二ノ二
電話　〇三‐三二五二‐三一一一（大代表）
振替　〇〇一六〇‐三‐四七七九九
http://www.hayakawa-online.co.jp

乱丁・落丁本は小社制作部宛お送り下さい。
送料小社負担にてお取りかえいたします。

印刷・三松堂株式会社　製本・株式会社フォーネット社
© 2011 Tsukasa Seo Printed and bound in Japan
ISBN978-4-15-031040-0 C0193

＊本書は活字が大きく読みやすい〈トールサイズ〉です